中國財經

應用文寫作

（第二版）

李道魁、楊曉雨
賀予新、李 霞　編著

S 崧燁文化

目錄

第一章 應用寫作知識概述
第一節 應用文與財經應用文概述/2
第二節 應用寫作的發展歷史/5
第三節 應用寫作基礎知識/11

第二章 黨政公文
第一節 黨政公文基礎知識/26
第二節 決議 決定 命令(令)/36
第三節 公報 公告 通告/40
第四節 意見 通知 通報/43
第五節 報告 請示 批覆/48
第六節 議案 函 紀要/55

第三章 事務文書
第一節 事務文書基礎知識/78
第二節 計劃/79
第三節 總結/85
第四節 調查報告/90
第五節 簡報/92
第六節 會議記錄/97
第七節 規章製度/100

第四章　經濟新聞
　　第一節　經濟新聞的含義和特點/126
　　第二節　經濟新聞的種類和作用/127
　　第三節　經濟新聞的寫法和寫作要求/129

第五章　商品廣告和商品說明書
　　第一節　商品廣告/140
　　第二節　商品說明書/151

第六章　市場調查報告
　　第一節　市場調查報告的含義和特點/160
　　第二節　市場調查報告的種類和作用/161
　　第三節　市場調查報告的寫法和寫作要求/162

第七章　經濟活動分析報告
　　第一節　經濟活動分析報告的含義和特點/170
　　第二節　經濟活動分析報告的種類和作用/171
　　第三節　經濟活動分析報告的寫法和寫作要求/172

第八章　審計報告
　　第一節　審計報告的含義和特點/186
　　第二節　審計報告的種類和作用/187
　　第三節　審計報告的寫法和寫作要求/188

第九章　招標書和投標書
　　第一節　招標書/204
　　第二節　投標書/207

第十章　經濟合同

　　第一節　經濟合同的含義和特點/220
　　第二節　經濟合同的種類和作用/221
　　第三節　經濟合同的寫法和寫作要求/224

第十一章　經濟糾紛訴訟文書

　　第一節　經濟糾紛訴訟文書概述/236
　　第二節　經濟糾紛訴訟文書的基本結構及寫作/242
　　第三節　經濟糾紛訴訟文書的寫作要求/248

第十二章　經濟論文

　　第一節　經濟論文概述/254
　　第二節　經濟論文的寫作程序/256
　　第三節　經濟論文的寫法/261

附錄

　　一、黨政機關公文處理工作條例/272
　　二、文後參考文獻著錄規則/280

參考文獻/304

後記/306

第一章
應用寫作知識概述

第一節　應用文與財經應用文概述

一、應用文的含義

（一）應用文的概念

應用文是用於應對生活、工作需要的實用文體。

葉聖陶先生曾說過：「大學畢業生不一定能寫小說、詩歌，但是一定要能寫工作和生活中實用的文章，而且非寫得通順又紮實不可。」葉老所說的「實用的文章」就是應用寫作類的文章，一般稱「應用文」。應用文是機關團體、企事業單位以及人民群眾在日常工作、生產和生活中辦理公務以及個人事務時，交流信息、溝通情況、具有實用價值和慣用格式的一種書面交際工具。

（二）應用文與文學作品的聯繫與區別

當今寫作分成兩大類，一類是應用寫作，一類是文學寫作。由此而產生的文章也分為兩大類，一類是應用文，一類是文學作品。應用文與文學作品有著密切的聯繫，有共性，也有個性。共性是它們都是「文」，都是對客觀事物的反應，都要謀篇佈局，遣詞造句，使用標點符號，講究條理性、邏輯性，同樣使用敘述、說明、議論等表達方式，要求有準確、鮮明、生動的文風。但兩者也存在著較大的區別：

1. 在基本的思維形式方面，文學寫作屬於形象思維的範疇，應用寫作屬於邏輯思維的範疇。

2. 在反應社會生活方面，文學寫作可以在生活真實基礎上虛構，應用寫作必須反應生活的本來面目。

3. 在社會功用方面，文學寫作強調藝術性，應用文是為解決實際問題而撰寫的，強調實用性。

4. 在表現形式方面，文學寫作強調個性化和獨創性，應用寫作強調的是格式化和規約性。

5. 在語言方面，文學寫作追求的是藝術美，應用寫作追求的是實用美。

二、財經應用文的含義

財經應用文寫作是應用文寫作的一個分支，它既具有一般應用文的共性，又有自身獨有的特殊性。財經應用文是在經濟活動中形成和發展起來的，是為現實經濟生活服務的。它記載和反應了國家、企業、個人的經濟信息，是經濟活動中的重要憑證，是溝通經濟信息、分析經濟活動狀況、提高經濟效益的管理工具。它有狹義和廣義之分。狹義的財經應用文專指各類只為財經工作所用的財經專業文書，是專門用於經濟活動的經濟應用文體的統稱。廣義的財經應用文則是人們在財經工作中所使用的各種反應經濟活動的文書的統稱，也包括一些在其他社會領域和部門廣泛應用的文書。

三、財經應用文的特點

（一）政策性

財經應用文產生於財經業務的需要，受財經業務活動的制約。國家機關、社會團體、企事業單位和其他經濟組織等，都必須遵循有關的法律法規和規章製度來組織和實施其業務活動。而法律法規及規章製度都是國家權力機關根據黨和國家的方針政策制定的，所以反應財經業務活動的應用文必然具有鮮明的政策性，有的財經應用文本身就是某一政策的體現。因此，財經應用文的寫作必須以黨和國家的方針政策為指導，嚴格遵守有關的法律法規，才能充分發揮其服務經濟建設的巨大作用；否則，違反政策的財經應用文會給經濟工作帶來難以估量的損失。

（二）專業性

專業性是財經應用文最突出的特點。從內容上看，財經應用文必須以經濟活動為內容，所反應的是特定經濟領域裡的各種現象，每一種經濟領域都對應一個專業領域；從表達形式上看，財經應用文中會大量使用圖表和統計分析方法；從語言上看，財經應用文離不開專業術語，像資金、成本、利潤、滯納金、清產核資、增值稅、雙線運行等都是財經應用文的常用術語。

（三）實用性

實用性是指財經應用文撰寫的目的是為了解決經濟領域實際工作中和

理論工作中的具體問題。實用性是財經應用文的出發點和歸宿，財經應用文是直接用來辦實事的。例如，財經製度是財經工作的辦事規程；商品廣告是向人們介紹商品、報導服務內容、傳遞各種信息；經濟活動分析報告是報送上級領導機關，使領導及時掌握情況，指導工作，作為制訂計劃和政策的科學依據，並對改善經營管理、挖掘內部潛力、不斷提高勞動生產率和工作效率、爭取最大經濟效益具有很大作用。

（四）嚴肅性

財經應用文實用性很強，無論是內容還是形式都必須高度準確，必須真實可靠，做到文實相符，才能作為經濟活動的依據。這就要求應用文寫作者的態度必須嚴肅。「一字千金」就在某種程度上反應了應用文寫作者的嚴肅態度。應用文成文以後，不允許隨便更改。譬如經濟合同，一經訂立，就對簽訂各方具有約束力。如果經濟合同的某些條款與現行政策、法令有抵觸，權利和義務規定得不夠明確，引文、標點或簽名有誤，就會給今後的工作帶來很大的麻煩，影響到發生糾紛時是非曲直的辨別，損害國家和當事人的利益。所以，寫財經應用文必須嚴肅、審慎，認真對待，絕不能粗心大意、疏忽遺漏。

四、財經應用文的作用

（一）財經應用文是做好經濟工作，提高經濟管理水平的重要手段和工具

在市場經濟體制的建立和完善過程中，離不開財經應用文寫作這個工具。從宏觀經濟控制方面講，政府為了健全宏觀調控經濟體系，運用政策、法律和行政手段管理國民經濟，要編制國民經濟長期、中期和短期計劃，要制訂各種實施方案，要發布各種經濟方針、政策和法規等。從微觀經濟方面看，每個企業要搞好管理，調動員工的工作積極性，提高經濟管理水平和經濟效益等，都需要以財經應用文為工具。

（二）財經應用文是聯絡公務、交流經驗、傳播信息的橋樑和紐帶

在一切經濟活動中，任何一個經濟部門和單位，要實現一定的經濟目的，都要通過各種財經應用文體負載經濟信息來實現。財經應用文可以通過時間和空間的限制，把各地區、各部門、各單位聯繫起來，共同完成各種經濟工作。

（三）財經應用文是解決經濟糾紛的依據

隨著市場經濟體制改革的深入，經濟糾紛也不斷出現，如經濟合同中的違法行為，企業之間的債務糾紛，經營合作中權利和義務的衝突等。這些問題的解決，需要依據法律和事實，這些事實就是經濟往來中的各種經濟文書。財經應用文記載了國家、地區、各單位的種種經濟活動，為解決經濟矛盾提供了憑證和依據。

第二節　應用寫作的發展歷史

一、應用寫作的淵源

把人的思想用恰當的語言符號藝術地表達出來的就是文章，它是一種可以超越作者生命和被人們重複品讀的思想產品。人類對這種思想產品的最初需求和對衣服的最初需求一樣，是先遮羞禦寒而後求美逐豔。所以，在人類文字史上是先有應用寫作，而後才有文學創作。中國應用寫作歷史悠久，源遠流長，可以說伴隨著文字的創造過程，應用寫作就已經開始了，應用文是與文字結伴而產生的。

中國最古老的文字是距今3,500多年前殷商時期的甲骨文，也叫契文、龜甲文字、殷墟文字，所以應用文的起源最遲可以追溯到殷商社會晚期，中國有初步定型文字的最初年代也就有了應用文的使用。殷墟出土的甲骨卜辭，商周時期的鐘鼎文，《周易》中的卦、爻辭等，都是應用文的原始形態。如果說神話是中國文學的「祖先」，那麼甲骨文則是應用文的「祖先」了。殷商王室的日常活動，都必須問天行事，進行占卜，然後把占卜的時間、事件和結果等刻在龜甲或獸骨上，這就是所謂的「甲骨卜辭」。「甲骨」是「卜用甲骨」的簡稱，其中絕大多數記載的都是占卜的事由和結果，故稱「卜辭」。這些卜辭，最多的一百多字，最短的只有幾個字。雖然文字簡短，但已經有了較為固定的內部結構，一般包括前辭、命辭和占辭。如「庚戌卜，貞帝降其堇（饉）」，意思是庚戌這天占卜，卜得天帝將要使災荒降。

自光緒二十五年至今，在殷商王朝後期政治中心的遺址——河南省安

陽市小屯村，已出土了15萬片之多的、距今已有3,500多年歷史的這類「甲骨卜辭」。據郭沫若《卜辭通纂》分類，甲骨卜辭的內容除干支數字外，還有世系、天象、食貨、徵伐、畋遊等事項，這些都可視為殷商王室的檔案資料，有的可稱為公務文書，這是我們今天所能看到的最古老的應用文了。

中國自從有了成熟的文字，就有了對應用文的記載。《尚書序》中說：「古者伏羲氏之王天下也，始畫八卦，造書契，以代結繩之政，由是文籍生焉。」這裡的「書契」即文字，「文籍生焉」即應用文產生了。《尚書》是中國第一部以應用文為主體的文章總集，它是殷周時期的歷史文告匯編，記載了從堯舜至春秋時代一些君主和大臣的訓話、誓詞和政令等，分為典、謨、誥、誓、訓、命六類，初步形成了篇章，較之甲骨文和鐘鼎文，從內容到形式都有了很大的發展。《周易·繫辭》中又記載：「上古結繩而治，後世聖人易之以書契，百官以治，萬民以察，蓋取諸夬。」這些都是有文字以來就有應用文的證據，也說明它一產生就同「應用」緊密相連，如這裡的「夬」就是決斷，就是解決問題，也就是「應用」的意思。

「應用文」一詞，最早見於南宋張侃的《拙軒集跋陳後山再任教官謝啓》一文「駢四儷六，特應用文耳」。正式將應用文作為一種文體提出的是清代學者劉熙載，他在《藝概·文概》中說：「辭命體，推之即可為一切應用之文。應用文有上行，有平行，有下行。重其辭乃所以重其實也。」

二、應用寫作的演變過程

（一）原始社會是應用文的孕育期

人類的生產、戰爭等活動是應用文產生的溫床，原始社會沒有文字，但由於人們生產、生活的各種實際需要，出現了口頭及各種物象的應用文（典型的有「結繩記事」，還有諸如實物記事、圖畫記事等），也就是原始形態的「應用文」。傳說神農氏「耕而作陶」。陶器的制作是新石器時代的重要標誌，中國原始的符號文字，就是因實際的需要而刻畫在陶器上的。宗教活動中產生了各種口頭的祭辭；經濟活動中出現了「質」「劑」等契約、合同的形式。

（二）從奴隸社會到戰國時期是應用文的萌芽期

應用文是伴隨著文字的產生而出現的，最初是人們記載生產、徵戰和

生活中的某些事項，後來隨著階級和國家的產生，應用文（主要是公文）成為統治階級治理國家的一種工具。中國歷史上第一個奴隸制國家，是建於公元前21世紀的夏朝。那時已經有了記載有關生產、歷法、占卜以及軍事活動等的早期應用文。殷墟甲骨文是我們能見到的應用文的「祖先」，是有實物可考的最早的文書。這些甲骨卜辭，都可視為殷王室的檔案，可稱為公務文書。在公牘文書中，除了政治、經濟、軍事、宗教文書以外，隨後出現了稽、察、糾、詰、禁、誅、警戒等司法文書，經濟活動中也出現了各種「約劑之法」，一些重要刑書也被鑄在青銅器上。

公牘文書在統治者的支持下有了新的發展，其他應用文也隨著社會的需要而出現，比如契約。《列子·說符》中記載了這樣一個故事：「宋人有遊於道，得人遺契者，歸而藏之，密數其齒，告鄰人曰：『吾富可待矣』」。當時的「契」，可能就是一塊竹木，從中剖開，雙方各執一半，需要驗證時，合在一起即可證明。私人書信在奴隸社會後期也廣泛使用，如範蠡的《遺文種書》就為人們所熟知。戰國時期，封建製度取代了奴隸製度後，社會生產力得以蓬勃發展。這時知識分子形成了特殊的階層——士，他們發展了公牘文書和私人文書。「士」撰寫應用文的態度十分嚴肅。「一字千金」在某種程度上反應了應用文寫作者的嚴肅態度。春秋戰國時期的各種應用文，如盟書、上書、檄、祝、頌、誄、吊、賦和司法文書、經濟契券等，都初具應用文的嚴肅性和實用性的特點。

（三）秦漢時期是應用文的發展期

秦朝統一的封建專制主義中央集權國家建立後，對政治、經濟、文化進行了一系列的變革，如「書同文，車同軌」等，這在客觀上使得公牘文書必然進一步地規範化。1975年在湖北省雲夢縣出土了1,100餘枚竹簡。從這些竹簡可以看到，秦時的律令文書和公文體制趨於統一，內容豐富，條理清楚，結構完整。雲夢秦簡的內容包括秦律十八種、為吏之道、語書、日書等，反應了秦時應用寫作的原貌。

1. 明確了公文文種的使用範圍。一是皇帝要用制、詔等號令天下、訓誡臣子。制、詔是皇帝的命令，如司馬遷《史記·秦始皇本紀》中說「命為制令為詔」，後發展為規章製度。二是官員要用章、表等向皇帝奏事。

2. 首次規定了行文方向，格式上有了種種限制。當時公文分下行和

上行兩種。下行文有制、詔、策、戒等，供皇帝專用；上行文有章、表、奏、議等，開頭多用「臣某言」等語，結尾用「臣某誠惶誠恐」或「頓首」等字樣，以示對皇帝的敬畏。

3. 公文中有避諱製度。秦時只有皇帝才能自稱「朕」，表示至尊無二；文首遇到「皇帝」字樣時要頂格書寫，謂之「抬頭」；文中遇到皇帝之名，甚至連同音字都必須迴避，否則就是對皇帝不敬。

漢承秦制，基本上沿用了秦的公文製度，雖然在形式上沒有根本性的變化，但在內容上有了一些新的發展。如百官稱皇帝為「陛下」，史官記事稱皇帝為「上」。同時出現了一些應用文佳作，文辭縝密嚴謹，如賈誼的《論積貯疏》、晁錯的《論貴粟疏》、桓寬的《鹽鐵論》、司馬遷的《報任安書》等。東漢蔡邕的《獨斷》對漢代公文的種類、功用、寫法和格式等作了較為詳細的論述，是一部總結漢代公文文體的著作，有了對應用寫作進行研究的意識。他把當時的公文分為兩類：一是天子言群臣之文，二是群臣上天子之文。從這個分類看，兩漢公文文種與秦代區別不大。

（四）魏晉南北朝時期是應用文的成熟期

魏晉南北朝時期的應用文，無論是寫作實踐還是理論研究，都有了明顯的進步和發展，促使應用寫作進入了成熟階段。

1. 出現了許多膾炙人口的名篇佳作。如諸葛亮的《出師表》、曹操的《讓縣自明本志令》、陶淵明的《與子儼等疏》、李密的《陳情表》、王羲之的《與桓溫箋》、沈約的《答陸厥書》等，有些作品已成為中國文化寶庫中的藝術珍品。

2. 有了研究的理論文章和專著。首先是曹丕的《典論・論文》。「典」有「常或法」的意思，「典論」就是討論各種問題的法則。《論文》是其中的一篇，就文學的有關問題進行討論，是中國文學批評史上專篇論文的開始。它將文體分為 8 類，其中奏、議、書、論、銘、誄都是應用文。其次是陸機的《文賦》。它針對創作中出現的「意不稱物，文不逮意」的現象，全面系統地探討了文學創作過程中一系列具有根本性的問題，成為中國文學批評史上第一篇完整的文學理論作品。它將文體分為 10 類，其中 8 類是應用文。再次是劉勰的《文心雕龍》。這是中國第一部完整而系統的文學理論著作，具有里程碑的意義。作者將文體分為 33 類，應用文占 21 類；其文體論部分的 20 篇文章就有 12 篇談到了應用文，可見當時應用文

使用的廣泛與地位之重要。劉勰明確肯定了應用文的社會價值和作用，並對各種應用文體，從定義、演變、特徵、寫法等方面逐一作了精闢的闡述，說明當時人們對應用文文體的內涵、源流、特點、寫作要求和規律有了全面而深入的認識。

（五）隋、唐、宋是應用文發展的高峰期

這個階段是中國封建社會的繁盛時期，國家統一，政治穩定，文化活躍，經濟繁榮，禮制完備，從而促進了應用文寫作的進一步發展，使應用寫作進入了高峰期。

1. 應用文撰寫更加規範，文書製度更加嚴格。不管是官府公文還是通用文書，都有嚴格的體式要求，形成了一整套文書工作製度，如一文一事製度。另外，公文的折疊、批制、謄寫、簽押、用印、編號、收發、登記、催辦等都有嚴格規定，基本完善了公文的處理程序。

2. 細化行文方向，創造了許多新文種。唐朝在上行文和下行文的基礎上，又分出了平行文。當時下行文包括冊、制、敕、令、教、符、帖等，其中「敕」始於唐代，是皇帝專門用來勉勵公卿、訓誡朝臣的一種公文；上行文包括表、牒、申狀等，其中「牒」始於唐代，是官府中通用的一種簡單公文；平行文有關、移、咨報等，其中「咨報」也始於唐代，是官府的常用文書之一。此外，在官府中還通用一種薦文，分薦章和薦剡兩種。前者是薦舉人才的奏章，屬於上行文；後者是薦舉人才的公牘，一般用於平行文。

3. 應用文類別繁多，分類更加精細。宋代姚鉉的《唐文粹》和南宋呂祖謙的《宋文鑒》就可說明這一點。

4. 文學家豐富和發展了應用寫作。唐代韓愈等人掀起的「古文運動」，對應用文的內容、形式和文風都產生了巨大的影響。宋代文壇盟主歐陽修提出了「信事言文」的主張，並以自己的寫作實踐倡導人們把應用文寫得真實、平易、自然而有文採。許多文學大家都有文質兼優的應用文傳世。唐宋時期，應用文無論是數量還是質量，都達到了歷史最高峰，錦章佳篇大量湧現。如駱賓王的《為徐敬業討武曌檄》、韓愈的《論佛骨表》、白居易的《論和糴狀》、歐陽修的《通商茶法詔》、王安石的《乞制置三司條例》等。

（六）元、明、清時期是應用文的穩定期

　　元明清時的應用文，總體上是在唐宋應用文的基礎上變化和發展的，處於相對穩定狀態。元代應用文水平不高。明代應用文沒有達到唐宋的水平，但較之元代有所發展。海瑞的《治安疏》、歸有光的《寒花葬志》、宗臣的《報劉一丈書》、張溥的《五人墓碑記》等都各具特色，從各方面反應了明代應用文的水平。清承明制，應用文發展遲緩，由於專制統治達到頂峰，下行公牘文書的制作也緊緊掌握在皇帝手中。

　　這個時期的寫作理論有了一定的發展。如明朝徐師曾的《文體明辨》和清代姚鼐的《古文辭類纂》等，對應用文的各種體式有了更深入細緻的研究。特別是到了清代，第一次提出了「應用文」的概念：「辭命體，推之即可為一切應用之文。應用文有上行，有平行，有下行。重其辭乃所以重其實也。」這個時期的突出特點是應用文文體的分類更加詳細，以至於十分繁瑣。如明代的上行文就有題、奏、啓、表、箋、講章、書狀、揭帖、制隊等，經常使用的也就是題、奏、啓、揭帖等幾種。

　　總之，應用寫作產生後，經過歷朝歷代的演化、沿革和發展，到封建社會末期，已是文種繁多，體制完備，內容豐富，涉及社會政治經濟文化生活的各個領域和各個方面。但同時也累積了一些弊病，如文體繁蕪、八股味濃、套語較多、晦澀難懂等，已不能適應社會經濟發展的需要，也嚴重影響了應用寫作自身的發展，改革勢在必行。

三、應用寫作的變革

　　清末太平天國時期的文書改革，對綿延2,000多年的封建社會文書是一次很大的衝擊。這次改革主要是從語言和體制兩個方面進行，如要求公牘文書免去繁文浮言，直陳其事。太平天國曾發布過一些文告，要求「一體知悉」。太平天國關於應用寫作的主張，對後世有較大影響。

　　辛亥革命後，南京臨時政府頒布了新的公文程式條例，規定國家公文為7種，廢除了幾千年封建王朝所使用的舊式公文，是公文製度上一次歷史性的根本變革。從此，公文文體開始朝著現代應用文的方向發展，其他一些應用文文體也隨之發生了變革，如「簡札」之類的文書就開始叫書信或「函」了。北洋政府沿用南京臨時政府制定的公文程式，不同的是把公文文種改為大總統令等13種。1927年中華民國政府把公文改為令、委狀、

咨呈、公函和批等 10 種；1928 年取消咨呈和委狀，改通告為布告，開始使用白話文和新式標點符號，使應用寫作逐步朝著科學化的方向發展。

社會在發展，時代在更迭，為適應新的社會、新的時代的需要而產生了新的應用文，原有的某些應用文也隨之變革。新中國成立後，中國公文製度不斷完善，歷經 1951 年、1981 年、1987 年、1993 年、2000 年、2012 年的六次修訂，各種公文日益規範化。隨著市場經濟體制改革的不斷深入，出現了眾多的財經應用文，如商品廣告、經濟合同、市場調查報告和經濟糾紛訴訟文書等。這些都是因現實需要而產生的，並隨著社會發展不斷演進。

總之，縱觀中國應用文發展的歷史，可清晰地看到，一類文體，經歷了數千年，能歷久不衰，是因為它適應了社會發展的需要，才有了頑強的生命力。應用文正是由於其實用性，而被歷代統治者、權臣謀士及廣大人民所重視，較少受改朝換代、社會變革的影響。為了達到實用目的，人們不斷地研究其文體形式和表達方式。這不僅提高了應用寫作的水平，還讓那些藝術性很強的作品在失去現實意義以後，又以其藝術性流傳下來，成為欣賞價值很高的不朽之作。

第三節　應用寫作基礎知識

一、主題

（一）主題的含義

主題是文章所表達的中心思想，是事物的客觀意義與作者對事物的主觀評價在文章中的高度統一。

「主題」一詞源於德語，最初是一個音樂術語，指樂曲中最具特徵並處於優越地位的那一段旋律——主旋律。它表現了一個完整的音樂思想，是樂曲的核心。後來這個術語被廣泛用於一切文學藝術的創作之中。日本將這個概念譯為「主題」，中國就借用過來了。中國古代對主題的稱呼是「意」「立意」「旨」「主旨」等。主題是作者對現實的觀察、體驗、分析、研究以及對材料的處理、提煉而得出的思想結晶。它既包含所反應的現實

生活本身所蘊含的客觀意義，又集中體現了作者對客觀事物的主觀認識、理解和評價。

不同的文體對主題有不同的稱謂：在文學作品中一般稱為主題、中心思想或主題思想；在應用文中稱為主旨；在議論文中稱為中心論點。所以，主題、主旨和論點這三者的內涵基本上是一樣的，只是因為文體不同，其表達方式有所不同。

（二）主題的作用

主題是文章不可缺少的核心要素，是文章的生命，具有控制全篇、決定文章成敗的重要作用。

1. 主題是文章的核心。它把有關的內容聚合在一起，並運用與之相適應的結構、語言、表達方式表現出來。「譬如北辰，居其所而眾星共之。」（《論語‧為政》）主題就好像北極星那樣，安居在自己的位置上，而別的星辰都環繞著它。沒有主題的文章就會顯得鬆散凌亂，讓人不知所雲。

2. 主題是文章的靈魂。所謂靈魂就是指人的思想意識，它支配著人的一切言論和行動。「意者，一身之主也。」（黃子肅《詩法》）主題猶如文章的靈魂，在其中發揮著主導作用。沒有主題，文章就會黯然失色；有了主題，文章才能神采流動。

3. 主題是文章的統帥。在軍隊中，統帥是制定決策、調遣軍隊、威懾敵軍的核心人物，居於重要地位。「意猶帥也，無帥之兵，謂之烏合。」（王夫之《姜齋詩話》）文章沒有主題，就像軍隊沒有統帥一樣，就會失去主導力量。

4. 主題決定材料的提煉取捨。社會生活中存在著豐富多樣的材料，這些材料往往是零碎的、分散的、不系統的、彼此孤立的，不能把這些材料不分青紅皂白地統統塞到文章中去。只有根據主題表達的需要，經過精心的鑑別取捨，才能從中提煉出典型的、富有生命力的、互相聯繫的材料，使這些材料成為表現主題的有機組成部分。如果材料不聽從主題的統帥、調遣，那麼材料就是再具體、再生動也不會有多大的意義，甚至還可能喧賓奪主、淹沒文章的主題。

5. 主題支配文章的謀篇佈局。文章的結構佈局是文章思想內容的骨架，是主題表達的外部形式。任何一篇文章的主題，都要求有與之相適應

的結構和佈局。文章主題的任何變化都將引起文章結構的相應調整。如果偏離了主題，盲目地鋪陳，就不可能形成嚴密統一完整的文章結構。

6. 主題制約文章表達手法的運用。文章的表達手法是文章從不同角度來反應社會生活的特定方式。不同性質的文章主題，其表達手法也往往不同。就是性質相同的主題，由於其具體內容上的差異，所採用的表達手法也會同中有異。

7. 主題影響文章的遣詞造句。古人強調「言授於意」，就是說語言的運用必須由思想內容決定，語言必須為表達思想服務。文章如果沒有正確的、鮮明的主題，詞彙就是再豐富多彩也會顯得矯揉造作，毫無意義。一旦有了明晰而深刻的思想、強烈而真摯的感情，即使語言質樸無華也會從字裡行間透露出思想的光輝。

8. 主題不僅是文章寫作的基本依據，而且也是決定文章價值的最重要因素。衡量一篇文章價值的大小，主要看它的主題是否有意義，即是否提供了正確深刻的思想、科學有效的方法、積極健康的情感，是否有利於社會主義物質文明、政治文明和精神文明建設。任何文章都是作者的政治理想、思想意識和審美情趣的體現，是作者對社會生活認識的能動反應，而主題則是這種反應的集中概括和思想結晶。它直接作用於讀者的思想或情感，並影響人們改造客觀世界的實踐活動。

(三) 確立應用文主題的要求

財經應用文寫作常常是被動的，如工作中遇到實際問題需要詢問、反應或答覆，領導部署的寫作任務要完成等，大多不是作者個人對生活、工作有感而發，而是一種被動的行為過程，有很強的針對性、實用性，是為「事」而寫，為「行」而寫。所以，財經應用文寫作十分強調「主題先行」「意在筆先」。

財經應用文主題的確立過程既是作者主觀思想和客觀實際在一定高度或一定深度相融合的過程，也是對領導、決策人的意圖與要求的準確領會、深入分析的過程，是從個別到一般，從具體到抽象的過程。所以，確立應用文主題的要求是：

1. 主題正確。主題正確是指要準確地概括和揭示事物的本質特徵，符合客觀世界的真實情況，符合客觀規律。財經應用文主題所要求的正確是指必須符合國家政策和法律法規，符合實際情況，在此基礎上反應事物

的本質規律，力求合理、真實，對工作能起到積極的指導作用。

正確的主題有助於人們增長知識、陶冶情操；而錯誤的或不健康的主題不僅會使人的精神受到污染，也會使經濟遭受嚴重損失。主題的正確與否，往往是與作者的世界觀、方法論相聯繫的。正如魯迅所說：「從噴泉出來的都是水，從血管出來的都是血。」只有深入實際，認真學習，提高理論水平，才可能寫出主題正確的文章來，才能發揮文章應有的作用。

2. 主題鮮明。主題鮮明是指作者的基本態度、文章的基本思想要明確且具體，毫不含糊。對問題的認識，對事物的評價，主張什麼，反對什麼，應該怎樣做，不應該怎樣做，解決什麼問題，達到什麼目的，都要旗幟鮮明地表達出來，不能含糊其辭、模棱兩可，要用「直筆」，避免用「曲筆」。文章主題不鮮明的原因主要是作者構思時思想不明確，對材料的理解不全面，對中心的表達不清晰。寫作時一定要注意這些問題。

3. 主題深刻。主題深刻是指在主題正確的基礎上，要有思想深度，要反應和揭示客觀事物的深層含義，揭示事物的本質規律，闡明事物之間的必然聯繫，具有深刻的思想意義和豐富的內涵。深刻是對主題提煉的更高要求，是衡量文章價值的基本尺度。一篇文章如果不能「見別人之所未見，發別人之所未發」，思想平庸、膚淺，就不可能給讀者以啟發和幫助，其存在也毫無意義。

4. 主題集中。主題集中是指一篇文章只有一個主題，它要求突出一個中心目標，闡述透澈，不添枝加葉、枝蔓橫生。切忌主題分散、中心過多。要讓材料的使用、謀篇佈局和遣詞造句都為突出這個主題服務。財經應用文往往圍繞一件事、一個問題提出一個基本觀點，即一文一事。

（四）表現應用文主題的方法

1. 顯現法。顯現法又叫「直接法」，它是在文章的某一部分，用明確而簡練的語言直截了當地把主題表述出來。這是財經應用文常用的顯現主題的方法。常見的有以下四種方式：

（1）標題顯旨，就是在標題中直接點明主旨。標題的位置使其最易給讀者留下鮮明的印象。如果直接用標題給文章主題以有效的表達，自然就可以使主題得到更突出的表現。

（2）開門見山，就是在開頭部分亮出觀點、點明主旨，給人以鮮明深刻的印象，然後再逐步展開闡述。

（3）文中點意，就是片言居要，在行文中自然而然地引出主要論點或中心思想。陸機在《文賦》中說「立片言以居要」，意思是說寫文章要用一兩句精煉的話語概括出文章的主要內容，形成主題句。劉熙載在《藝概》中說：「凡作一篇文，其用意俱要一言蔽之。擴之則為千萬言，約之則為一言，所謂主腦者是也。」文中點意可使讀者得其要領，準確把握文章主題。

（4）篇末結意，就是在文章結尾處，用簡明扼要的文字歸納主題，加深讀者的印象，或者前提後點，開頭揭示文章的內容重點或方向，結尾點明主題。

表明主題有時需要幾種方法的綜合運用，在大多數應用文中，常常是開頭點題，結尾重複強調，做到上下呼應、首尾呼應。

2. 比較法。比較法又叫「對比法」，是通過文章不同側面或不同性質內容的對比來揭示主題。

（1）抑揚法：指對於要表現的人、事、物採用有揚有抑的方法，形成鮮明的對比，以表現主題。

（2）疏密法：疏，指疏筆，即略寫；密，指密筆，即詳寫。通過詳寫和略寫的鮮明對比，使文章主次分明，中心突出。凡與主題關係密切的內容就詳寫，與主題關係不大的內容就略寫。

二、材料

（一）材料的含義

材料即客觀事實和理論依據，是文章的血肉，是觀點形成的支柱。材料不僅包括寫作者最終寫入文章之中、用以表現主題的事實和觀念，也包括那些在提煉主題時起過一定作用、最終沒有寫進文章的有關事實和理論依據。一般文章所需的材料可分為五個類組，即事實材料和理論材料，個別材料和綜合材料，歷史材料和現實材料，正面材料和反面材料，直接材料和間接材料。在文學作品中使用「素材」「題材」的概念。「素材」是指寫作者從現實生活中收集的那些未經加工整理的原始材料，「題材」是指寫作者對生活素材集中、提煉、加工並寫入作品的材料；在學術論文中，一般將材料稱為「資料」，在一般文章中稱為「材料」。

（二）材料的作用

我們常說：「擺事實，講道理。」事實就是客觀材料，道理就是觀點。不以事實來證明觀點，觀點就沒有說服力；沒有事實作為依據的文章，則言之無物，而空洞的文章是缺乏表現力和感染力的，是沒有生命力的。材料作為文章的第一要素，其作用具體表現在以下兩個方面：

1. 材料是提煉和形成主題的基礎。財經應用文的主題不是寫作者主觀臆想出來的，而是以材料為基礎提煉的。寫作者只有在佔有全面、豐富材料的基礎上，才能提煉出正確、鮮明和深刻的主題。章學誠在《文史通義·文理》中說：「夫立言之要在於有物。」這個「物」就是指的材料。

2. 材料同時還起著證明觀點、表現主題的作用。寫作者在確定了文章的觀點之後，要圍繞著它對大量的材料進行鑑別，選擇出典型的、新穎的材料作為構成文章內容的主要部分。南宋朱熹說：作文字須是靠實，不可架空細巧。大率七分實，只二三分文。這裡的「實」就是材料。

（三）應用文材料的收集

1. 應用文材料收集的要求。首先是全面，著眼於一個「博」字。其次是深入，著眼於一個「透」字。然後是細緻，著眼於一個「細」字。

2. 應用文材料收集的方法有以下五種：

（1）觀察，是作者憑藉自己的感覺對對象進行有目的、有計劃、比較持久的感知，記錄所得的材料。這是取得第一手材料的主要途徑。

（2）體驗，即置身於對象所處的環境之中，用整個身心去感受。其價值在於它的「親歷性」。通過體驗，獲得切身感受，以累積素材。

（3）調查訪問，即通過向知情人、有經驗的人詢問以瞭解真實情況，獲得材料。通過綜合運用觀察、體驗、查詢、閱讀等手段，採用開座談會、個別訪問、現場瞭解、蹲點調查等形式以獲得材料。

（4）文獻資料法，就是從各種文獻、音像資料中獲取材料。通過廣泛的閱讀，可以掌握大量的知識與信息，然後進行比較、分析、歸納，提煉出正確的決策或論題。此外，也可以通過報刊剪貼、複印、錄音、錄像等手段來獲取資料。

（5）計算機檢索，是當今最便利、最普遍的收集材料的方法。通過計算機網路，可以在很短的時間內比較容易地調用所需材料，而且保存也極為方便。

（四）應用文材料的選擇

1. 圍繞主題選擇材料。就全文來講，材料要為主題服務。也就是說材料與觀點要統一，寫進文章的材料必須能夠有力地表現、說明、烘托主題，與主題無關或關係不大的材料要捨棄。主題是選材的依據，切合主題的需要是選材的基本原則。

2. 選擇真實可靠的材料，即寫進應用文裡的材料必須準確無誤，從大的事件到具體細節，甚至一句引語、一個數據都不允許有絲毫的虛假。虛假材料是不能反應事物本來面目的，也不能揭示自然規律；錯誤的材料不經一駁，更經不起實踐的檢驗。

3. 選擇典型材料，即盡量選取那些能深刻揭示事物本質、有代表性、能說明問題的材料。要通過個性，反應其共性；要通過特殊，揭示出一般的社會現象。典型材料可能是一個突出事例或一個有說服力的數據。

4. 選擇新穎生動的材料，即寫進應用文中的材料一定要有時代感：一是能夠表現客觀事物的發展變化趨勢，反應客觀事物的最新面貌，以及現實生活中人們最關心的新人、新事、新思路、新成果和新問題的材料等；二是雖為人所知卻因變換角度而具有新意的材料。

總之，大多數應用文，是選擇若干材料，從不同角度、不同層次，闡明主題。在寫作過程中，將同類型的材料結合使用，可以優勢互補，提高整體表達效果。常用的結合方式有理論材料與事實材料結合、具體材料與概括材料結合、文字材料與數字材料結合等。

（五）應用文材料的使用

材料選取之後，要正確使用，還應注意以下三點：

1. 量體裁衣，決定取捨。這裡的取捨，針對的是一些法規性、指令性文書，多數材料只是作為寫作的依據，不進入正文，雖然通過了挑選，但在實際寫作過程中還是要捨的。「量體裁衣」，是根據文章體裁不同，對選定的材料進行不同的剪裁加工。

2. 主次分明，詳略得當。使用材料時，能直接說明和表現主題的，應置於主要核心地位；配合或間接說明、表現主題的，應置於次要地位。兩者是「紅花」與「綠葉」的關係。骨幹核心材料，要注意詳盡；過渡材料、交代性材料，要相應從略；讀者感到生疏或難以把握的材料應詳，讀者所瞭解或容易接受的材料可從略。

3. 條理清晰，排好順序。對已選定的材料，應根據事物發展的過程、人們的認識規律或材料之間的邏輯關係排好順序，將各種不同類型的材料合理搭配，有條不紊地寫出來。

三、結構

（一）結構的含義

「結構」一詞，原是建築學上的一個術語，指的是建築物的內部構造和整體佈局。應用文的結構是指應用文內部的組織和構造，是作者按照主題的需要，對材料所進行的有機組合和編排，又稱謀篇佈局。

文章結構的實質是作者的思維和規律性活動與客觀事物的形態和規律性活動同步的產物，是作者根據客觀事物的固有規律和內在聯繫，經過思維器官的思索加工形成的思路在文章中的反應和體現。所謂思路，就是作者觀察事物、思考問題、構成文章、表達內容時思維運行的路線。它體現著作者觀察、認識、表現生活的主觀能動作用。葉聖陶先生曾說：「思想是有一條路的，一句一句，一段一段，都是有路的，好文章的作者是絕不亂走的。」結構是思路的物化形態和外在表現。所以，文章結構是客觀事物固有的邏輯、條理與作者認識和表現客觀事物的獨特思路的辯證統一、密切結合。

（二）結構的作用

結構的任務就在於尋求最佳的敘事明理、表情達意的表現形式，使這種思維傳遞形式成為溝通主題與材料、論點與論據的內在聯繫，成為溝通讀者與作者心靈的最佳形式。具體地說，像如何開頭，怎樣收尾，分多少層次，劃多少段落，怎樣過渡等，都是結構要完成的任務。結構的使命是通過「匠心組合」，把各個部分連接成為一個和諧有序的整體，使內容的表達真實而鮮明。

如果說主題是文章的「靈魂」，材料是文章的「血肉」，那麼結構就是文章的「骨骼」。如果說主題是解決「言之有理」的問題，材料是解決「言之有物」的問題，那麼結構就是解決成「形」備「體」、言之有序的問題。因此，只有精心謀篇佈局，才能把各自遊離、互不聯繫的內容統一起來，組成一篇完整的文章；否則，「血肉」無所依，「靈魂」無所寄，既不成「形」，又不「備」體，將不能成為文章。

（三）安排結構的基本原則

1. 結構要正確地反應客觀事物的發展規律和內在聯繫。任何事物的發生、發展都有其內在的聯繫，文章的結構正是反應了這些內在聯繫和固有規律，反應了事物發生、發展和結束的全過程。例如寫一篇通訊，就要按事件的發生、發展和結束的順序來構建全篇；而寫一篇情況報告，則要按照問題的產生、發展變化，直至最後解決問題的全過程去安排層次段落。

2. 結構要為表現主題服務。主題是文章的「綱」，一篇文章不論由這個「綱」演繹出多少層次，形成多麼複雜的格局，都必須「以綱統目」。主題不同，結構安排也不同，結構必須服從主題的需要，為表現主題、突出主題服務。只有「務總綱領」，依照主題的要求去安排結構，才能收到「驅萬途於同歸，貞百慮於一致，使眾理雖繁，而無倒置之乖，群言雖多，而無棼絲之亂」（劉勰《文心雕龍‧附會》）的良好效果。

3. 結構要適應應用文文種的特徵。應用文的文種不同，它們的結構安排也不盡相同。例如新聞類文書，其結構一般由標題、導語、正文和結尾等構成；總結的結構由概況、經驗和教訓、安排和打算等構成。即使同一文種，由於情況各異，其結構也不盡相同。

（四）安排結構的基本要求

1. 完整。文章要反應客觀事物，而客觀事物是紛繁複雜的，各種事物之間又有著千絲萬縷的聯繫，因此，在安排文章結構時，就要注意有頭有尾、首尾圓合、文脈相通，構成一個有機的整體。

2. 嚴謹。文章的結構佈局要嚴謹精細、無懈可擊，符合事物發展的客觀邏輯。從標題到篇章，到層次、段落，彼此之間都應該是緊密聯繫的，而不應該是彼此遊離的。

3. 自然。自然是指結構順理成章，沒有人工雕琢的痕跡，更沒有牽強附會的拼湊。它要像清水出芙蓉，天然去雕飾；要如行雲流水，「常行於所當行，常止於不可不止」（蘇軾《答謝民師書》）。

4. 統一。統一是指結構佈局形式上的和諧和體例上的一致。結構佈局要前後一致，決不能相互抵觸、自相矛盾。

（五）應用文結構的基本內容

1. 開頭。高爾基在《我怎樣學習寫作》中說：「最難的是開頭，也就是第一句。就像在音樂中一樣，第一句可以給整篇作品定一個調子，通常

要費很長時間去尋找它。」財經應用文的開頭宜採用開門見山的方式。常見的開頭方式有以下幾種：

（1）概述式。在開頭部分對文章的背景、基本情況、主要內容加以概述。採用這一方式，能起到提綱挈領的作用。

（2）根據式。在開頭闡明撰文的根據，或引用政策法令和規定指示，或引述下級來文、上級指示精神，或引據事實和道理，常用「根據」「按照」「遵照」等引起下文。

（3）結論式。在文章的開頭將結論、結果先做交代，然後由果溯因分別加以敘述。這種開頭多見於總結、報告等。

（4）目的式。文章以簡明的語言說明寫作的目的和意義，常用介詞「為」「為了」等引起下文。一些公文常用這些開頭，如通知等。

（5）原因式。以交代行文的緣由作為開頭，常用「由於」「因」「鑒於」等引出原因或簡述某種情況作為原因，再引出寫作目的。

（6）提問式。先提出問題，然後引出下文。這種開頭方式能引起讀者的注意和思考。這種開頭方式常見於調查報告、經濟論文等。

2. 結尾。俗話說「編簍編筐，重在收口」。結尾是文章的終結，是內容的自然延伸和發展的必然結果，要像「豹尾」那樣強健有力。常用的應用文結尾方式有以下幾種：

（1）總結歸納式。在主體寫完之後對全文的主旨進行簡要概括，總結全文，使讀者有一個總的完整概念。

（2）強調說明式。在結尾處對全文的主旨意義進行強調說明，或者交代一些與文章內容有關的問題，以引起讀者的注意和重視，以利於貫徹執行。

（3）希望號召式。在結尾部分提出希望、發出號召和展望未來，以鼓舞鬥志。

（4）專門結尾用語式。採用特定的結尾語結束全文。例如證明用「特此證明」作結束語。

除了上述幾種結尾方式，還有請求式、責令式、表態式等，這裡就不一一列舉了。有的則沒有結尾，在主體部分寫完之後，事盡言止，自然收尾。

3. 層次。層次又稱部分，是應用文思想內容的表現程序，體現著應

用文內容的內在邏輯聯繫。層次又稱意義段或結構段。安排層次時，要從事物內部聯繫著眼，體現出作者的思想。安排層次有如下兩種模式：

（1）總分式（分總式）。層次之間是總述與分述或分述與總述的關係。採用總分式還是分總式，由內容決定。

（2）縱向式。即各層次之間先後有序，主次分明。具體來說，有時間順序式和邏輯順序式兩種類型。

①時間順序式是按照事物的時間流程、事情或事件的發展過程安排層次。如反應事物發展變化的市場調查報告、總結和經濟新聞等，常按此法安排層次。需要注意的是，採用這種結構方式，不能事無鉅細地記流水帳，而要抓住事物發展的關鍵環節。

②邏輯順序式是按照事理內在的邏輯關係安排層次，這種邏輯關係表現為現象和本質、原因和結果、宏觀和微觀、個別和一般等，環環相扣、層層遞進地安排層次。

4. 段落。段落又稱自然段，是構成文章的基本單位，是文章內容在表達時由於轉折、強調和間歇等情況所造成的文字停頓，它具有換行的明顯標誌。正確劃分段落能有邏輯地表現思維進程中的轉折、間歇，清楚地反應文章的層次，使文章眉目清楚，便於閱讀和理解。文章除占多數的普通段落外，還有開篇段、過渡段、結尾段；特殊的段落有對話段，多見於文學作品。特殊的段落還有助於強調重點，加深印象。

層次和段落有聯繫，又有區別。層次著眼於思想內容的劃分，靠內在的邏輯性來顯示區別；段落側重於文字表達和讀者理解的需要，是話語中相對獨立的意思的外在表現。層次總是借助於一定的段落展現出來。一般來說，層次大於段落，可以包含幾個甚至幾十個段落；有時層次與段落是一致的，即一個自然段為一層；有時段落大於層次，即一大段中包含幾個層次的內容，如新聞消息一般不分段。

層次和段落不是孤立存在的，而是相互關聯的。前後上下要承接，就要求有過渡和照應。過渡和照應的作用在於能使應用文前後關聯、脈絡相通、內容完整。

5. 過渡。過渡是指應用文的層次、段落及上下文之間的銜接和轉換。其作用是使文章的內容上下自然連貫，使讀者的思想能順利地由前轉入後，獲得較好的閱讀效果。一般情況下，當內容由總到分或由分到總時，

意思轉換及表達方式發生變化時，需要安排過渡。常用的過渡方式有：

（1）段落過渡。若上下文空隙較大，轉折也很大，常用過渡段聯結。

（2）句子過渡。若上下文空隙較小，多用提示性或設問性的句子過渡。例如在公文中，常用「特此通告如下」「現將有關事項通知如下」等作為過渡。

（3）詞語過渡。在意思轉折不大的情況下，多用關聯詞或關聯詞組過渡，如用「因為」「所以」「但是」「綜上」等作為過渡。

6. 照應。照應是指在應用文中，同一或相關的內容分別在前後不同的地方進行關照和呼應。其作用是使所寫的事物或問題相互補充和得以深化，使全文線索明晰、嚴密周至，而且能不時喚起讀者的聯想和回味，有助於文章主題的表達。常見的照應方式主要有：

（1）首尾照應。開頭提出一個問題，結尾要對這個問題做出圓滿的回答，或者開頭交代的事情，結尾進一步加以概括、歸納和補充，如經濟論文、總結和調查報告等。

（2）文題照應。在行文中時時照應標題，對主題加以強調、提示。

（3）文中照應。在行文過程中，文章自身前後內容間的照應。

四、語言

（一）應用文語言運用的基本要求

語言是文章的第一要素，在文章中有極重要的作用。講究語言的藝術效果，不僅能正確反應客觀事物，準確表達思想，還能增強應用文的感染力，提高應用文的質量。要寫文章就必須使用語言這一工具，要寫好文章就必須正確地運用語言。應用文語言運用的基本要求如下：

1. 準確得體。用詞準確就是精心選擇最確切、最恰當的詞彙，正確反應客觀事物，準確地表達作者的思想感情。這是運用語言最基本的要求。要從浩瀚的詞彙海洋裡，選擇出最精確的詞語，把複雜的思想和客觀事物反應出來，需要作者付出大量的心血。正如馬雅可夫斯基所說：「要像從幾百噸礦石裡提煉出一克鐳那樣，提煉出精闢的詞語。」福樓拜曾說：「我們不論摹寫什麼事物，要表現它，唯有一個名詞；要賦予它動作，唯有一個動詞；要得到它的性質，唯有一個形容詞。我們須繼續不斷地苦心思索，去找這個唯一的名詞、動詞和形容詞。僅僅發現與這些名詞、形容

詞類似的詞句是行的，也不能因思索困難，用類似的詞敷衍了事。」

　　應用文講究語言得體是指一方面要適合特定的文體，按文體要求遣詞造句，保持該文體的語言特色。例如公文宜莊重，學術論文宜嚴謹，合同則要精確等。另一方面要考慮創作主體、接收對象等的特定身分。例如需要登報或張貼的，語言要通俗易懂；需要宣讀或廣播的，語言應簡明流暢、便於朗讀。公文的寫作要根據不同文體和行文關係而使用相應的語言。總之，作者應針對性地運用得體的語言取得最佳的表達效果。

　　2. 樸素平實。應用文的語言應以樸素為貴，在分析事實的基礎上講清道理，務求做到言簡意賅。行文要掌握要點，主要讓事實說話，再據以分析，提出相應的意見、措施和辦法。

　　應用文是為解決實際問題而撰寫的，它的語言重在實用。為了便於讀者理解，應用文的語言應力求平實，行文時多用平直的敘述、恰當的議論和簡潔明瞭的說明。例如，公文具有行政約束力和法定權威性，其語言要求樸素平實，不能浮華失實，不能亂用形容詞和俚俗口語。

　　3. 簡潔明瞭。要做到簡潔明瞭，首先要精簡文章，突出主幹，把無關或關係不大的內容刪去。其次要反覆錘煉，提高概括能力，杜絕堆砌修飾語，適當使用縮略語。再次要推敲詞語，錘煉句子，恰當地運用成語、文言詞語等。最後要注意用詞通俗，不用生僻晦澀的字句。用極少的文字表達豐富的思想內容，這需要有高超的駕馭語言的能力。同時，對客觀事物的瞭解要全面，理解要透澈。

　　4. 數字書寫要規範、清晰、準確。具體見《出版物上數字用法的規定》。在日常運用中一般要注意以下幾點：

　　（1）在同一篇文章中序數數字的體例要統一，不能體例混雜。如「農曆初一至初7放假」一句，前後數字體例書寫不規範，須統一。同時，分數與小數的體例也必須統一。如「該縣企業所得稅收入完成95.6萬元，比去年增長百分之十三」也出現了混寫的錯誤。

　　（2）表示公元世紀、年代、年、月、日、時刻均須使用阿拉伯數字，而星期則用漢字，如「21世紀」「90年代」「星期五」等。

　　（3）臨近兩個數字表示概數時，應該用漢字書寫，數字與數字之間不能用頓號隔開，如「3、4天」應寫成「三四天」。

　　（4）結構層次的數字依次為：一、（一）、1、（1）。

（二）提高應用文語言素養的方法途徑

1. 深入生活，向人民群眾學習。人民群眾是創造歷史的主力軍，同時也是語言的創造者。群眾的語言是最鮮活的、最生動的、最給力的，它是群眾的一種創造，也是群眾智慧的反應。毛澤東同志說：「人民的詞彙是很豐富的，生動活潑的，表現實際生活的。」我們應吸取人民群眾富有表現力的語言，豐富我們的語言儲備，並對這些語言進行加工、提煉。

2. 從古今中外的經典、優秀作品中學習。古今中外的經典著作，是書面語言的寶庫，是語言的典範和精華。我們學習語言要多熟讀經典、名著名作，要熟讀誦記、勤抄勤錄；同時要認真思考、分析研究，看作者是如何遣詞的。久而久之，就能不自覺地「於無法之中求得法，有法之後求其化了」。

3. 在寫作實踐中，提高駕馭語言的能力。語言運用能力的培養和提高，在很大程度上依賴於寫作實踐。毛澤東在《反對黨八股》一文中說：「語言這東西，不是隨便可以學好的，非下一番苦功不可。」只有勤學苦練、鍥而不舍，才能將所學的知識轉化為技能技巧。這就要求我們平時要有目的地加強訓練，提高駕馭語言文字的能力，然後說話、寫文章也就得心應手了。

 思考與練習

1. 應用文與文學作品的區別是什麼？什麼是財經應用文？
2. 簡述應用文這種文體的發展演變過程。
3. 什麼是主題？應用文怎樣表現主題？
4. 寫作材料是什麼？如何選擇寫作材料？
5. 請選擇一篇財經應用文嘗試分析其結構。

第二章
黨政公文

第一節　黨政公文基礎知識

一、概念

　　黨政公文（以下簡稱公文）是黨政機關實施領導、履行職能、處理公務的具有特定效力和規範體式的文書，是傳達貫徹黨和國家的方針政策，公布法規和規章，指導、布置和商洽工作，請示和答覆問題，報告和交流情況等的重要工具。廣義的公文泛指一切公務文書，即所有的在公務活動中使用的書面文字；狹義的公文特指 2012 年 4 月 16 日由中共中央辦公廳和國務院辦公廳聯合印發的《黨政機關公文處理工作條例》（以下簡稱《條例》）中規定的 15 種公文。

　　公文不同於文件和文書。文書包括公文、私人書信以及其他應用性文字材料等。有時，人們把格式完備、現實效用很強的公文稱為「文件」。所以，文書的外延較大，公文次之，文件較小。

二、特點

（一）政策性

　　公文擔負著傳達黨和國家政策、處理行政公務的重要職能，它的內容代表了國家和人民的根本利益，必然同黨和國家的各項方針、政策密切聯繫，因此公文在內容上具有鮮明的政策性。各級機關使用公文，必須堅持貫徹黨和國家的路線、方針、政策，維護人民的利益，最終為鞏固和發展社會主義事業服務。

（二）權威性

　　公文由依法成立的具有一定權威和獨立活動能力的國家機關和社會組織制發，反應和傳達了法定作者的決策和意圖，體現了法定作者的意志和權力，並受到國家法律的保護，因而具有法定的權威性和行政約束力。

（三）規範性

　　公文必須具備國家統一規定的規範的體式。公文文種須按《條例》中規定的要求選用，不能任意使用，更不能生編硬造。公文的規格形式，如

用紙尺寸，書寫格式，每個項目的名稱、寫法、位置，以及公文處理的程序等都有嚴格的規定。公文的擬制遵循規範化的體式，其目的是為了維護公文的法定效力和機關的權威性，也是為了實現公文工作的標準化，提高工作效率。任何單位或個人不得違背統一規定的原則和要求，另搞一套，自行其是。隨著經濟和科技的發展，公文的規範性必將有更嚴格的要求。

（四）特定性

公文有特定的作者，不是任何人都可以隨便制作和發布公文。公文的法定作者，是指依法成立並能以自己名義行使職權和承擔義務的組織或該組織的行政首長。需要注意的是，在單位中起草公文的人或組織不是公文的法定作者，由於工作的關係，這些人或組織成為公文的實際作者，但他們並非以私人身分行事，這一點與報紙雜誌上發表個人署名文章相比，作者的概念是不同的。這也是應用性文章與文學性文章不同的地方之一。公文的讀者往往是特定範圍內的。公文一般有嚴格的發送單位和讀者對象。

三、作用

公文的基本作用是能夠逾越時間與空間，有效地記載、傳遞與貯存公務活動的相關信息，是機關、團體、企事業單位行使職能的重要工具。具體表現在以下幾個方面：

（一）法規約束作用

公文用於發布法律法規，在國家行政管理與維護社會主義建設秩序方面發揮行為規範的作用。還有一些製度類應用文書，如「中學生守則」「某集團倉庫管理辦法」等，也有一定的約束性質。它使國家各項管理活動有法可依，有規可循，從而逐步實現法規化、規範化。

（二）領導和指導作用

公文用於傳達貫徹黨和國家的方針政策和各項指令，在機關公務活動中發揮領導與指導作用，是加強集中領導、維護政令統一、保證工作步伐整齊一致的有效形式。

（三）宣傳教育作用

公文具有較強的政策性、理論性，在國家建設與管理中發揮著闡明事理、啓發覺悟和提高認識水平的宣傳教育作用。它既是做好工作的重要依據，又是進行宣傳教育的好教材。

（四）知照聯繫作用

公文是機關之間協商與聯繫工作，協調行動的重要手段。在不同機關之間，公文可以起到交流信息，溝通情況，商洽事務，在工作上取得協調與配合的知照聯繫作用。

（五）憑證依據作用

公文是機關管理活動的真實記錄。機關處理公務的各種信息通過公文得以固定並存貯，它印證了公文作者的合法身分，記錄了各項管理活動的性質、狀態和過程，保留了公文在運轉處理過程中的各種原始痕跡，具有重要的憑證與依據功能。

四、種類

在公文的運行實踐中，為了準確地使用公文這一管理工具，最大限度地達到「事文統一」，人們對其進行了不同的分類。

（一）根據不同的適用範圍，《條例》將中國黨政機關通用公文種類規定為15種

1. 決議。適用於會議討論通過的重大決策事項。

2. 決定。適用於對重要事項做出決策和部署、獎懲有關單位和人員、變更或者撤銷下級機關不適當的決定事項。

3. 命令（令）。適用於公布行政法規和規章、宣布施行重大強制性措施、批准授予和晉升銜級、嘉獎有關單位和人員。

4. 公報。適用於公布重要決定或者重大事項。

5. 公告。適用於向國內外宣布重要事項或者法定事項。

6. 通告。適用於在一定範圍內公布應當遵守或者周知的事項。

7. 意見。適用於對重要問題提出見解和處理辦法。

8. 通知。適用於發布、傳達要求下級機關執行和有關單位周知或者執行的事項，批轉、轉發公文。

9. 通報。適用於表彰先進、批評錯誤、傳達重要精神和告知重要情況。

10. 報告。適用於向上級機關匯報工作、反應情況、回覆上級機關的詢問請示。

11. 請示。適用於向上級機關請求指示、批准。

12. 批覆。適用於答覆下級機關的請示事項。

13. 議案。適用於各級人民政府按照法律程序向同級人民代表大會或者人民代表大會常務委員會提請審議事項。

14. 函。適用於不相隸屬機關之間商洽工作、詢問和答覆問題、請求批准和答覆審批事項。

15. 紀要。適用於記載會議主要情況和議定事項。

（二）按照基本使用範圍，公文可分為通用公文和專用公文

通用公文，是黨政軍各級機關和人民團體、企事業單位等社會組織在公務活動中普遍使用的公文。

專用公文，是財政、金融、外交、司法等單位根據其部門的特殊需要和業務特點而使用的公文。

（三）按照行文方向，可分為上行文、下行文、平行文、泛行文

上行文，是指下級機關向所屬的上級領導機關匯報工作、請求審批、提出建議等時使用的公文，如報告、請示、意見等。

下行文，是指領導機關向所屬機關指導工作、回答問題、通知有關事項等時使用的公文，如通知、決定、意見、批覆等。

平行文，是指平級單位之間或者不相隸屬單位之間互相商洽工作、詢問或答覆有關事情、請求批准等時使用的公文，如函。

泛行文，是指收文對象常為一類人或不確定時使用的公文，如公告、通告等。

（四）按照性質和作用劃分，可分為指揮性公文、報請性公文、知照性公文、記錄性公文

指揮性公文，指能夠體現領導機關的決策精神，需要下級機關領會、貫徹、落實的公文，如決定、意見、批覆等。

報請性公文，指下級機關向上級機關匯報工作、請示問題等時使用的公文，如報告、請示等。

知照性公文，指向有關方面發布需要周知、遵守等事項的公文，如公告、通告等。

記錄性公文，指記錄、傳達會議情況和議定事項的公文，如紀要。

（五）按照公文的辦理時限要求，可分為特急公文、加急公文和常規公文

特急公文，指在辦理時間上特別緊急，要求隨到隨辦的公文。

加急公文，指在辦理時間上較為緊急，必須在規定時間內辦理完畢的公文。

常規公文，指按照正常程序辦理的公文。

（六）按照公文的秘密程度劃分，可分為絕密公文、機密公文、秘密公文和普通公文

絕密公文、機密公文、秘密公文，指根據國家相關保密法規，內容涉及保密事項的公文。這類公文一般限定閱讀範圍，有的還規定「用後收回」。

普通公文，指不需要保密的公文，如公告、通告、通知等。

（七）按照公文來源劃分，可分為收文、發文和內部公文

收文，指其他單位向本單位發送來的公文。

發文，指本單位向其他單位發送去的公文。

內部公文，指在本單位內部運轉的公文。

（八）按照公文制發者劃分，可分為黨政公文、人大公文、軍事公文

黨政公文，指根據《條例》規定，在黨政各級系統使用的公文。

人大公文，指根據全國人大常委會辦公廳2000年1月15日修改並印發的《人大機關公文處理辦法》，在人大各級系統內使用的公文。

軍事公文，指根據中央軍委2005年發布的《中國人民解放軍機關公文處理條例》（修訂），在軍隊各級系統使用的公文。

五、格式

公文格式，指公文的數據構成，以及對各數據項目的編排。它是保證公文完整、正確的重要手段，是公文合法性、有效性的標誌，也是公文管理和使用的必要條件。它具有相對穩定性和規範性的特點。為配合《條例》的實施，國家標準化管理委員會組織有關單位組成起草組，對原國家標準 GB/T 9704—1999《國家行政機關公文格式》進行修訂，形成了新版國家標準 GB/T 9704—2012《黨政機關公文格式》，並於2012年7月1日發布實施。公文格式通過國家標準予以規範，這是公文法定權威和法定效

力在形式上的體現。任何格式方面的錯誤，都有可能導致公文無效。

根據《條例》和公文運行實踐，公文格式中有些數據項目是必須具備的，有些則是供選擇使用的。

（一）基本數據項目

基本數據項目是指所有公文必須具備的項目。它包括：

1. 發文機關標誌。發文機關標誌一般由發文機關全稱或者規範化簡稱加「文件」二字組成，也可以使用發文機關全稱或者規範化簡稱。聯合行文時，發文機關標誌可以並用聯合發文機關名稱，也可以單獨用主辦機關名稱。

發文機關標誌用以表明公文的責任者，展示公文的法定權威性。

2. 標題。標題是公文內容的集中體現和高度濃縮，應當準確簡要地概括公文主要內容並標明公文的種類。標題一般由發文機關名稱、發文事由和文種三部分組成。有版頭的公文，在標題中可省略發文機關名稱；公布性、知照性公文可只標明文種。

標題位於版頭橫隔線之下正中位置。

3. 正文。正文是公文的主體，用於闡述公文內容，表達發文意圖，使受文者對公文所表達的信息有具體、明確的認識。正文一般要求一文一事。

正文寫作的總體要求是：符合國家政策法規，觀點明確，條理清楚，表達準確，標點正確，篇幅力求簡短。

4. 印章或簽署。印章，指作為機關權力象徵的圖章；簽署，指簽發公文的領導人在公文正本的落款處簽註姓名（或代以簽名章）。在公文上蓋印或簽署，用以證實公文作者的合法性與公文的法定效力。有特定發文機關標誌的普發性公文和電報可以不加蓋印章。

聯合上報的公文，由主辦機關加蓋印章；聯合下發的公文，所有發文機關均應加蓋印章。蓋印應端正、清晰，做到上不壓正文，下壓成文日期（騎年蓋月）。

5. 成文日期。成文日期指形成公文的確切日期，用於表明公文開始發揮效用的時間。成文日期以發文機關負責人簽發的日期為準，聯合行文以最後簽發機關負責人的簽發日期為準。經會議正式討論通過方能生效的公文，以會議通過的日期為準。電報以發出日期為準。

6. 發文機關署名。署發文機關全稱或者規範化簡稱。

7. 頁碼。公文頁數順序號。

（二）選擇數據項目

選擇數據項目是指根據文種、行文目的、閱讀對象以及版面編排的需要而特別填制的項目。

1. 發文字號。發文字號又稱文號，是制發機關按同一年度公文排列順序編列的公文代號，主要作用是便於統計、查詢和引用。發文字號由機關代字、年份、（文件）序號三部分組成。年份位於中間，以六角括號括入。

一份公文只有一個發文字號，聯合行文時，只標註主辦單位的發文字號。沒有版頭的公文的發文字號，一般標在公文標題右下方。

2. 簽發人。簽發人是指審閱核准並簽發公文的機關負責人。只有上行文才需要註明簽發人。其作用在於表明機關發文的具體責任者，督促各級領導認真履行職責，提高公文質量，並為直接聯繫與查詢有關事宜提供方便。

3. 主送機關。主送機關指公文的主要受理機關，即對公文負有主辦或答覆責任的單位，俗稱「抬頭」或「上款」。主送機關名稱應使用全稱、規範化簡稱或統稱。

主送機關應頂格寫在標題之下、正文之上，末尾加冒號，字體與正文相同。當主送機關不止一個時，應按其性質、級別或慣例依次排列，中間用頓號（類間用逗號）斷開。

4. 附件說明。公文如有附件，應在正文之後下一行左空兩字標示「附件」，後標全角冒號和名稱。附件名稱後不加標點符號。附件如有序號，應使用阿拉伯數字。

5. 附註。附註指需要說明的其他事項，是對文件傳達範圍、使用方法的規定，如「此件發至縣團級」「此件可自行翻印」等。對公文中名詞術語的註釋，一般採用句內括註或句外括註的方法解決，不作為附註。附註當有則有。

附註應加上圓括號，標示在成文日期的左下方。請示和上行的意見應在附註處標明聯繫人的姓名和電話。

6. 附件。附件是指隨正文發送的其他文件、報表及有關材料等，與

正文共同構成一份完整的文件。

7. 抄送機關。除主送機關外需要執行或知曉公文內容的其他機關。抄送機關一般對公文不負責答覆與辦理。抄送機關應當使用全稱或規範化簡稱、統稱。確定抄送機關時，要從工作需要出發，不能亂抄亂送，以免給自己和對方增加不必要的工作負擔。

8. 印發說明。用於標示公文印發部門名稱、印發日期與印發數量等。印發機關指制發或翻印文件的機關或部門，一般是發文機關的辦公部門。印發日期以付印日期為準，用阿拉伯數字寫明具體的年月日。其目的在於明確公文的印製質量、時間的責任歸屬，並便於受文者與公文印發部門直接聯繫。

9. 份號。為了便於保密公文的登記、查詢和歸檔，須將印製若干份的同一公文依次編號，即份數序號，簡稱份號。按照規定，涉密公文應當標註份號。

10. 密級和保密期限。即公文內容涉及秘密程度的等級和保密的期限。涉密公文應當根據涉密程度分別標註「絕密」「機密」「秘密」和保密期限。

11. 緊急程度。即表明對公文送達和辦理時限要求的標示符號。適用於「特急」「加急」公文和「特提」「特急」「加急」「平急」的電報。

12. 題註。即對標題的註解和說明。法規性公文或經會議討論通過的文件，其產生的法定程序和產生日期用圓括號括入，標註在標題下方正中處，通常稱之為「題註」。

（三）數據項目的編排

1. 公文用紙幅面尺寸與區域劃分。公文用紙一般採用國際標準 A4 型（210mm×297mm），左側裝訂。張貼的公文用紙大小，根據實際需要確定。

公文用紙劃分為圖文區與白邊區。眉邊留空要恰當，一般是上空白寬於下空白，左空白寬於右空白。

2. 文字符號的書寫與排版。公文一律從左至右書寫和排版，少數民族可按其習慣進行。字距、行距自定，正文一般每面排 22 行，每行排 28 個字。

公文的標點符號應當根據《標點符號用法》（中華人民共和國國家標

準 GB/T 15834—1995）的規定使用。

3. 主要數據項目的編排。編排的次序為：發文機關、份號、密級和保密期限、緊急程度、發文字號、簽發人、標題、主送機關、正文、附件說明、發文機關署名、印章（簽署）、成文日期、附註、附件、抄送機關、印發機關和印發日期。

六、寫作要求

（一）符合政策，切合實際

公文的生命在於正確體現黨和國家的現行政策，切合當前工作的實際需要。制發公文的過程實際上是一個研究政策、瞭解情況、分析問題、尋求辦法，以求促進社會主義事業和我們當前的具體工作的過程。這就要求我們的公文一方面能夠正確貫徹與體現黨和國家的方針、政策；另一方面要切合現實生活，對具體工作有指導作用，也就是俗話說的「吃透兩頭」。要做到這一點，公文撰稿者應有較高的政策水平，能洞察形勢的發展變化，深刻領會領導意圖和問題實質；同時，應是本機關本行業的專家，熟悉本機關職權範圍內的工作，深入實際，瞭解下情。這樣，我們的公文就能在政治上和中央保持一致，在實際工作中切實可行，發揮作用。

（二）行文得當，文種正確

公文體現著黨和國家的方針政策，關係著黨和國家、企事業單位及人民群眾的各項工作和活動，涉及面極其廣泛，所以，公文的運行非常複雜。寫作時，首先要弄清楚本部門的隸屬關係和職權範圍，注意按行文規則辦事。其次，每一種公文的適用範圍和內容也大不一樣，要注意各文種之間的差別，正確合理地選用公文文種。另外，行文時要注意分清主次，如分清主送機關和抄送機關。還要注意實效，一切從實際出發，嚴格控制公文的數量和範圍。

（三）主題明確，結構完整，格式規範

主題，是指作者通過公文表達的意圖與主張。每件公文都要求能夠集中、鮮明而直接地表述主題。一文一事，中心明確，令人一目了然。應圍繞主題，合理安排正文結構，做到層次清晰，條理分明，緊湊有序，過渡自然；應當具備的數據項目準確齊備，格式規範，符合國家統一規定。

（四）用語莊重嚴謹，簡明通順，平實得體

公文的語言表述，必須符合公文的性質、適用範圍與行文目的，以及作者的職權地位。

1. 莊重嚴謹。莊重，指用語端莊持重，格調嚴肅，用以維護公文的權威性與有效性，表明作者的嚴正立場與嚴肅態度。嚴謹，指用語周密確切，無虛假錯漏，語意明確，不生歧義，是非界限清楚，褒貶得當，符合實際，用以維護公文的準確性，保證公文直接應用的效用與強制性的影響。因此，一般都要使用規範化的書面語言，少用或不用口語、方言、土俗俚語，禁止使用生造的詞語及濫用簡稱。要選用含意明確、範圍限定的詞語，準確地表達概念的內涵與外延，正確揭示事物真相及其本質；認真辨析詞語的含義及其感情色彩，使之符合實際，準確地表明作者的立場觀點。

2. 簡明通順。簡明，指用語精煉不繁，以簡潔、明確的文字表述出豐富的內容，做到「言簡意明」或「言簡意賅」。因此，首先要做到直接表述，開門見山，簡潔明瞭地表述發文意圖，獲得準確、快捷的閱文辦事效果。忌用一切套語空話，更不必刻意渲染。其次，應盡量選用含義豐富的概括性詞語，並在不生歧義的前提下使用無主句與省略句；也可利用附件，壓縮公文正文的篇幅；利用圖表或其他表格簡化文字表述。最後，還應字斟句酌，反覆修改，果斷刪除重複或可要可不要的段落與字句，使公文簡潔凝練，流利暢達，符合語法和邏輯。要求合理地組織語句，避免語病；要求句子成分完整，詞語的搭配符合事理和語言習慣；語序安排得當，準確地反應出事物間的邏輯關係。根據公文的特點，善於使用介賓詞組、聯合詞組、「的」字詞組。詞語的運用符合事理和邏輯規則，避免同義反覆、自相矛盾、因果關係不當、種屬概念交叉等錯誤，做到文理通暢。

3. 平實得體。平實，指公文的語言平和、樸實、自然、通俗易懂，無形象描寫，不堆砌華麗辭藻，不濫用修辭格，強調直接而鮮明地表達作者的意圖。得體，指公文的語言、語氣必須符合作者的職權範圍、行文目的和特定文體表達的需要。公文撰寫要從本機關職責範圍出發，根據本機關與受文機關之間的行文關係，選用恰當的詞語。對上行文，應用語尊重、恭而不卑；對下行文，宜用語鄭重、準確，雖可適當使用告誡詞語，

35

但應做到威而不凶；平行文則更應使用謙敬性詞語，創造出相互協商與合作的良好氛圍；面向廣大群眾的公布性公文則強調通俗明白。公文用語還要符合各種文體的特殊要求。在一般情況下，規範性公文要求詞義高度精確，風格莊重平實；指令性公文要求詞義明確、周密、概括、簡要；呈請性公文則應用語平和、得體；商洽性公文則講究禮貌謙和，忌用命令性、告誡性詞語。

第二節 決議 決定 命令(令)

一、決議

(一) 適用範圍

根據《條例》規定，決議適用於經會議討論通過的重大決策事項。決議具有較強的指導性和規範性。凡是黨政機關、社會團體等通過會議制定法規、作出規劃、批准文件、部署重大工作或者對某一重大工作做出決策，都可以使用決議這個文種來行文。

(二) 特點

1. 集體性。決議是由會議集體討論做出，而不是由某個人所做出的。

2. 權威性。決議體現的是與會人員的意志，必須認真貫徹執行。如要更改，須由相應的會議重新議定。

3. 指導性。決議所涉及事項一般為重大事項，其行文往往是在宏觀上做出指導。

4. 公開性。決議內容一般須公開告知群眾，以統一思想認識。如《中共中央關於加強社會主義精神文明建設若干重要問題的決議》。

(三) 種類

1. 部署重要工作的決議。這類決議多由高層領導機關的會議討論做出。如《關於深入開展法制宣傳教育的決議》。

2. 專門事項決議。這類決議主要針對某一事件或者某項具體工作而做出，其結論一般是論斷性的，以統一人們的思想認識。如《中共中央關於加強社會主義精神文明建設若干重要問題的決議》。

3. 審議文件的決議。這類決議是對審議事項或者文件表示讚同、認可而做出的，關鍵是在表明發文機關的態度。

（四）寫法

1. 標題。決議的標題通常由發文機關（或者某次會議）全稱或規範化簡稱、事由和文種組成，標題下面須標明時間和某次會議通過。

2. 正文。不同類型的決議正文的內容不盡相同。具體介紹如下：

（1）部署重要工作的決議。這類決議一般內容比較多，其重點是對有關工作或事件進行實事求是的回顧和分析，從戰略和理論的高度得出結論，事項部分常採取分條列項的方式寫作。

（2）專門事項決議。這類決議由於涉及的內容十分重要，通常採用條塊結合的方式寫作，篇幅也比較長。

（3）審議文件的決議。這類決議內容往往較短，簡單的話，只要寫明批准依據和決議內容就可以了；複雜一些的，再寫上會議情況概述和希望號召即可。

二、決定

（一）適用範圍

根據《條例》規定，決定適用於對重要事項做出決策和部署、獎懲有關單位和人員、變更或者撤銷下級機關不適當的決定事項。

決定是下行文，具有一定的法規性和約束力。決定的用途很廣，只要是對重要事項或重大行動進行安排部署，都可以使用這個文種。

（二）特點

1. 指揮性。決定屬於指揮性公文，其強制性和約束力很大。對於決定的內容，相關單位與人員必須嚴格遵守，堅決執行。

2. 穩定性。決定的內容不能任意更改，它一般在較長時期內發揮作用；有些決定本身就是行政法規或規章。

（三）種類

1. 指揮性決定。這類決定主要是針對某一重要事項或重大行動所做出的安排。

2. 宣告性決定。這類決定的內容主要包括獎懲有關單位及人員、機構設置、人事安排、召開會議等。

（四）寫法

一般包括標題、主送機關、正文、署名、日期等部分。

1. 標題。由發文機關加事由再加文種構成，或由事由加文種構成。

2. 主送機關。有些決定要寫明受文單位的名稱，有些決定的受文群體很大，可以不寫主送機關。

3. 正文。一般先寫明決定的依據、意義、目的、背景、原因等。這些信息並不一定都要寫上，應根據具體情況靈活選擇。

然後要寫決定的事項。這是正文的主體部分，要注意合理地安排結構。在實際運用中，有的採用篇段合一式，有的採用小標題式，有的採用序號式，有的採用條款式。措辭一定要完整、周密、準確，決不能模棱兩可，影響執行，否則也有損發文機關的權威。

最後以希望或號召作結，有的決定可不寫這部分內容，自然結束即可。

4. 署名。要寫上發文單位的名稱。如果標題處已經有了發文單位的名稱，此處也可不寫。

5. 日期。有兩種寫法，一種是寫在文章最後，要寫全年月日；還有一種是寫在標題之下，用小括號括起來。

三、命令(令)

（一）適用範圍

根據《條例》的規定，命令（令）適用於依照有關法律公布行政法規和規章，宣布施行重大強制性行政措施，嘉獎有關單位及人員。

「令」和「命令」的性質效力相同。一般來說，凡是標題需要揭示事由的，用「命令」，否則用「令」。

（二）特點

1. 權威性。命令的發布權限有嚴格的規定。根據中國憲法及地方各級人民代表大會和地方各級人民政府組織法的規定，只有國家主席、全國人大常委會及其委員長、國務院、國務院總理、國務院各部（委）、國務院各部部長、國務院各委員會主任、地方人民代表大會常務委員會、地方各級人民政府，才可以在法定權限內發布命令。其他任何單位和個人均無權發布命令。命令（令）具有極強的權威性。

2. 強制性。命令具有極大的強制性，一經發出，受令方必須無條件執行，沒有任何商量的餘地；否則，相關責任人員要受到嚴厲的紀律處分，情節嚴重的還要受到法律的制裁。

3. 嚴肅性。命令一經發出，就不能隨意更改或變通處理，在語氣上果斷乾脆，措辭嚴肅，非常明確堅定。

（三）種類

1. 按作者分，有以法定機關名義和以法定機關代表人名義發布的命令兩種。

2. 按內容分，有發布令、行政令、嘉獎令、任免令。

（四）寫法

命令的結構，一般由標題、發文字號（令號）、主送機關、正文、署名、日期五部分組成。

1. 標題。由發文機關加文種構成，或發文機關加事由再加文種構成。

2. 發文字號（令號）。令號一般以領導人任期為界編流水號，前面加「第」字。發文字號的編法與其他公文相同。

3. 主送機關。即受令的單位。根據具體情況，有的命令需要寫明主送機關，有的則不需要寫。

4. 正文。發布令一般採用篇段合一式，要寫明發布依據、發布對象、發布決定和施行日期等重要信息。嘉獎令一般包括事跡介紹、性質評價、如何嘉獎及希望號召等部分。任免令由任免依據和被任免的名單組成。行政令由緣由、主要內容和執行要求等部分組成。

5. 署名。一般寫上發令機關最高領導人的名字，前面要註明其職務；也有的命令只寫發令機關名稱。

6. 日期。即正式簽發日期，一般要把年月日寫全。

第三節　公報　公告　通告

一、公報

（一）適用範圍

根據《條例》規定，公報適用於公布重要決定或重大事項。黨和國家領導機關、社會團體向國內外發布重大決定事項或重大事件，可以使用公報來行文。公報常通過報紙、電視臺、廣播電臺發布。

（二）特點

1. 政治性。公報是官方正式文件，涉及的是一些人們普遍注意的重大事件或者重要會議內容，其政治性極強。

2. 公開性。公報應當及時將國內外矚目的重大事情或者重要決議公之於眾，以告知天下，讓國內外都有所瞭解。

3. 新聞性。公報內容由於事關重大，所以一經發布，即成為具有很高傳播價值的重大新聞。

（三）種類

1. 會議公報。這類公報是黨和國家領導機關、社會團體關於某一重要會議及決議的正式報導，多見於以會議名義發表的公報，如《中國共產黨第十七屆中央委員會第二次全體會議公報》。

2. 事項公報。這類公報是政府機關向人民群眾公布某項重大決策或者重大措施的文件。

3. 聯合公報。這類公報是兩個或者兩個以上的國家、政府、政黨、社會團體之間，就會談達成的某種協議而共同簽署和發布的外交文件，常稱為「公報」「聯合公報」「新聞公報」。

（四）寫法

1. 標題。公報標題有三種寫法：一是由會議名稱和文種組成，如《中國共產黨第十七屆中央委員會第二次全體會議公報》；二是由會談雙方或者會談各方名稱和文種組成，如《中美聯合公報》；三是由發布機關名稱、事由和文種組成，如《國家統計局關於2010年國民經濟和社會發展

公報》。

　　2. 正文。會議公報通常由會議概況和議定事項組成。會議概況部分一般要寫明會議名稱、時間、地點、出席人、列席人、主持人、報告人和會議議程等；議定事項是全文的重點部分，要逐一按次序進行闡述，直至講清楚會議各項主要問題。

　　事項公報的正文由公報原因和事項組成。往往採用條文式，寫明需要公布的事項或者數據。

　　聯合公報的正文除了寫清楚雙方（或各方）會談的一般情況外，還要著重寫明各方共同關心的問題、彼此的原則立場、取得的共識或達成的協議。條約性聯合公報由於具有法律的約束力，應當寫明各方的權利和義務。新聞性聯合公報由於沒有法律效力，只需要摘要報導會議（會談）情況和結果就可以了。

二、公告

　　（一）適用範圍

　　根據《條例》的規定，公告適用於向國內外宣布重要事項或法定事項。

　　公告是泛行文。公告多通過廣播、電視、報刊等媒體發出。

　　（二）特點

　　1. 廣泛周知性。公告是泛行文，受文者是國內外有關單位及人員，而且往往通過報刊、電臺、電視等媒體發布，具有廣泛的周知性。

　　2. 鄭重嚴肅性。公告所發布的或者是國家重要事項，或者是法定事項，而且發布者或者是國家高級機關，或者是有發布權限的有關職能部門，這就決定了公告具有相當的鄭重嚴肅性。

　　（三）種類

　　1. 重要事項公告。這類公告的內容往往涉及國家政治、經濟、軍事、外交等方面的重大事情。如國家領導人的選舉結果、國家領導人的出訪、外國領導人的來訪、國家重要的統計數據、國家重要的科技成果等。

　　2. 法定事項公告。這類公告主要指有關法律、法規中所規定的應該用公告形式發布的事項。如關於企業法人登記註冊的公告、關於企業破產事項的公告、專利公告等。

（四）寫法

公告一般由標題、正文、署名和日期等部分組成。

1. 標題。由發文機關加事由再加文種構成；由發文機關加文種構成；直接用文種。有的公告在標題之下寫有編號，如「第×號」，並用圓括號括住。

2. 正文。一般由公告緣由、公告事項和常用尾語組成。

先寫公告緣由，主要寫明發布的政策依據或發布的背景意義等內容。這一部分一般篇幅極短，有的甚至也可不寫。

再寫公告事項，主要寫所發布公告的內容。如果事項較多，可以分條列項寫。

最後是常用尾語，如「特此公告」「現予公告」等，有時也可不寫。

3. 署名。在正文的右下方寫上發文單位的名稱。如果標題已有發文機關的名稱，也可不寫。

4. 日期。在署名下方寫上年月日。

三、通告

（一）適用範圍

根據《條例》的規定，通告適用於公布社會各有關方面應當遵守或周知的事項。

通告的受文者是社會有關群體。通告是泛行文。

（二）特點

1. 一定的約束性。通告一般是針對某些事項做出規定或者限制，告知有關群眾一些需要瞭解的事情，或者是不應該做的某些事情。通告雖然沒有法律法規等嚴格，但也有一定的約束性。

2. 使用的廣泛性。通告的使用者相當廣泛，各級機關政府和企事業單位均可使用，並且其內容也很豐富。它的重要程度比不上公告，但社會生活的很多方面都可以使用。

（三）種類

1. 知照性通告。這類通告主要用於在一定範圍內公布有關群眾應該知曉的某些事情。如關於停電的通告、關於停水或減壓供水的通告、關於對建築企業進行資格年審的通告等。

2. 約束性通告。這類通告主要是公布某些需要共同遵守的事項。對於受文對象來說，具有一定的約束性。如關於嚴禁燃放菸花爆竹的通告、關於道路交通管制的通告等。

（四）寫法

通告一般由標題、正文、署名和日期組成。

1. 標題。由發文機關加事由再加文種構成；由發文機關加文種構成；由事由加文種構成；直接寫文種。

2. 正文。一般由通告緣由、通告事項和結尾組成。

先寫通告緣由，主要是發布通告的背景、意義、依據、目的等。不過，並不一定要把以上信息全部寫上，而要根據具體情況靈活選擇。

然後再寫通告事項，這是公文的主要內容。如果內容較少，寫成段落式即可；如果內容較多，可分條列項寫。

最後是結尾部分，有的寫希望要求；有的寫常用尾語，如「特此通告」「現予通告」等；有的一字不寫，寫完事項部分即自然結束。

3. 署名。在正文的右下方寫上發文單位的名稱。如果標題中已有發文機關的名稱，此處也可不寫。

4. 日期。在署名下方寫上年月日。

第四節　意見 通知 通報

一、意見

（一）適用範圍

根據《條例》的規定，意見適用於對重要問題提出見解和處理方法。

意見有下行文、平行文、上行文三種形式。

如何理解「重要問題」的含義？意見中的「重要問題」是指黨政工作中有疑難性質的問題。具體包括：

1. 現行國家法律法規或單位原有規定有不完善之處。如果要解決問題，必須用意見文種行文，而不能用其他文種行文，如《鐵道部關於鼓勵和引導民間資本投資鐵路的實施意見》。

2. 部門提供政策參考以釋疑。如何理解「提出見解和處理方法」？意見的行文方向不同，理解也不一樣。

（1）上行性意見。下級向上級機關遞交的意見具有參考性的特點，一般呈請上級機關批轉執行文件時作為參考依據。

（2）平行性意見。向同級機關或不相隸屬的機關遞交的意見具有參考性的特點，一般是請求相關部門審批或答覆有關政策時作為參考。

（3）下行性意見。上級發給下級機關的意見，一般具有通知的性質，要求下級機關遵照執行。這種類型的意見與通知的區別在於，有無法律、法規或規定，如《國務院關於進一步支持小型微型企業健康發展的意見》。

（二）特點

1. 指導性。意見是指導性很強的一種文體。意見對受文機關來說，仍然有較強的約束性，下級機關要遵照執行。

2. 針對性。意見是根據現實需要，針對某一重要問題提出見解或處理方法，對於解決目前存在的問題，可起到積極的作用。

3. 原則性。意見通常不是具體的工作安排，是從宏觀上提出見解或處理方法，要求受文單位結合具體情況，參照文件中提出的精神來辦理。下級機關在落實意見精神時，比起執行指示有更大的靈活處理的餘地。

（三）種類

從內容上分，意見分為指導性意見、請準性意見、解答性意見。

1. 指導性意見。上級機關向下級傳達的帶有工作指導性質的意見（下行文），如《國務院辦公廳關於做好國慶節期間有關工作的意見》。

2. 請準性意見。請求上級批准有關事項或措施的意見（上行文）。

3. 解答性意見。解答有關單位政策上的疑問（平行文）。

（四）寫法

1. 標題。上行文或平行文的意見標題可不寫發文機關；下行文的意見標題一般要求三要素齊全。

2. 主送機關。分為兩種情況：

（1）需要轉發的意見，沒有主送機關這一項，但轉發該意見的通知，要把主送機關寫清楚。

（2）直接發布的意見，要有主送機關，主送機關的排列方法和一般公文相同。

3. 正文

指導性意見或解答性意見正文寫作的結構，可分為兩部分：先概述問題，再提出各項見解或措施、方法。

請準性意見正文寫作的結構，可分為三部分：先說明承辦的上級公文的意義，再提出請準事項的具體做法，結束語一般寫「以上意見如無不妥，批轉本單位執行」。

意見的主體結構由標題、主送機關、正文、落款和成文日期組成。

二、通知

（一）適用範圍

根據《條例》的規定，通知適用於發布、傳達要求下級機關執行和有關單位周知或者執行的事項，批轉、轉發公文。

（二）特點

1. 使用頻率高。通知是使用頻率很高的一種公文，不論任何單位，其所發公文的一半左右，均以通知行文。通知素有「公文輕騎兵」之稱。

2. 時效性較強。通知的事項一般有很強的時效性，大多要求受文對象立即辦理或者瞭解該事項。如果過了通知要求的時間再去辦理，那就沒有什麼意義了。

3. 文種功能多。從通知的適用範圍我們可以看出這個文種的功能極多，可以安排布置工作、知照事情、批轉轉發公文等。

（三）種類

1. 發布性通知。主要用於發布一些法規規章及事務性文章，如計劃類、總結類、會議記錄、領導講話等。

2. 指示性通知。即向所屬下級機關下達指示或布置工作的通知。

3. 批轉、轉發通知。批轉通知是批轉下級機關的公文時所使用的通知。轉發通知是轉發上級機關或不相隸屬機關的公文時所使用的通知。

4. 知照性通知。即告知需要瞭解的情況或要求下級辦理某一事項的通知，如遷居新址、舉行會議、更換印章等。

（四）寫法

常見的通知有以下幾種，其寫法雖不太複雜，但也各有特點。

1. 發布性通知。其結構一般包括標題、主送機關、正文、署名、日

期等部分。

（1）標題。由主送機關加事由再加文種構成；由事由加文種構成。發布法規規章等規範性文章時常用「發布」「頒布」「頒發」等，發布一些事務性文章時常用「印發」。

（2）主送機關。即收文單位，常不止一個，要注意正確使用逗號和頓號來排列順序。

（3）正文。這類通知的正文往往篇幅較短，結構簡單，一般寫明發布對象名稱和執行要求即可。

（4）署名。在正文的右下方寫上發文單位的名稱。

（5）日期。在署名下方寫上年月日。

2. 指示性通知。其結構與發布性通知相同，許多部分的寫法也同發布性通知一樣，只有正文的寫法不同。以下各類通知也是如此。

指示性通知的正文一般分三部分：一是通知的緣由，即簡要寫出發通知的原因、目的、依據、背景、意義等。二是通知事項，即向下級機關做出的具體指示或布置的工作。一般情況下，要寫出工作任務、基本措施、注意事項等，內容要明確具體，可操作性強。三是執行要求或希望號召。要寫得簡短，有針對性。

3. 批轉、轉發通知。批轉通知的正文應寫明三點：一是表明對被批轉公文的基本態度，如「同意」「很重要」「很及時」等，也可做出具體的評價；二是指出貫徹執行的原則要求，如「認真執行」「遵照執行」等；三是根據要求，可對被批轉公文的基本精神加以強調或對其內容加以補充，或提出執行的要求和希望。

4. 知照性通知。這類通知的篇章結構往往不固定，有的由通知原因、通知事項、辦理要求三部分構成；有的由前兩部分或後兩部分構成；有的只寫通知事項。

三、通報

（一）適用範圍

根據《條例》的規定，通報適用於表彰先進、批評錯誤、傳達重要精神和告知重要情況。

（二）特點

1. 內容典型性。通報的內容應當具有代表性，並且真實可信，有教育意義，這樣才能對受文者起到教育和感召影響的作用。缺乏典型意義的事件一般不宜作為通報的內容。

2. 寫作及時性。對於工作中好的苗頭和不良的傾向，要能及時發現，予以表彰或批評；對於某些有代表性的情況，也要及時加以傳達。這就要求我們有見微知著的能力，有及時成文的能力。

（三）種類

1. 表彰性通報。用於在一定範圍內表揚先進事跡或介紹先進經驗，為廣大幹部群眾樹立好的榜樣，發揮引導和示範的作用。

2. 批評性通報。用於在一定範圍內批評某種不良傾向，處理某些犯有錯誤的人和事，使責任者從中吸取教訓，同時還能使其他人有所警惕，不再犯類似錯誤。

3. 情況通報。用於將全局或某一方面的動態傳達給下級機關或有關單位。

（四）寫法

通報的結構一般包括標題、主送機關、正文、署名、日期等部分，標題、主送機關、署名、日期的寫法同通知類似。下面介紹正文的寫法。

表彰性通報和批評性通報的正文，一般寫四個部分：

1. 通報原由。寫明通報的理由、依據和通報事項摘要。

2. 通報事項。應闡明事實經過，一般陳述該事件發生的時間、地點、大致過程、主要情節，接著對事件進行分析評論，揭示問題的實質，說明意義，指出應該學習或吸取教訓之處。

3. 處理意見或結果。即對有關人員進行表彰與處理的意見和結果。

4. 有針對性地提出經驗與教訓，或要求與希望。情況通報的正文要求說明兩點：一是具體說明通報的情況或事項，二是說明通報的目的與要求。

第五節　報告　請示　批覆

一、報告

(一) 適用範圍

報告適用於向上級機關匯報工作、反應情況，或回覆上級機關的詢問。

報告是上行文，是向上級機關陳述事項的公文。從報告的含義中我們可以看出，報告的使用背景主要有三種情況：

1. 匯報工作。這種報告是向上級機關匯報工作：一是按規定和製度要求，下級機關要定期或不定期上交工作報告，匯報工作動態，如年度工作報告；二是超出本機關職權範圍的新問題或新情況，必須向上級機關匯報，交由上級機關處理，也可提建議讓上級機關定奪。

2. 反應情況。這裡反應的情況，一是發生突發性或災難性事件時，按上級機關的要求必須寫出情況報告，如重大事故報告；二是單位出現新形勢、新風氣，必要時也要向上級機關報告；三是重大失誤情況報告。

3. 回覆上級機關的詢問。這種報告是回覆上級機關詢問的公文，針對性較強，有問必答即可。

除上述使用背景外，在實際行政工作中，會議報告和遞交材料的報告也經常用到。報告這種公文主要是為了反應情況，以便上級機關更好指導下級機關開展工作。作為黨政機關公文的報告，與專業部門從事業務工作時所用的行業報告是不同的，如審計報告、評估報告、調查報告，這些都屬於事務性文書，我們在本章所講的報告是公務文書。

(二) 特點

1. 單向性。報告是單向性行文，不需要上級機關給予批覆。報告和請示有較大的不同，請示具有雙向性特點，必須有批覆與之相對應。要注意：類似「以上報告當否，請批示」的說法是不妥當的。

2. 陳述性。報告最大的特點是具有陳述性，把基本情況講清楚即可。如匯報工作時——向上級陳述所做工作、經驗教訓、工作打算。反應情況

時，把事件的來龍去脈敘述清楚。

3. 事後性。在機關工作中，有「事前請示，事後報告」的說法。多數報告，都是在開展了一段時間的工作之後，或是在某種情況發生之後向上級做出的匯報。

(三) 種類

1. 工作報告。工作報告又可分為綜合工作報告和專題工作報告兩種。

(1) 綜合工作報告涉及面寬，涉及工作的方方面面，大到國務院提供給人民代表大會的政府工作報告，小到某單位向上級提供的年度、季度、月份工作報告。

(2) 專題工作報告的涉及面窄，只針對某一方面的工作或者某一項具體工作進行匯報，如黨政機關關於「三講」工作的報告、行政機關關於技術革新工作的報告等。

2. 情況報告。情況報告可分為安全事故報告和新動態報告。

作為下級機關，有責任做到「下情上達」，保證上級機關「耳聰目明」，對下面的情況始終了如指掌。這就是情況報告的意義。如果隱情不報，則是一種失職的表現。

3. 回覆報告。上文已有闡述，可參考。

(四) 寫法

1. 標題。報告的標題，有兩種寫法：

(1) 發文機關加發文事由加文種。如《中共中央紀律檢查委員會關於清理黨政幹部違紀違法建私房和用公款超標準裝修住房的報告》。

(2) 主要內容加文種。如《關於進一步加強我市公共場所禁菸工作的報告》。

2. 主送機關。報告一般只送一個上級機關即可，但行政機關受雙重領導的情況比較多見，只報送其中一個上級機關顯然不妥，因此，有時主送機關可以不止一個。報告應報送自己的直接上級機關，一般情況下不要越級行文。

3. 正文。不同種類的報告有不同的寫法，現具體介紹以下兩種報告的寫法：

(1) 工作報告。工作報告的內容以做法成績、經驗教訓、打算安排為主，在敘述基本情況的同時，有所分析、歸納，找出規律性認識，類似於

工作總結。

這種寫法最需要注意的是結構的設計安排。按照總結出來的幾條規律性認識來組織材料、安排層次，是最常用的結構方式。例如朱鎔基總理所做的政府工作報告，全文分為十個部分：① 1999 年國內工作回顧；②堅持實行擴大內需的方針……⑩關於外交工作。

（2）事故報告。事故報告正文的寫作結構多採用「情況－原因－教訓－措施」四步寫法，先將情況敘述清楚，然後分析情況產生的原因，接著總結經驗教訓，最後提出下一步的行動措施。

需要注意的是，如果國家或各級政府、各地區各行業制定的「安全事故報告製度」中有規定的，必須按製度要求的內容寫作。如果是重特大事故，還要說明事故發生後第一時間，有關領導的批示，以及搶救應對措施。

報告的眉首部分要有簽發人姓名。

報告的主體結構由標題、主送機關、正文、落款和成文日期組成。

二、請示

（一）適用範圍

請示適用於向上級機關請示指示、請求批准事項。請示是典型的上行文。

要正確使用請示，需從以下兩個方面著手：

1. 請求指示。這種請示的背景往往是下級機關在實際工作中遇到了新問題、新情況，這些問題和情況往往涉及有關政策法規，下級機關在執行時對政策法規的理解上不太明確，這時就需要上級機關給予指導、明示，做出明確的政策界定。這一類請示，基本屬於政策性請示。

2. 請求批准。這類請示的背景往往是下級機關針對某個具體事項，請求上級機關批准，這時只需要上級機關表明態度，即同意與否即可。這一類請示，基本屬於事項性請示。

無論哪一類請示，都必須是事先請示，得到上級機關批覆後才能執行請示內容。例如，國家發展改革委員會制定《「十二五」國家政務信息化工程建設規劃》（以下簡稱《規劃》），要想執行該文件，需向國務院報批。2012 年 4 月 18 日國務院做出批覆，原則上同意執行該《規劃》。國家

發展改革委員會在得到國務院的批覆後，於2012年5月5日根據《國務院關於「十二五」國家政務信息化工程建設規劃的批覆》（國函〔2012〕36號），將《「十二五」國家政務信息化工程建設規劃》印發各級機關遵照執行。

（二）特點

1. 針對性。只有本機關單位權限範圍內無法決定的重大事項，如機構設置、人事安排、重要決定、重大決策、項目安排等問題以及在工作中遇到新問題、新情況或克服不了的困難時，才可以用「請示」行文，請示上級機關給予指示、決斷或答覆、批准。所以，請示的行文具有很強的針對性。

2. 呈批性。請示是有針對性的上行文，上級機關對呈報的請示事項，無論同意與否，都必須給予明確的「批覆」回文。

3. 單一性。請示應一文一事，一般只寫一個主送機關，即使需要同時發送其他機關，也只能用抄送形式。

4. 時效性。請示是針對本單位當前工作中出現的情況和問題，求得上級機關指示、批准的公文，如能夠及時發出，就會使問題得到及時解決。

根據上述特點，使用請示行文，必須具備以下四個條件：

1. 必須是下級機關向上級機關行文。
2. 請示的問題必須是本機關無權做出決定和處理的事項，並不是凡事必請。
3. 必須是為本機關事項向上級請求指示，不能越級請示。
4. 需要上級機關對行文內容予以答覆、批准。

（三）種類

1. 政策性請示。此類請示是下級機關需要上級機關對原有政策規定做出明確解釋，對變通處理的問題進行審查認定，對如何處理突發事件或新情況、新問題做出明確指示等請示。

2. 事項性請示。此類請示是下級機關針對某些具體事宜向上級機關請求批准的請示，主要目的是為了解決某些實際困難和具體問題。

（四）寫法

1. 申批性請示。這類請示屬於程序性文件。它的寫作背景主要是依

照國家或部門規定，需要寫出請示予以報批。這種請示的寫作重點，在於明確請示的具體項目，說明相關情況。

2. 批准性請示。這類請示的寫作要點在於提出充分的請示理由，而且要注意請示事項的具體明確。

請示公文的眉首部分需要有簽發人，主體部分還要有聯繫人電話。

請示主體部分的寫作結構：標題、主送機關、正文、落款、成文日期。請示正文部分的結構一般包括請示緣由、請示事項、結束語。

三、批覆

（一）適用範圍

批覆適用於答覆下級機關的請示事項。批覆是典型的下行文，是針對下級機關的請示而制發的，任何有下級機關的部門都可以使用批覆。

一般情況下，批覆只針對請示機關下發，請示的主送機關原則上是一個，那麼批覆的主送機關一般也是一個。此外，如果批覆的問題具有普遍性，需要其他機關執行或學習，那麼批覆還有兩種特殊的行文方式：

1. 泛行文形式的批覆。上級機關也可用泛行文的形式發給各下級機關。

2. 批轉形式的批覆。用批轉性通知的形式發給各下級機關，這種批轉請示的通知與批覆的行政效力一樣。

（二）特點

1. 行文具有被動性。批覆的寫作是以下級的請示為前提，是專門用於答覆下級機關請示事項的公文，所以先有上報的請示，後有下發的批覆，一來一往，被動行文。這一點與其他公文有所不同。

2. 內容具有針對性。批覆要針對請示事項表明是否同意或是否可行的態度，必須針對請示的內容進行答覆。

3. 效用的權威性。批覆是上級機關的結論性意見，下級機關對於上級機關的答覆無論滿意與否，必須按照批覆意見執行，不能違背。批覆的這種行政效力相當於決定，帶有很強的權威性和強制性。

4. 態度的明確性。批覆的內容必須明確、簡潔，以利於下級機關的理解執行，態度不能模棱兩可，似是而非。

（三）種類

1. 指示性批覆。對下級機關請求指示事項請示的批覆，一般是對下級機關請示涉及政策上、認識上的問題做出指示性的答覆。

2. 審批性批覆。對下級機關請示涉及人事、財物、機構等方面的具體問題，做出批准、不批准或不完全批准等審批性答覆的批覆。

3. 解答性批覆。對下級機關請求指示的請示所做的批覆。由於下級機關對工作中所遇到的問題無法處理，因此這類批覆必須給出解決問題的具體方案。

（四）寫法

批覆寫作的重點在於標題、發文字號、批覆引語、批覆內容。

1. 標題。批覆是針對請示而行文的，但是批覆的標題不能直接引用請示標題。如北京市交通委、市發展改革委、市財政局向北京市人民政府聯合上報《關於京平高速公路收取車輛通行費有關問題的請示》，北京市政府批覆文件的標題不能寫成《北京市人民政府關於京平高速公路收取車輛通行費有關問題的請示的批覆》。

批覆標題常見的兩種結構形式如下：

（1）關於××××問題的批覆。關於後面的內容是請示標題中的請示事項，將原請示標題中的內容以「問題」二字反應。例如上述例子中北京市人民政府的批覆標題應為《北京市人民政府關於京平高速公路收取車輛通行費有關問題的批覆》，批覆標題中是不顯示「請示」二字的。例如《發展改革委關於報送東北振興「十二五」規劃的請示》，國務院批覆文件的標題為《國務院關於東北振興「十二五」規劃的批覆》。

（2）關於同意（或批准）××××的批覆。同意或批准後面的內容是請示事項。例如《新疆維吾爾自治區人民政府關於將新疆維吾爾自治區庫車縣列為國家歷史文化名城的請示》，其批覆標題為《國務院關於同意將新疆維吾爾自治區庫車縣列為國家歷史文化名城的批覆》。

2. 發文字號。批覆是下行文，是上下級之間行文，發文字號有兩種方式：

（1）使用「發」字號。這種批覆的發文字號用於上級主管部門對下級職能部門的請示。

（2）使用「函」字號。這是批覆經常使用的發文字號，這種函件式發

文字號一般用於上下級政府之間或答覆不相隸屬的下級機關的請示。例如《國務院關於同意將新疆維吾爾自治區庫車縣列為國家歷史文化名城的批覆》，所用的發文字號為「國函〔2012〕22號」。再如《民政部關於中國林業生態發展促進會成立登記的批覆》，所用的發文字號為「民函〔2012〕147號」。

　　3. 批覆引語。批覆引語是批覆正文寫作的開頭部分，「引語」指的是引用請示原件的規範化語言。引語的目的是表明批覆是針對哪份請示做出的答覆。

　　一般來說，規範的批覆引語的格式為：

你部（或校、局、廳等）《關於×××××的請示》（××〔××〕×號）已收悉。

　　從以上批覆引語的格式可以總結出批覆引語的寫作思路：

請示單位、請示文件名、請示文件的發文字號、表明收到。

　　在批覆引語的寫作中，需要注意以下幾點：

　　（1）請示單位一般不直接寫上單位全稱，而是用「你」加上該請示單位的級別或屬性，例如你部（或校、局、廳等）。

　　（2）請示文件名只寫「關於」後面的內容，把請示機關放在書名號外面。在正文裡，請示文件名要加書名號。

　　（3）請示文件的發文字號要加上圓括號。

　　（4）表明收到下級機關的請示時用「已收悉」表述，不能用「已收到」的說法。

　　4. 批覆內容。根據請示的類型，批覆一般分為指示性和批准性兩種類型。這兩種類型的批覆引語的寫作都是一樣的，而且都要明確地表明同意的態度，區別在於批覆內容的側重點不同。

　　（1）指示性的批覆。除了表明同意態度外，還要提出下級機關在具體執行請示事項時各方面的要求和希望。

　　（2）批准性的批覆。即表態類的批覆，只表明上級機關是否同意即可。

　　批覆主體部分的寫作結構由標題、主送機關、正文、落款和成文日期組成。

　　批覆正文部分的寫作結構由批覆引語、批覆意見和結束語組成。

第六節　議案　函　紀要

一、議案

（一）適用範圍

議案適用於各級人民政府按照法律程序向同級人民代表大會常務委員會提請審議事項。

正確理解議案的含義，要注意以下兩個方面：

1. 提案權。誰有權提請議案？

從上文可以知道，行政議案的行文主體只有政府，適用範圍單一，人民代表大會主席團、常務委員會和本級人民政府可以直接提出議案，人民代表大會代表也可以提出議案。議案提出後，由人民代表大會主席團提請人民代表大會討論，或交付議案審查委員會審查後提請人民代表大會討論。

在全國或地方政府人代會上，代表、委員以個人名義向大會提交的文書叫提案，而不是議案。

2. 法定程序。國務院及各級政府的有關法律法規或重大事項的出抬、執行，按照憲法規定必須以議案形式報請全國或地方人大通過。提交議案時必須先請同級政府討論通過，再提交人大審議。

（二）特點

1. 法定性。議案的制發機關只能是各級人民政府，省級以下政府部門無權制發。

2. 重大性。議案提請的事項是同級政府無權決定，而必須報請人大審議通過。

3. 定向性。議案提交的對象只能是同級人大，主送機關只能有一個。

4. 時限性。議案只在人大會議期間提出，超過期限提交的議案一般作為「建議」處理。

（三）種類

1. 立法性議案。立法性議案主要在兩種情況下使用：一是政府機構制定了某項法律或法規之後提請人大審議通過時，二是建議、請求某行政機構制定某項法規時。

2. 決策性議案。關於財政預算決算、城鄉發展規劃、重大工程上馬，以及政治、經濟、文化、教育、科技、衛生等領域中的重大事項的決策，需要提請人民代表大會審議批准時使用的議案，就屬於重大事項的決策性議案。

3. 任免性議案。行政機關向權力機關提請任命、免去或撤銷行政機關工作人員職務，請求人民代表大會審議批准的議案，就是任免性議案。如「國務院關於提請××等同志職務任免的議案」。

4. 建議性議案。以行政部門的身分向權力部門提出建議，也可以使用議案。這種議案有些像建議報告，供人民代表大會審議、採納。

（四）寫法

1. 議案的標題。議案的標題採用常規公文標題模式，有兩種寫法：一是發文機關加案由加文種；二是省略發文機關，案由加文種。前者如《××市人民政府關於提請審議〈××市鄉鎮企業條例〉的議案》；後者如《關於提請審議修改後的國務院機構改革方案的議案》。議案標題一般不能採用發文機關加文種或者只有文種的寫法。

2. 議案的主送機關。議案的主送機關只能是同級人民代表大會及其常務委員會，不能有其他並列機關。要採用全稱或規範化簡稱，不得隨意簡化。

3. 正文。包括以下幾個方面：

（1）案據。議案的第一部分叫作案據，和常規的根據、目的、意義式的公文開頭很接近。

（2）方案。方案部分，就是對提請審議的事項或問題提出解決的途徑、方法。如果是提請審議已制定的法律法規的，解決問題的方案就在法律法規之中，這部分只需寫明提請審議的法律法規的名稱即可，但要把法律或法規的文本作為附件。如果是任免性議案，要將被任免人的姓名和擬擔任的職務寫明。如果是提請審議重大決策事項的，要把決策的內容一一

列出，供大會審閱。如果是建議採取行政手段解決某方面問題的，要把實施這一行政手段的方案詳細列出，以便於審議。不能只指出問題，而沒有解決問題的方案。

（3）結語。結語是議案的結尾部分，主要用於提出審議請求。一般都採用模式化寫法，言簡意賅，如「該草案經市政府同意，現提請審議」。

4. 簽署和日期。一般行政公文最後簽署的都是發文機關的名稱，而議案有所不同，要由政府首長簽署。國務院提交給全國人大的議案，要由總理簽署；各省、市、自治區提交給同級人民代表大會的議案，要由省長、市長或自治區主席簽署。

議案主體部分的結構：標題、主送機關、正文、落款、成文日期。主送機關只能有一個，即同級人大會。落款通常為政府首長簽署職務和姓名。

二、函

（一）適用範圍

函適用於不相隸屬的機關之間商洽工作、詢問和答覆問題、請示批准和答覆審批事項。

首先我們要理解什麼是「不相隸屬的機關」。通俗地說，「不相隸屬的機關」指的是兩個機關之間沒有上下級關係，不存在領導與被領導的關係。這種行政關係一般分為兩種情況：

1. 同一行政系統的平級單位。例如同級政府之間：河南省人民政府與河北省人民政府之間是平級關係，都隸屬於國務院。

再如同一政府下的同級部門之間：湖南省財政廳與湖南省教育廳之間是平級關係，是同一政府的不同職能部門。

2. 不在同一行政系統的各級單位。如鐵道部與天津市人民政府之間隸屬於不同的行政系統，它們之間宜用「函」行文。這種行文不限於同級關係，只要是各自隸屬於不同的行政系統，無論各自的級別高低都適用於「函」件。例如國務院辦公廳與廣東省人民政府辦公廳，前者是部級單位，後者是廳級單位，但是它們之間要以「函」行文。

理解了「函」的使用條件，可以總結出一句話：函是不相隸屬的機關之間使用的公文。

（二）特點

1. 內容短小。使用「函」件的機關之間沒有上下級的領導關係，一般情況下沒有行政管理業務，只有在遇到某事需要與對方溝通時才使用，偶然性和事務性的特點比較突出，所以行文簡潔，制作靈活多樣，即要按公文的正式格式制作，同時又應根據實際情況有所變通。

2. 語言謙遜有禮。「函」的使用者是不相隸屬的機關，所以用語要平等、尊重，多使用敬語，如貴校、貴單位、貴公司等，函的結束語也要用敬語，如「特此函達，務希研究見復」。

（三）種類

1. 按發文目的分，可以分為發函和復函兩種。發函是主動提出公務事項的函；復函是回覆對方來函的函。

2. 按用途分，可以分為商洽事宜函、詢問事宜函、答覆事宜函、請示批准函四種。

這兩種分類方法有交叉的地方，一般來說商洽函、詢問函、請示函屬於發函，而答覆函、批准函屬於復函。

（四）寫法

1. 首部。主要包括標題、主送機關兩個項目。

（1）標題。公函的標題一般有兩種形式：一種是由發文機關名稱、事由和文種構成，另一種是由事由和文種構成。

（2）主送機關。即受文並辦理來函事項的機關單位，於文首頂格寫明全稱或者規範化簡稱，其後用冒號。

2. 正文。其結構一般由開頭、主體、結尾、結語、落款等部分組成。

（1）開頭。主要說明發函的緣由。一般要求概括交代發函的目的、根據、原因等，然後用「現將有關問題說明如下：」或「現將有關事項函復如下：」等過渡語轉入下文。復函的緣由部分，一般首先引敘來文的標題、發文字號，然後再交代根據，以說明發文的緣由。

（2）主體。這是函的核心內容，主要說明致函事項。函的事項部分內容單一，一函一事，行文要直陳其事。無論是商洽工作、詢問或答覆問

題，還是向有關主管部門請求批准事項等，都要用簡潔得體的語言把需要告訴對方的問題、意見敘寫清楚。如果屬於復函，還要注意答覆事項的針對性和明確性。

3. 結尾。一般用禮貌性語言向對方提出希望。或請對方協助解決某一問題，或請對方及時復函，或請對方提出意見，或請主管部門批准等。

4. 結語。通常應根據函詢、函告、函商或函復的事項，選擇運用不同的結束語。如「特此函詢（商）」「請即復函」「特此函告」「特此函復」等。有的函也可以不用結束語，如屬便函，可以像普通信件一樣，使用「此致」「敬禮」。

5. 落款。一般包括署名和成文時間兩項。署明機關單位名稱，寫明成文年、月、日，並加蓋公章。

三、紀要

（一）適用範圍

紀要適用於記載會議主要情況和議定事項。會議情況一般是知照性質的，只需要有關人員瞭解和知曉會議的基本情況，不需要處理或受理有關內容；議定事項一般是指令性質的，需要有關人員執行和受理有關事項內容。從紀要的使用情況不難看出，其主要作用是交流會議情況，傳達要貫徹執行的事項，記載重要談話內容，以便統一認識或統一行動。

在使用紀要這種公文時，要特別注意它在行文方面的特殊性。紀要在使用上的特殊性體現在兩個方面：

1. 紀要不需要加蓋公章。我們知道公章是公文的生效標誌，不加蓋公章的公文沒有行政效力。但是紀要不是直接執行的文件，它的發文背景是根據會議或會談記錄整理要點，再以此為依據發文，是一種間接執行的行政公文，所以不需要加蓋公章。具體來說，它不能單獨傳送；如果發給上級機關，那麼是作為呈送報告的附件；如果發給下級機關，那麼是作為印發性通知的附件。

2. 在格式方面，紀要不需要眉首、版記部分。主體部分也只需要標題和正文，不需要主送機關、落款和成文日期。

（二）特點

1. 內容的紀實性。紀要是根據會議或會談記錄整理而成，必須如實反應，不能離開實際人為地創作，不能發揮，否則就違反了紀實的要求。

2. 表達的要點性。紀要是反應會議或會談的綜合情況，撰寫會議性的紀要應圍繞主旨及主要成果來整理、提煉和概括。其重點應放在介紹會議的成果上，而不是敘述會議的過程，要與會議記錄這種文體區別開來。會議記錄是凡言必記，凡言必錄，會議紀要是擇其要點，重點反應；會議性的紀要圍繞會議的主要議題、主要精神、有關決定或決議而寫。

3. 稱謂的特殊性。紀要一般採用第三人稱寫法，因為紀要反應的是集體意志和意向，常以「會議」作為表述主體，「會議認為」「會議指出」「會議決定」「會議要求」「會議號召」等就是其稱謂特殊性的表現。

（三）種類

1. 記載會議主要情況的紀要。它把會議討論的情況、主要精神提供給相關單位，供相關單位參閱，主要起傳遞信息的作用，一般沒有貫徹執行的要求。

2. 記載議定事項的紀要。它將領導機關召開的、研究某方面或某項工作的會議所形成的研究成果、處理意見傳達給下級機關，並要求相關單位貫徹執行，有一定的行政約束力。

（四）寫法

紀要的寫作主要指標題和正文的寫作。

1. 標題的寫作。標題的寫法靈活多樣。

（1）會議名稱加文種構成，如《全國高新技術交流與洽談會議紀要》。

（2）會議單位加會議名稱和文種構成，如《河南省財政廳關於加強財務工作監管工作會議紀要》。

（3）新聞標題式（正副標題式），如《反腐才能倡廉——全國公安系統反腐工作座談會紀要》。政府工作的會議紀要，一般不使用新聞標題式。

2. 正文的寫作。紀要的正文通常由會議的基本情況、會議的主要內容、結尾三部分組成。

（1）會議的基本情況。首段用於介紹會議的主辦方、時間、地點、主持人、參會人員、會議主題、領導講話等，其中會議時間、地點、主持人

和會議主題是必要內容，其他內容可視情況而定。會議基本情況的介紹可以使閱讀會議紀要的人先對會議有一個基本的瞭解，從而為理解會議精神或決議提供必要的認知基礎。

（2）會議的主要內容。會議性質不同，其重點反應的內容也有所側重，在寫法上可採用以下結構：

①條款式。這種方法適宜於傳達議定事項的會議紀要。如「會議就有關問題決定如下：一、……」。

②綜合式。這種方法適用於概述會議內容的紀要。如按會議進程順序或會議內容的不同方面歸納寫作。如「會議就如下六個專題進行了討論：一、……」。

③摘記式。這種方法適用於對未來工作發表看法或意見的紀要。如按發言者的發言範圍、發言性質歸類。如「李某某（公關部經理）：……」。

（3）結尾。一般是寫提出的希望、要求，發出號召；也可以對大會作概括性的總結。

思考與練習

1. 公文的組成要素有哪些？
2. 簡述公報的種類和特點。
3. 公告和通告的異同是什麼？
4. 報告與請示的區別是什麼？
5. 復函和批覆都是針對性的回覆文件，在使用上，它們有什麼異同？
6. 下行性意見與下行文的通知有什麼不同？
7. 紀要的特點是什麼？
8. 某市中級人民法院要重建辦公樓，向該市規劃局請求批准劃撥土地，請代該法院擬寫一份公文。
9. 北京市人民政府收到江蘇省人民政府《關於商洽商貿協作關係事宜的函》（蘇政發〔××××〕×號），經研究同意合作。請代擬這篇復函。

10. 改錯題

關於申請撥給災區貸款專項指標的報告

省行：

　　×月×日，××地區遭受了一場歷史上罕見的洪水襲擊，×江兩岸鄉、村同時發生洪水，災情嚴重。經初步不完全統計，農田受災總面積達38,000多畝（1畝≈666.67平方米），各種農作物損失達100多萬元，農民個人損失也很大。災後，我們立即深入災區瞭解災情，並發動幹部群眾積極開展生產自救。同時，為了幫助受災農民及時恢復生產，我們採取了下列措施：

　　一、對恢復生產所需的資金，以自籌為主；確有困難的，先從現有農貸指標中貸款支持。

　　二、對受災嚴重的困難戶，優先適當貸款，先幫助他們解決生活問題。到×月×日止，此項貸款已達××萬元。

　　由於這次災情過於嚴重，集體和個人的損失都很大，短期內恢復生產有一定的困難，僅靠正常農貸指標難以解決問題。為此，請省行下達專項救災貸款指標××萬元，以便支持災區迅速恢復生產。

　　以上報告當否，請批示。

××銀行××市支行
××年×月×日

【例文一】

國務院關於加快發展民族教育的決定
國發〔2015〕46號

各省、自治區、直轄市人民政府，國務院各部委、各直屬機構：

　　黨和國家歷來高度重視民族教育工作。經過各地和有關部門的共同努力，民族教育事業快速發展，取得了顯著成績，教育規模不斷擴大，辦學條件明顯改善，教師隊伍素質穩步提升，學校民族團結教育廣泛開展，雙語教育積極穩步推進，教育教學質量不斷提高，培養了一大批少數民族人

才，為加快民族地區經濟社會發展、維護祖國統一、促進民族團結做出了重要貢獻。由於歷史、自然等原因，民族教育發展仍面臨一些特殊困難和突出問題，整體發展水平與全國平均水平相比差距仍然較大。為了加快推進少數民族和民族地區教育發展，實現國家長治久安和中華民族繁榮昌盛，現就加快發展民族教育做出以下決定。

一、準確把握新時期民族教育的指導思想、基本原則和發展目標

（一）指導思想。高舉中國特色社會主義偉大旗幟，以鄧小平理論、「三個代表」重要思想、科學發展觀為指導，全面貫徹黨的十八大、十八屆二中、三中、四中全會精神和習近平總書記系列重要講話精神，按照「四個全面」戰略佈局，認真貫徹黨的教育方針和民族政策，深入落實黨中央、國務院決策部署，以立德樹人為根本，以服務改善民生、凝聚民心為導向，保障少數民族和民族地區群眾受教育權利，提高各民族群眾科學文化素質，傳承中華民族優秀傳統文化，大力培育和弘揚社會主義核心價值觀，維護民族團結和社會穩定，為實現「兩個一百年」奮鬥目標和中華民族偉大復興的中國夢，培養造就德智體美全面發展的社會主義合格建設者和可靠接班人。

（二）基本原則。堅持中國共產黨的領導。堅定不移地把黨的政治領導、思想領導、組織領導貫穿到民族教育工作的全過程和各方面，堅持社會主義辦學方向，堅持中國特色社會主義道路，堅持維護祖國統一，堅持各民族一律平等，打牢中華民族共同體思想基礎，鞏固和發展平等團結互助和諧的社會主義民族關係。

堅持縮小發展差距。堅持民族因素和區域因素相結合，完善差別化區域政策，分區規劃，分類指導，夯實發展基礎，縮小發展差距，促進教育公平，決不讓一個少數民族、一個地區掉隊，推進民族教育全面發展。

堅持結構質量並重。適應區域發展總體戰略和「一帶一路」建設需要，優化教育結構，科學配置資源，提高教育質量，提升少數民族和民族地區學生就業創業能力和創造幸福生活能力，促進民族教育與經濟社會協調發展。

堅持普特政策並舉。發揮中央統籌支持作用，加大中東部地區對口支援力度，激發民族地區內生潛力，系統謀劃、突出重點，普惠性政策向民

族教育傾斜，制定特殊政策重點支持國家通用語言文字教育基礎薄弱地區教育快速發展。

堅持依法治教。依據國家法律法規，運用法治思維和法治方式深化民族教育綜合改革，紮實推進教育行政部門依法行政、學校依法治校，加強法治教育，增強各民族師生法律意識。堅持教育與宗教相分離。全面貫徹黨的宗教工作基本方針和有關宗教法律法規，任何組織和個人不得利用宗教進行妨礙國家教育製度的活動，不得在學校傳播宗教、發展教徒、設立宗教活動場所、開展宗教活動、建立宗教組織。

（三）發展目標。到2020年，民族地區教育整體發展水平及主要指標接近或達到全國平均水平，逐步實現基本公共教育服務均等化。民族地區學前兩年、三年毛入園率分別達到80%、70%。義務教育學校辦學條件基本實現標準化，九年義務教育鞏固率達到95%，努力消除輟學現象，基本實現縣域內均衡發展。高中階段教育全面普及，普職比大體相當，中職免費教育基本實現。高等教育入學機會不斷增加，高考錄取率不斷提高，學科專業結構基本合理，應用型、複合型、技術技能型人才培養能力顯著提升。國家通用語言文字教育基礎薄弱地區學前教育階段基本普及兩年雙語教育，義務教育階段全面普及雙語教育。新增勞動力平均受教育年限接近或達到全國平均水平，主要勞動年齡人口平均受教育年限明顯提高，從業人員繼續教育年參與率達到50%。各級各類教育質量顯著提高，服務民族地區全面建成小康社會的能力顯著增強。

二、打牢各族師生中華民族共同體思想基礎

（四）積極培育和踐行社會主義核心價值觀。堅持不懈開展中國特色社會主義和中國夢宣傳教育，引導各族學生增強中國特色社會主義道路自信、理論自信、製度自信，樹立正確的國家觀、民族觀、宗教觀、歷史觀、文化觀，深刻認識中國是全國各族人民共同締造的國家，中華文化是包括56個民族的文化，中華文明是各民族共同創造的文明，中華民族是各民族共有的大家庭。堅持不懈開展法治教育和公民意識教育，把法治教育納入國民教育體系，引導各族學生牢固樹立維護民族團結和國家統一的法律意識。創新教育載體和方式，開展形式多樣的體現社會主義核心價值觀要求的主題教育實踐活動，提高思想政治教育針對性實效性。試點開展馬

克思主義宗教觀、黨的宗教工作方針政策和有關宗教法律法規教育，引導各族師生正確認識和看待宗教問題。加強心理健康教育。

（五）建立民族團結教育常態化機制。堅持不懈開展愛國主義教育和民族團結教育，引導各族學生牢固樹立「三個離不開」思想，不斷增強對偉大祖國、中華民族、中華文化、中國共產黨、中國特色社會主義的認同。深入推進民族團結教育進學校、進課堂、進頭腦，在全國小學高年級、初中開設民族團結教育專題課，在普通高中思想政治課程中強化民族團結教育內容，在普通高校、職業院校（含高等職業學校和中等職業學校，下同）開設黨的民族理論與政策課程。國務院教育行政部門指導編寫中學、小學各一冊民族團結教育教材，其中農村義務教育階段納入免費教科書範圍，各地可結合實際編寫地方補充教材。推動馬克思主義理論研究和建設工程民族學類教材在全國高校相關專業統一使用，鞏固黨的民族理論和民族政策在民族學教學研究領域的指導地位。利用現代信息技術等多種手段，開發、編譯民族團結教育教學資源。在師範院校和民族院校設立馬克思主義民族理論與政策師範專業，培養培訓民族團結教育課教師。將民族團結教育納入督導評估工作。

（六）促進各族學生交往交流交融。在有條件的民族地區積極穩妥推進民漢合校，積極開展各族學生體育、文藝、聯誼等活動，促進不同民族學生共學共進。在民族地區與支援省市之間，建立各族學生交流交往平臺，通過開展「手拉手心連心」、主題夏令營以及互相考察學習等活動，增進相互瞭解，相互學習，相互幫助。在內地民族班開展走班制等多種教學管理模式試點，探索推進混班教學、混合住宿，鼓勵少數民族學生積極參加學校社團組織和文體活動，組織開展當地學生與內地民族班學生之間互幫互學、友好班級等活動，促進內地民族班學生盡快融入當地學習、生活。

（七）促進各民族文化交融創新。堅持以社會主義先進文化為引領，傳承建設各民族共享的中華文化，繼承和弘揚少數民族優秀傳統文化，建設各民族共有精神家園。充分發揮教育在各民族文化交融創新中的基礎性作用，把中華優秀傳統文化融入中小學教材和課堂教學，在民族地區學校開設民族藝術和民族體育選修課程，開展民族優秀傳統文化傳承活動。鼓

勵支持普通高校、職業院校加強與文化企事業單位合作,將民族優秀文化列入學科專業,開展教學和研究,挖掘民族優秀文化資源,搶救保護和傳承非物質文化遺產。科學保護各民族語言文字。

三、全面提升各級各類教育辦學水平

(八)加快普及學前教育。科學規劃、合理佈局民族地區學前教育機構,支持鄉村兩級公辦和普惠性民辦幼兒園建設,新建、改擴建安全適用的幼兒園,開發配備必要的教育資源,改善保教條件,滿足適齡幼兒入園需求。規範辦園行為,強化安全監管,加強保教管理。合理配置幼兒園保教人員。重點支持民族地區實施學前教育三年行動計劃。

(九)均衡發展義務教育。民族地區義務教育發展規劃、資源佈局應主動適應扶貧開發、生態移民、城鎮化建設等需要。大力推進民族地區義務教育學校標準化建設,全面改善貧困地區義務教育薄弱學校基本辦學條件,縮小城鄉差距和校際差距。因地制宜保留並辦好必要的村小學和教學點。以提高教學質量為重點,實施民族地區中小學理科教學質量提升計劃,深化課程和教學改革,開齊開足國家課程,開設具有民族特色的地方課程和學校課程。依法保障農業轉移人口和其他進城務工人員隨遷子女平等接受義務教育的權利。切實解決「大班額」「大校額」問題。依法履行控輟保學職責,降低輟學率。建立健全農村留守兒童關愛服務機制。保障女童入學。

(十)提高普通高中教學質量。繼續支持民族地區教育基礎薄弱縣普通高中建設,擴大優質教學資源,按國家規定標準配齊圖書、實驗室、教學儀器設備。全面深化課程改革,落實國家課程方案,加強選修課程建設,推行選課走班。強化基礎知識和基本技能訓練,加強理科課程和實驗課教學,開展研究性學習、社區服務和社會實踐,促進學生全面而有個性發展。全面實施普通高中學業水平考試和綜合素質評價。推動普通高中多樣化特色化發展,鼓勵舉辦綜合高中。

(十一)加快發展中等職業教育。適應培養創新創業人才和培育新型職業農牧民要求,合理佈局民族地區中等職業學校,保障並改善基本辦學條件。現代職業教育質量提升計劃、優質特色學校建設等項目重點向民族地區傾斜。加強校企合作,推進產教融合,擇優扶持發展民族優秀傳統文

化、現代農牧業等優勢特色專業。聘請民族技藝大師、能工巧匠、非物質文化遺產傳承人擔任兼職教師。推進招生和培養模式改革，擴大中東部地區職業院校面向民族地區招生規模，提高民族地區中等職業學校畢業生升入高等職業院校比例，實現初高中未就業畢業生職業技術培訓全覆蓋。鼓勵內地優質職業教育資源以及有條件的企業在民族地區開辦職業技術學校，落實稅收等相關優惠政策。

（十二）優化高等教育佈局和結構。制定實施民族地區高校佈局規劃、民族院校和民族地區高校學科專業調整規劃。優先設置與實體經濟和產業發展相適應的高等職業學校。積極支持有條件的民族地區設置工科類、應用型本科院校。引導一批民族地區普通本科高校和民族院校向應用技術型高校轉型。以就業為導向，調整民族院校和民族地區高校學科專業結構，重點提高工、農、醫、管理等學科比例，支持辦好師範類專業，提升民族特色學科水平。碩士博士學位點設置、本專科研究生招生計劃、高校人文社會科學研究基地、中央財政支持地方高校發展的專項資金等向符合規劃、辦學條件和質量有保障的民族院校和民族地區高校傾斜。辦好民族院校。

（十三）積極發展繼續教育。加強對民族地區城鄉社區教育的指導。城鄉社區教育機構和網路建設向民族地區傾斜。支持民族地區建設以衛星、互聯網等為載體的遠程開放教育及服務平臺，加強涉農專業、課程和教材建設，開展學歷與非學歷繼續教育。引導民族地區廣播電視大學轉型升級。鼓勵中東部省市和教育部直屬高校面向民族地區開放繼續教育優質資源。加強農牧民繼續教育。繼續開展掃盲工作。

（十四）重視支持特殊教育。在民族地區的地市州盟和30萬人口以上、殘疾兒童較多的縣市區旗建好一所特殊教育學校，配齊特教專業教師，完善配套設施。鼓勵和支持普通學校為殘疾學生創造學習生活條件，提高隨班就讀和特教班的教學質量。開展面向殘疾學生的職業教育和國家通用語言文字教育，重點提高學生的生活技能和就業能力。

四、切實提高少數民族人才培養質量

（十五）有序擴大人才培養規模。落實好少數民族高層次骨幹人才計劃。加強少數民族高端人才培養工作，培養一批政治素質高、學術造詣

深、具有國際影響力和話語權的少數民族優秀人才。繼續實施國家公派留學西部特別項目。支援中西部地區招生協作計劃、農村貧困地區定向招生專項計劃、教育部直屬高校及其他自主招生試點高校招收農村學生專項計劃等向民族地區傾斜。適當提高東中部省市職業院校招收民族地區學生的比例。適度擴大高校民族班、預科班招生規模以及東中部高校招收內地西藏新疆班高中畢業生規模。鼓勵支持民族地區和東中部省市雙向擴大高校招生規模。加強少數民族專業技術人才特殊培養。

（十六）改革考試招生製度。按照國家考試招生製度改革的統一要求，保留並進一步完善邊疆、山區、牧區、少數民族聚居地區少數民族考生高考加分優惠政策，推進民族地區和內地西藏新疆班畢業生高考招生製度改革，逐步探索建立基於統一高考和高中學業水平考試成績、參考綜合素質評價的公平、多元的錄取機制。完善高校民族班、民族預科班招生辦法，探索實施高校民族預科階段結業會考製度，不斷提高培養質量。

（十七）強化內地民族班教育管理服務。制訂長遠發展規劃，加大支持力度，進一步加強內地民族班建設，改善辦學條件。堅持「嚴、愛、細」原則，對各民族學生實行統一標準、統一要求、統一管理。推行內地民族班一對一、一對多的全員育人導師制，用心用情關愛學生，幫助解決學習生活困難。合理設置課程，加強教材建設，深化教學改革，強化課堂教學，加強課後輔導，嚴格考核標準，完善淘汰機制，加強督導評估，提高教學質量。完善後勤服務，辦好學生食堂，尊重清真飲食習慣，鼓勵有條件的地方為內地民族班學校統一採購清真食品原材料。在少數民族學生集中的學校按照50：1的生師比配齊配強政治素質高、懂雙語、會管理的少數民族教師，推廣設立少數民族學生工作示範平臺，全面提高教育管理服務水平。

（十八）加強普通高校、職業院校畢業生就業創業指導。開設就業指導課程，普及創業教育，引導學生樹立正確的擇業觀，增強創業意識和創業能力。對就業困難學生開展一對一就業指導、重點推薦。鼓勵在民族地區的中央企業和對口援建項目吸納當地普通高校、職業院校畢業生就業。引導內地民族班高校畢業生到農村中小學擔任雙語教師。加大就業政策宣傳力度，引導學生到基層就業、到企業就業、自主創業。

五、重點加強民族教育薄弱環節建設

（十九）加強寄宿制學校建設。針對國家通用語言文字教育基礎薄弱地區、農牧區和偏遠地區實際，科學編制寄宿制學校建設規劃，合理佈局，改擴建、新建標準化寄宿制中小學校。按照國家規定標準配備圖書、實驗室、教學儀器設備。提高生均公用經費標準，配齊後勤管理服務人員，加強學校管理，強化安全教育，提高人防、物防、技防能力，確保學校安全。全面提高入學率，實現各民族學生學習在學校、生活在學校、成長在學校。對地處偏遠又無條件寄宿的學校，因地制宜加強建設、改善條件。

（二十）支持邊疆民族地區教育發展。國家教育經費向邊疆省區傾斜，邊疆省區教育經費向邊境縣傾斜，提高邊疆民族地區義務教育階段學校經費保障水平和生均公用經費標準。加強基礎設施建設，改善基本辦學條件，不斷增強邊境學校吸引力。支持邊疆省區制定激勵政策，鼓勵引導高校畢業生、骨幹教師到邊境學校任教，提高教育質量。

（二十一）科學穩妥推行雙語教育。依據法律，遵循規律，結合實際，堅定不移推行國家通用語言文字教育，確保少數民族學生基本掌握和使用國家通用語言文字，少數民族高校畢業生能夠熟練掌握和使用國家通用語言文字。尊重和保障少數民族使用本民族語言文字接受教育的權利，不斷提高少數民族語言文字教學水平。在國家通用語言文字教育基礎薄弱地區，以民漢雙語兼通為基本目標，建立健全從學前到中小學各階段有效銜接，教學模式與學生學習能力相適應，師資隊伍、教學資源滿足需要的雙語教學體系。國家對雙語教師培養培訓、教學研究、教材開發和出版給予支持，為接受雙語教育的學生升學、考試提供政策支持。鼓勵民族地區漢族師生學習少數民族語言文字和各少數民族師生之間相互學習語言文字。研究完善雙語教師任職資格評價標準，建立雙語教育督導評估和質量監測機制。

六、建立完善教師隊伍建設長效機制

（二十二）健全教師培養製度。堅持不懈地用中國特色社會主義理論體系武裝教師頭腦，加強師德師風教育，全面提高教師思想政治素質、師德水平和能力素質。民族地區要制定教師隊伍建設專項規劃，推進師範院

校專業調整和教學改革，重點培養雙語教師、「雙師型」教師和農村中小學理科、音體美等學科緊缺教師，形成教師培養補充長效機制。支持民族地區師範院校免費培養雙語教師。教育部直屬師範大學師範生免費教育政策向民族地區傾斜，鼓勵引導東中部省市師範院校為民族地區培養免費師範生。落實好教師配備政策，杜絕擠占挪用教師編制，嚴格教師准入，招聘合格教師。實施好鄉村教師支持計劃。農村義務教育學校教師特崗計劃和邊遠貧困地區、邊疆民族地區、革命老區人才支持計劃教師專項計劃向民族地區傾斜。

（二十三）完善教師培訓機制。制訂全員培訓規劃，落實每五年一週期的培訓。國家級、省級、市級培訓向民族地區農村教師和內地民族班教師傾斜。重點加強幼兒園、中小學、職業院校和內地民族班校長、骨幹教師、班主任（輔導員）思想政治和業務能力培訓。加強少數民族雙語教師國家通用語言文字培訓。強化培訓過程管理和結業考核雙向評價。在東中部地區選擇若干所師範院校建設民族地區雙語和「雙師型」骨幹教師培養培訓基地。

（二十四）落實教師激勵政策。改善教師福利待遇，績效工資分配向農村教學點、村小學、鄉鎮學校教師、雙語教師和內地民族班教師傾斜，切實落實提高農村中小學教師待遇的政策措施，實施好集中連片特困地區鄉村教師生活補助政策。落實好邊遠、農村地區教師職稱（職務）評聘、晉升傾斜政策。建立健全校長、教師交流輪崗和城鎮教師支援農村教育等製度，對扎根邊疆、扎根農村、長期從事內地民族班教育管理並作出突出貢獻的教師，中央和地方政府按照國家有關規定給予表彰。支持民族地區農村教師週轉宿舍建設。

七、落實民族教育發展的條件保障

（二十五）完善經費投入機制。各級政府要切實增加民族教育投入，加快推進民族地區基本公共教育服務均等化。中央財政針對民族地區特殊情況加大一般性轉移支付和教育專項轉移支付力度，並重點支持新疆、西藏和四省藏區等國家通用語言文字教育基礎薄弱地區開展雙語教育。整合民族教育中央專項資金並適時擴大資金規模，集中用於解決雙語教育、教師培養培訓、民族團結教育、民族文化交融創新等方面的突出問題。地方

各級人民政府在安排財政轉移支付資金和本級財力時要對民族教育給予傾斜。對口支援資金要繼續加大對教育事業的支持力度。完善內地民族班辦學經費投入機制。鼓勵和引導社會力量支持發展民族教育，多渠道增加民族教育投入。

（二十六）加大學生資助力度。完善學前教育資助製度。落實好農村義務教育階段學生「兩免一補」政策，完善經費標準動態調整機制，確保應助盡助。落實好中等職業教育免學費政策，完善國家助學金政策。普通高中、高校學生資助政策向少數民族和民族地區家庭經濟困難學生傾斜。在按程序制定或修訂對口支援項目規劃後，各省市對口支援新疆、西藏、青海藏區資金可用於資助受援地在內地學習的學生。將民族預科生和少數民族骨幹計劃基礎強化培訓階段的家庭經濟困難學生納入高校國家資助體系。鼓勵內地高校通過設立學習進步獎學金等方式，加大對來自國家通用語言文字教育基礎薄弱地區學生的獎勵資助力度。做好殘疾學生資助工作。

（二十七）加快推進教育信息化。加強民族地區教育信息基礎設施建設，加快推進「寬帶網路校校通」「優質資源班班通」「網路學習空間人人通」，國家教育資源公共服務平臺優先向民族地區學校開放。制訂民族地區教育資源建設方案，開發、引進、編譯雙語教學、教師培訓和民族文化等數字資源，並推廣應用。在大規模在線學習平臺上，開發面向民族地區的教育課程。鼓勵民族地區與發達地區之間的校際聯網交流。以中小學和職業院校教師為重點，加強對教師信息技術應用能力的培訓，全國中小學教師信息技術應用能力提升工程向民族地區傾斜。

八、切實加強對民族教育的組織領導

（二十八）加強黨對民族教育工作的領導。黨的領導是確保民族教育正確發展方向的根本保證。要充分發揮黨委領導核心作用，健全民族教育的領導體制和工作機制，及時研究解決民族教育工作中的重大問題和群眾關心的熱點問題。進一步加強和改進民族地區教育系統黨的建設，重視抓基層、打基礎，把學校黨建工作放在更加突出的位置，加強組織建設，完善製度體系，抓住薄弱環節，轉變工作方式，提升黨員幹部的政治意識、責任意識、陣地意識和底線意識，切實增強學校黨組織的創造力、凝聚力、戰鬥力。

（二十九）全面落實政府職責。各有關部門要加強對民族教育發展的統籌協調和分類指導。地方各級政府是推進民族教育發展的責任主體，要把民族教育工作納入重要議事日程，建立由主要負責同志負總責、分管負責同志具體負責、教育部門牽頭、有關部門密切配合的工作機制。健全民族教育管理機構，加強領導班子建設，教育行政部門要明確專門機構和人員負責民族教育工作，加強對跨省區民族教育協作的指導和管理。

（三十）充分發揮對口支援作用。健全教育對口支援機制。支援省市、中央企業、學校要樹立政治意識、大局意識、全局意識，按照已建立的對口援助關係，重點加大對受援地區雙語教育、職業教育和學前教育的支援力度，配套完善必要的設施設備，培訓和選派中小學校長、班主任、骨幹教師，幫助培養各類人才。發揮中東部職業教育集團辦學優勢，對口支援民族地區職業學校。繼續做好中東部高校對口支援西部高校工作，利用優質教育資源幫助受援高校加強人才培養、師資隊伍建設、學科專業建設和科學研究。

（三十一）切實加強民族教育科學研究。國家民族教育研究機構要構建跨地區民族教育科研平臺，統籌規劃，協調指導，組織開展民族教育重大理論和政策研究。各省（區、市）政府要高度重視民族教育科研、教研工作，完善支持機制，加強隊伍建設，以研促教、教研結合，全面提升民族教育科研、教研工作服務民族教育發展的能力。

（三十二）認真落實各項政策措施。地方政府在編制區域發展戰略規劃和地方經濟社會發展規劃時，要把民族教育擺到突出位置、優先發展、重點保障，並列為政府目標考核的重要內容。研究制訂民族教育發展專項規劃和年度計劃，明確發展目標、主要任務、改革舉措、重大項目和保障措施。民族自治地方可以依據法律，結合實際，制定民族教育法規。建立健全民族教育政策落實情況監督檢查機制，國務院教育行政部門要會同有關部門定期開展專項督導檢查。

國務院
2015年8月11日
來自中央人民政府門戶網站

【例文二】
國務院辦公廳關於促進進出口穩定增長的若干意見
國辦發〔2015〕55號

各省、自治區、直轄市人民政府，國務院各部委、各直屬機構：

推進新一輪更高水平對外開放，是經濟提質增效升級的重要支撐。要進一步推動對外貿易便利化，改善營商環境，為外貿企業減負助力，促進進出口穩定增長，培育國際競爭新優勢。為此，經國務院同意，現提出如下意見：

一、堅決清理和規範進出口環節收費。深入開展全國範圍內的涉企收費集中整治專項行動。對依法合規設立的進出口環節行政事業性收費、政府性基金以及實施政府定價或指導價的經營服務性收費實行目錄清單管理，未列入清單的一律按亂收費查處。加大對取消收費項目落實情況的督查力度，形成外貿企業鬆綁減負長效機制，防止亂收費問題反彈。增強口岸查驗針對性和有效性，對查驗沒有問題的免除企業吊裝、移位、倉儲等費用，此類費用由中央財政負擔；對有問題的企業依法加大處罰力度。（發展改革委、工業和信息化部、財政部、交通運輸部根據各自職責分別牽頭）

二、保持人民幣匯率在合理均衡水平上基本穩定。完善人民幣匯率市場化形成機制，擴大人民幣匯率雙向浮動區間。進一步提高跨境貿易人民幣結算的便利化水平，擴大結算規模。研究推出更多避險產品，幫助企業規避匯率風險，減少匯兌損失。（人民銀行、外匯局負責）

三、加大出口信用保險支持力度。進一步擴大短期出口信用保險規模，加大對中小微企業及新興市場開拓的支持力度。實現大型成套設備出口融資保險應保盡保，進一步簡化程序。（財政部、商務部、進出口銀行、中國出口信用保險公司負責）

四、加快推進外貿新型商業模式發展。抓緊落實《國務院辦公廳關於促進跨境電子商務健康快速發展的指導意見》（國辦發〔2015〕46號）。積極推進中國（杭州）跨境電子商務綜合試驗區建設。抓緊啓動擴大市場

采購貿易方式試點工作，將江蘇海門疊石橋國際家紡城、浙江海寧皮革城列入試點範圍。制訂支持外貿綜合服務企業發展的政策措施。2015年底前提出進一步擴大相關試點範圍和推廣外貿新型商業模式的方案，於2016年初開始實施。（商務部、發展改革委、財政部、海關總署、稅務總局、工商總局、質檢總局、外匯局負責）

五、繼續加強進口工作。擴大優惠利率進口信貸覆蓋面，將《鼓勵進口技術和產品目錄》納入支持範圍。2015年7月底前調整出抬《鼓勵進口技術和產品目錄》，相應調整進口貼息政策支持範圍，促進國內產業升級。完善消費品進口相關政策，對部分國內需求較大的日用消費品開展降低進口關稅試點，適度增設口岸進境免稅店，合理擴大免稅品種，增加一定數量的免稅購物額，豐富國內消費者購物選擇。（商務部、發展改革委、財政部、工業和信息化部、海關總署、稅務總局、質檢總局、進出口銀行負責）

六、進一步提高貿易便利化水平。進一步簡政放權，提高服務效率。進一步落實出口退稅企業分類管理辦法，加快出口退稅進度，確保及時足額退稅。提高口岸通關效率，強化跨部門、跨地區通關協作，加快推進形成全國一體化通關管理格局。加快複製推廣自由貿易試驗區的貿易便利化措施，在沿海各口岸開展國際貿易「單一窗口」試點。（海關總署、稅務總局、質檢總局、商務部、財政部、交通運輸部、外匯局負責）

七、切實改善融資服務。加大對有訂單、有效益企業的融資支持。鼓勵採取銀團貸款、混合貸款、項目融資等方式支持企業開拓國際市場，開展國際產能合作，推動中國裝備「走出去」。支持金融機構開展出口退稅帳戶託管貸款等融資業務。鼓勵商業銀行按照風險可控、商業可持續原則開展出口信用保險保單融資業務。大力拓展外匯儲備委託貸款平臺業務，繼續擴大外匯儲備委託貸款規模和覆蓋範圍，進一步推進外匯儲備多元化運用。在宏觀和微觀審慎管理框架下，穩步放寬境內企業人民幣境外債務融資，進一步便利跨國企業開展人民幣雙向資金池業務。（人民銀行、銀監會、財政部、商務部、外匯局、進出口銀行、中國出口信用保險公司負責）

各地區、各部門要進一步提高認識，更加重視外貿工作，加強組織領導，顧全大局，增強工作主動性、針對性和有效性。要深化與「一帶一路」沿線國家的經貿合作，突出創新驅動，切實加大穩增長政策落實力

度，共同推動對外貿易平穩健康發展。各地區要結合實際主動作為，多措並舉，促進本地區對外貿易穩定增長和轉型升級。各部門要根據本意見制訂具體工作方案，並進一步在簡化手續、減免收費等方面加力增效，用便利和穩定增長的進出口助力經濟發展。商務部要加強指導、督促檢查，確保各項政策措施落實到位。

國務院辦公廳
2015 年 7 月 22 日

☞來自中央政府門戶網站

【例文三】

國務院辦公廳關於對全國第二次大督查發現的典型經驗做法給予表揚的通報

國辦發〔2015〕54 號

各省、自治區、直轄市人民政府，國務院各部委、各直屬機構：

為推動黨中央、國務院重大決策部署進一步落實並取得成效，2015 年 5 月下旬至 6 月中旬，國務院部署開展了對重大政策措施落實情況的第二次大督查。從督查情況看，各地區、各部門認真貫徹落實黨中央、國務院重大決策部署，胸懷全局、主動作為、改革創新、不畏困難、講求實效，圍繞穩增長、促改革、調結構、惠民生出新招、出實招、出硬招，不斷推動各項重點工作取得積極進展，在工作實踐中創造出一些好經驗、好做法。

為進一步調動各方面的積極性、主動性和創造性，總結經驗，宣傳典型，紮實推進各項重大政策措施落地生效，經國務院同意，對天津市推動重大項目開工建設等 20 項地方工作典型經驗做法和發展改革委加強宏觀政策統籌協調等 16 項部門工作典型經驗做法予以通報表揚，供各省（區、市）和國務院各部門學習借鑑。希望受到表揚的地區和部門珍惜榮譽，再接再厲。

各地區、各部門要按照黨中央、國務院的總體部署，主動適應和引領經濟發展新常態，堅持穩中求進工作總基調，振奮精神，奮發有為，勇於擔當，攻堅克難，學習借鑑典型經驗做法，創造性開展工作，進一步推動重大穩增長工程盡快實施、重大改革政策盡快落地、重大民生舉措盡快見效，確保完成全年經濟社會發展主要目標任務。

　　附件：1. 地方工作典型經驗做法（共20項）
　　　　　2. 部門工作典型經驗做法（共16項）

國務院辦公廳
2015 年 7 月 20 日

☞來自中央人民政府門戶網站

（收錄本書時有刪減，個別表述有調整）

【例文四】

國務院辦公廳關於同意建立
消費者權益保護工作部際聯席會議製度的函

國辦函〔2016〕73 號

工商總局：

　　你局關於建立消費者權益保護工作部際聯席會議製度的請示收悉。經國務院同意，現函復如下：

　　國務院同意建立由工商總局牽頭的消費者權益保護工作部際聯席會議製度。聯席會議不刻製印章，不正式行文，請按照國務院有關文件精神認真組織開展工作。

　　附件：消費者權益保護工作部際聯席會議製度

國務院辦公廳
2016 年 8 月 8 日

☞來自中央人民政府門戶網站

第三章
事務文書

第一節　事務文書基礎知識

一、概念

事務類文書是指行政機關、企事業單位、社會團體用來處理日常事務、總結經驗、謀劃事情、監督檢查、溝通交流、指導工作等經常使用的一類應用文書。它不屬於行政公文，也沒有行政公文的效力，一些事務類文書要依靠行政公文這個載體來運行，如計劃類、總結類事務文書等。

二、特點

（一）使用頻率高

由於單位或組織日常運轉的需要，加強管理的需要，事務類文書的使用頻率很高。一般來說，年初要有計劃，年末要有總結，中間的時段要有檢查反饋，需要對工作任務的完成情況作一綜合性的階段性分析。此外，新情況新問題總會出現，需要去調查研究，從而採取有針對性的方法措施來應對；時代發展變化，有些規章製度需要補充完善，以適應新的形勢。

（二）運轉程序簡便

為了方便管理，最有效地處理工作中的事情，事務類文書的運轉程序較為簡便。各單位部門一旦認為有擬寫的必要，往往迅速成文，並立即傳達給有關部門知曉瞭解。在程序上沒有行政公文那樣嚴格的一套手續，比較節約時間。

（三）寫作較為靈活

在格式上，事務類文書往往按照約定俗成的格式來寫，但有時也有些創新，只要這些創新能被大家所接受，時間長了，也就成了約定俗成的部分了。在語言上，它比行政公文要活潑些，遣詞造句可以不必那麼莊重嚴肅，這樣讀者對文章的內容更容易接受。其表達方式也多種多樣，根據內容的需要，或議論，或抒情，以引起讀者重視，利於工作的順利開展。

三、作用

(一) 承擔基礎管理的任務

事務類文書是任何單位或組織正常運轉所不可或缺的，沒有這些文書，管理會一片混亂，或者極其低效。比如規章製度，有了它們，工作人員按章辦事即可；如果沒有，那麼各行其是，各說各的理，領導也無法應付。

(二) 發揮高效管理的優勢

事務類文書如果使用得當，工作人員盡職盡責，單位或組織的管理會非常和諧，非常高效。比如編制財經計劃或報表，大家就可知道誰該做什麼、做到什麼程度；執行中有新的情況出現，如果工作人員盡職盡責的話，會主動收集異常信息，報告給有關領導，然後經過細緻的調查與分析，對工作計劃做相應的修正。

四、分類

事務類文書一般有計劃、總結、調查報告、簡報、會議記錄和規章製度六種。事務類文書的具體類別很多，比如方案、細則、信息參考等，以上六種只是擇其大要，把常見的羅列出來。能夠把這些常見的文書運用得當，對單位或組織的正常運轉就可以起到相當大的作用了。

第二節　計劃

一、計劃的概念、作用及特點、種類

(一) 計劃的概念

計劃是黨政機關、社會團體、企事業單位或個人對未來一定時期內工作、生產、學習等任務擬訂出目標、內容、步驟、措施、時限等的一種文書。簡言之，計劃是對未來一定時期工作的安排和打算。

計劃是個統稱，常見的「安排」「打算」「規劃」「設想」「意見」「要點」「方案」等都是對今後工作的部署和安排，它們均屬於計劃的範

疇。它們的區別主要體現在內容的詳略和時限的長短上。大體說來，「安排」「打算」是時間短、內容具體並偏重於工作方法和步驟的計劃；「規劃」是提出個大輪廓，內容偏重於帶全局性、長遠性和方向性的計劃；「設想」是初步的粗線條的且不太成熟的計劃；「意見」是原則性較強、內容較完整的計劃，往往含有解決好某個問題的指導思想、政策要求等，常在一個會議上或小組討論時印發；「要點」是只列工作任務中主要方面的計劃；「方案」則是對某項工作從目的要求、方式方法到具體步驟都做出全面部署安排的計劃。

（二）計劃的作用

「凡事預則立，不預則廢。言前定則不跲，事前定則不困，行前定則不疚，道前定則不窮。」（《禮記・中庸》）這段話的意思是說：任何事情，預先做好了安排和打算，就容易成功，否則就容易失敗。說話前先有準備，就不會理屈詞窮站不住腳；做事先有準備，就不會遇到困難挫折；行事前先有定奪，就不會發生後悔的事；道理或政策等先有定則，就不至於行不通。俗話說：吃不窮，穿不窮，計算不到一世窮。意思是說，普通人日常生活也要有計劃，才不至於受窮。事實上，計劃在國家管理和我們的日常工作實踐中發揮著重要的作用。

1. 明確目標。計劃是把握工作目標，完成工作任務的保證。有了切實可行的計劃，才能明確奮鬥目標，避免或減少工作中的盲目性、被動性，做到心中有數，合理安排人力、物力、財力和時間，保證各項工作有條不紊地進行。

2. 提高效率。明確的計劃，具體的措施，可行的目標，能夠使各個崗位、各個環節上的人員統一認識、協同努力，保持清醒的頭腦，步調一致，最大限度地提高工作效率。

3. 利於監督和檢查。制訂的計劃報給上級，便於領導瞭解情況，督促檢查工作，也為下級機關制訂計劃、安排工作提供依據，同時也有利於檢查工作進展情況，掌握工作進度，及時發現問題、解決問題，避免造成實際損失。

總之，從宏觀上看，計劃對整個國家機器的運轉和國民經濟的管理有著十分重要的作用。從微觀上說，各部門、各單位制訂好切實可行的計劃，是完成任務、做好工作的重要前提。

（三）計劃的特點

1．目的性。計劃是針對某種具體情況而制訂的。在一定的時期內，要完成什麼任務，取得怎樣的效果，達到怎樣的具體目的，這是計劃的核心內容。如果沒有這樣一個明確的目的，計劃也就不成為計劃了。

2．預見性。由於計劃是對未來一定時期的工作或任務的預想和安排，所以它所使用的材料和其基本內容所包含的要素，大多不是現成的，需要充分認識事物的發展前景，依據對客觀實際情況的精確分析，要有科學的預見，使預想的目標實現。這種預見的能力，就是計劃制訂者對現實的掌握與分析能力，對未來的預測能力，對工作的綜合分析與自己固有的科學思維能力。可以說，沒有預見就沒有計劃。無論這種安排多麼周密、多麼具體，也是一種預想或期望。因此，我們說工作計劃是帶有很強的預見性的。

3．全面性。計劃應遵循全面考慮、統籌兼顧、瞻前顧後、嚴謹周密的原則，以防止疏漏，盡量把一切可能出現的問題都考慮在內。

4．可行性。再好的計劃也要付諸實施，計劃的各項指標、措施、辦法等都必須符合實際、切實可行，才能有效指導工作。目標定得過高，無法實現和完成；定得過低，又無法起到指導和激勵作用。達不到的目標、行不通的計劃是一紙空文。沒有可行性，就不能稱為計劃。

5．約束性。計劃體現著制訂者的要求和意圖，一旦通過和下達，就具有一定的規定性和指導性，就會對實踐起到一種控制和約束作用，必須嚴格遵照執行。制訂計劃，是為了克服工作中的盲目性、無序性，使得工作可以循序漸進地展開。

（四）計劃的種類

計劃的種類有多種劃分方法，常見的分類方法有以下幾種：

1．按性質分，有綜合性計劃、專題性計劃等。

2．按內容分，有國民經濟計劃、社會發展計劃、工作計劃、學習計劃、財務計劃、科研計劃等。

3．按形式分，有條文式計劃、表格式計劃、條文表格結合式計劃。

4．按時間分，有長期計劃、中期計劃、短期計劃、年度計劃、季度計劃、月份計劃。

5．按範圍分，有國家計劃、地區計劃、部門計劃、單位計劃、個人

計劃。

6. 按重要性分，有普通計劃、文件計劃。

7. 按作用分，有指令性計劃、指導性計劃。

8. 按名稱分，有規劃、計劃、方案、要點、安排、設想、打算、意見等。

具體到財經部門來說，主要是財務計劃。財務計劃是規定一定時期內生產經營所需要的資金及其來源、財務收入和支出、財務成果及其分配的計劃。工業企業財務計劃通常包括流動資金計劃、利潤計劃、固定資產折舊計劃和財務收支計劃總表等；商業企業的財務計劃通常包括流動資金計劃、商品流通費計劃和利潤計劃等。這些計劃都要根據上級下達的財務指標和本單位的其他計劃、預算和定額資料，按年度編制。企業的財務計劃，經逐級審核匯總，再編制公司、總公司、集團級的財務計劃。

二、計劃的基本寫法及注意事項

（一）制訂計劃的方法步驟

1. 認真學習、研究上級的有關指示、方針、政策，「吃透」上級精神。

2. 根據上級指示精神和實際情況確定工作任務、工作方針、工作中心和重點，確定工作進程、步驟和措施，安排人力、物力和財力等。

3. 計劃擬好以後，交有關部門乃至群眾討論。修改定稿後，有的還要報請上級主管部門或領導審批。

4. 在實施過程中，根據情況的不斷變化及時加以修訂或補充。

（二）計劃的基本寫法

計劃的主要內容一般包括：目的要求（為什麼做），任務和目標（做什麼），實施的步驟和措施（怎麼做），進度和時間安排（何時完成）。有時目的要求部分可以省略，其餘三項內容一般稱為計劃的三要素。不同的計劃類文書這三個要素的寫作側重點是不一樣的，比如方案，就要重點寫好「怎麼做」這個部分。

計劃的寫作格式沒有明文規定，常見的有條文式、表格式和條文表格結合式三種。無論採用什麼格式，都必須由標題、正文和落款三部分組成。

1. 標題。標題又叫計劃名稱。常見的標題寫法有以下幾種：

（1）四要素式。由單位名稱、時限、計劃內容、文種四部分組成，如《×縣×××年養殖業發展計劃》。這類標題主要用於階段性工作計劃。

（2）三要素式。由單位名稱、計劃內容、文種或者時限、計劃內容、文種三部分組成，如《×××年植樹造林計劃》《××公司銷售計劃》。這類標題概括程度適中，比較常用。

（3）二要素式。由計劃內容和文種組成，如《棉花收購計劃》。這類標題多用於方面性工作計劃。

有時標題後面要標明計劃的成熟程度，一般寫有「草案」「初稿」「徵求意見稿」等字樣，如《××市××局×××年工作計劃（初稿）》。

標題的位置一般寫在第二行中間，如果標題過長，可以寫成兩行或三行，但制作標題應盡量做到文字簡潔、明確、概括性強，排列整齊且勻稱。

2. 正文。計劃的正文應寫明為什麼訂這份計劃，要做些什麼，為什麼去做，怎樣去做，什麼時候由誰來完成等內容。要求具體明確，主次分明，條理清晰，言簡意賅，便於執行。最基本的內容有以下幾方面：

（1）說明基本情況和指導思想。這是計劃的前言、計劃的總綱，用以統率全文。多以一個自然段完成，旨在說明制訂本計劃的目的、動機、根據和原則等。有的計劃，從工作的連續性出發，還要在這一部分進行上年或前段工作的回顧，為新的工作提供借鑑和基礎。

「指導思想」部分寫作的總體要求是：要與整個計劃規模相適應，要簡明、扼要，不能脫離實際地堆砌套話。如無必要，這一部分內容可以不寫。表格式計劃多省略這一部分。

（2）明確具體任務和要求。這部分是計劃的核心內容，要寫清楚做什麼（任務），做多少（數量），做到什麼時候（時限），達到什麼程度（質量）。這既是計劃產生的起點，又是計劃實施的歸宿。

這一部分要抓住工作重點，突出工作中心，任務要具體，要求要明確。如果計劃完成的任務量大或屬於綜合性計劃，這部分應分條列項地寫，使之綱目清晰。

（3）提出方法和措施。要寫明採取何種方法，利用哪些條件，有什麼

保證措施，如何協調配合、分工合作等內容，以達到明確責任的目的，避免工作中產生互相推諉扯皮的現象。方法和措施要具有科學性，便於操作。

這部分內容是實施計劃的保證，解決一個「怎樣做」的問題，在正文中佔有極重要的位置。方法要科學，措施要合理，一定要充分考慮執行計劃者的實際情況，把主觀與客觀充分地結合起來，這樣寫成的方法與措施才有利於完成任務和目標。

（4）安排步驟和進度。要寫明實現計劃分哪幾個步驟、計劃的進展程度及完成期限等內容，解決「何時做」的問題。每步的時間安排一定要合理，要根據任務的性質和大小以及執行者的具體情況等科學規劃所用時間。有些計劃也把步驟和進度、方法和措施穿插起來寫，但一些長期規劃，由於時間跨度大，預見性要求高，只能提出終極目標，分段目標及完成時間可以不寫。

在具體寫作時，我們可以分條目寫，一事一條，也可以加小標題。在結構安排上，一般有兩種方法：一種是按工作項目一一敘寫，每一項都有具體的目的、要求、方法、步驟等。綜合性工作計劃常用此法。另一種是先寫總的任務和要求，然後再寫具體的方法、步驟、措施。這種寫法多用於單項工作計劃。

3. 署名。註明計劃的制訂者和制訂時間，位置在正文末尾右下方。如果單位名稱在標題中已經出現，結尾可不註明制訂者名稱，只寫計劃制訂日期即可。

（三）計劃寫作的注意事項

計劃是具有預想性的應用文。編制計劃持科學態度，是預想能如期實現的保證。因此，寫作時要注意以下幾點：

1. 要有政策依據和全局觀念。制訂計劃的目的，就是為了更好地把黨和國家的路線、方針、政策與本單位的實際結合起來，使政策具體化。因此，制訂計劃時必須以黨和國家的總任務、各項方針和政策以及本行業的具體方針和要求為依據，正確處理整體與局部的關係、長遠和當前的關係、部門和部門的關係，一切從人民利益這個大局出發，不搞地方主義和本位主義。

2. 要實事求是，量力而行。計劃雖然面對未來，但並非憑空想像，

而是根植於現實，制訂計劃必須從實際出發，實事求是。要結合本地區、本部門、本單位的具體情況、特點和條件，依據政策精神，發揮自身優勢，制訂出符合實際、切實可行的計劃。既不能憑主觀意志，想當然地提措施、想辦法，也不能不負責任地照抄、照搬、照轉。不要搞高指標、假指標，要從實際出發，量力而行，計劃訂得既先進又留有餘地，使群眾經過努力有可能完成或超額完成任務；反之，如任務太滿，指標太高，措施不當，群眾經過努力仍完不成任務或達不到指標，就容易挫傷他們的積極性，計劃也就成了一紙空文。

3. 要走群眾路線，集思廣益。制訂計劃要走群眾路線、集思廣益。常言說得好：「三個臭皮匠，頂個諸葛亮。」

因為計劃是要靠大家共同努力才能實現的，因此，必須深入調查研究，廣泛徵求群眾意見，讓群眾出謀劃策，讓群眾討論研究。這樣，既能統一群眾思想，集中群眾智慧，又能使群眾瞭解計劃的要求，明確奮鬥目標，以主人翁的姿態投入工作，從而促進計劃的實現。

4. 內容要具體，語言要簡明。計劃中的目的、任務、指標、措施、辦法、步驟、負責單位等，一定要寫得具體明確，責任分明，便於執行檢查。切忌內容過分原則、籠統，語言含糊，職責不清，無法落實和檢查。計劃的內容，一般都分條列項來寫，用平直的敘述、簡潔的說明，樸素自然，一般不用描寫和形容。如果內容複雜，每個問題可設小標題，這樣比較醒目。

第三節　總結

一、總結的概念、特點、作用和種類

（一）總結的概念

單位或個人為了改進以後的工作，對前一階段的工作、思想進行回顧、檢查、分析、評價，從中找出經驗和教訓，把它條理化、系統化，得出一些規律性的認識，並寫成書面材料，就叫總結，或叫總結報告。常見的「小結」「體會」「回顧」「工作報告」等都屬於總結類文書。

（二）總結的特點

1. 目的性。總結寫給誰看，要達到什麼目的，寫作前必須有所考慮，寫作中須時時明白，寫完後要認真檢查。總結的目的，從根本上講，就是為了更好地認識自我、認識世界，同時解釋自我和世界，進而改造自我和世界。實踐中得出的經驗和教訓，一旦形成認識，上升到理論，都可以反過來指導實踐，成為改造自我和世界的一面鏡子。

2. 實踐性。總結是在事情干完之後才寫的，是為了讓以後的事情干得更好或者不犯類似的錯誤，因而它必須如實地反應人的實踐活動，決不能人為地誇大或者縮小事情的作用、程度和性質等。如人們事前如何籌劃安排，事中如何調整行動，出現問題如何解決，完成的效果怎樣，各種人物在具體工作中發揮的重要作用等。通過對實踐活動的總結，深刻認識客觀規律，達到「有所發現，有所發明，有所創造，有所前進」的目的，使其更好地指導實踐。

3. 業務性。總結是各行各業或個人都要經常使用的文種。其業務性、技術性因行業不同而各有特點，因而寫作時要有強烈的業務意識。有的總結是向上級匯報的，有的總結除匯報外還有請示作用，有的是向大會報告的，有的是總結經驗進行推廣的等。由於出發點不同，總結的業務性和技術性特色就會因文而異，各有側重。如推廣經驗，只要抓住如何利用人、財、物等因素使事情得以順利解決即可；如匯報解決「老大難」問題，就應該先提出問題，後說做法，再談解決問題的範圍和程度等，最後分析經驗教訓。

4. 理論性。總結要回答的問題，不僅是說出「做了什麼」和「做得怎樣」，還要回答「為什麼會這樣」。寫總結既要實事求是，又要對事實進行深入分析，從中尋找規律性的東西，從而實現由物質到精神、從感性到理性的飛躍。所以，總結既要反應實踐，又要高於實踐，進而指導實踐，這樣才能達到總結的目的。

（三）總結的作用

1. 提高認識，尋找規律。對以往的實踐進行回顧，對主客觀因素做出認真而確切的分析，把正反兩方面的經驗條理化，找出規律，才能更好地指導今後的實踐。

2. 提供情況，提高領導水平，便於改進工作。總結能使人們互相交

流信息，互相瞭解，互相學習。領導部門通過總結可以瞭解一些本地區、本部門、本單位的實情，便於指導工作。作為下級部門要如實、及時反應情況，以便上級部門掌握和推廣帶有針對性的總結經驗，用「點」上的經驗來指導「面」上的工作。

3. 改進工作作風，提高管理素質。要寫出像樣的總結，必須深入實際，進行調查研究，掌握大量材料和數據。只聽匯報，是寫不出有價值的總結的。通過總結，可以克服官僚主義的陋習，改進幹部的工作作風，增強幹部分析問題和解決問題的能力，提高幹部的管理素質。

(四) 總結的種類

1. 按性質分，有工作總結、學習總結、思想總結、會議總結等。
2. 按內容分，有綜合性總結、專題性總結。
3. 按範圍分，有國家總結、地區總結、單位總結、部門總結、個人總結等。
4. 按時間分，有年度總結、半年總結、季度總結、階段總結、月份總結等。
5. 按功能分，有經驗性總結、匯報性總結等。

情況比較簡單，實踐的時間較短或對象範圍較小的總結，也叫「小結」。

上面是從不同角度對總結進行分類。但實際上，從寫作的目的、要求、內容來看，不外乎是綜合性總結和專題性總結兩大類。它們往往能同時反應總結的性質、範圍、時間。

1. 綜合性總結。在一定時期內，對本單位、本部門或個人的工作進行全面系統的總結，叫綜合性總結。它常用於年終或工作進行到某一階段，向上級或向群眾作總結報告，如政府工作報告，單位的年度總結、階段性總結等。這類總結涉及面較廣，主要講明工作全貌，內容要全面詳細，重點是講成績和經驗，也要指出缺點和教訓及今後的努力方向。寫作時詳略要得當，切忌堆積素材，不談認識。從功能上說，綜合性總結多數屬於匯報性總結。

2. 專題性總結。對某項工作或某一方面的專門問題進行重點的、深刻的單項總結，叫專題性總結。這類總結常常是不定期的。由於它往往偏重於總結正面的成功經驗，故又稱經驗總結。但也有少數是總結失誤和教

訓的。不論是正面的還是反面的，這類總結都能對我們的工作起到很大的促進作用。聰明的人都善於及時進行這類總結。「吾日三省吾身」「吃一塹長一智」等說的就是這個道理。寫作時內容要集中，突出特色，切忌泛泛而談。這類總結對實踐具有很強的指導意義。

二、總結的基本寫法與格式

總結的寫作內容主要有：成績與收穫、經驗與體會（包括正面的經驗、反面的教訓）、缺點和問題及改進意見、努力方向等。其中，「成績與收穫」是總結的主體，所占篇幅較大；「經驗體會」是總結的核心，對於指導今後的工作具有非常重要的作用。正確的認識才會得出有益的經驗，認識是總結的靈魂。

總結的具體寫法沒有一個固定的格式，怎樣能夠準確、鮮明、生動、深刻地把工作中的主要經驗反應出來，找出規律性的東西來，就怎樣寫。要因事制宜，根據讀者或聽眾的不同，寫出特色。總結是一個非常傳統的重要的事務性應用文，長期以來，形成了一些寫作上的約定俗成的東西。總結一般由標題、正文、落款三部分組成。

（一）標題

標題即總結的名稱。要根據總結的內容、時限等因素來擬定。通常有三種寫法：

1. 公文式寫法，如《大華公司 2012 年度財務工作總結》。

2. 論文式寫法，如《強化財務管理要從基層抓起》。

3. 混合式寫法，如《有特色才能有成色——大華公司 2012 年度財務工作總結》。

（二）正文

1. 前言。這是總結的開頭部分。概述基本情況，把總結的對象、時間、背景、過程、中心內容和效果簡要地介紹一下，必要時，把總結的目的講一下，使讀者有個概括的瞭解。

2. 主體。這部分是總結的主要內容，著重寫成績、經驗、體會和做法。這是總結的目的所在。

成績可以分為幾點或幾個方面來寫，配以具體的材料和必要的統計數據。通過材料和數據來說明問題，增強說服力，找出規律，指出其意義和

產生的效果。

有時為了闡述清楚，便於閱讀理解，可把內容分成幾個部分來寫，每個部分都另加列一個小標題。

3. 結尾。主要寫存在的問題和今後的改進意見及打算。綜合性總結寫得較詳細，有的專題性總結就省去了這部分，即使有，也是一筆帶過，最後以謙語作結。總之，這部分要寫得簡短、自然、有力。

(三) 落款

落款即署名和日期。總結如是以單位名義寫的，署名可在標題下面，也可在文尾。標題上如已出現單位名稱，可不必署名。如是以個人名義寫的，署名應在標題下面，不要寫在文尾。正式向上級呈報或下發的總結，署名和日期應放在文尾，並按公文的格式處理。單位的總結還須加蓋公章。

三、總結的寫作要求

(一) 認真搜集和篩選材料，確定觀點，做到觀點和材料統一

掌握豐富的材料是寫好總結的基礎，是形成正確觀點的前提，這就要靠平時注意搜集和累積，反覆瞭解和詳細詢問實際情況。總結是一種在特定材料基礎上形成觀點的文章，觀點統帥材料，用材料印證觀點。

(二) 深入生活，實事求是

這是總結的特點所要求的。一切從實際出發，正確反應客觀事物的本來面目，親自參與實踐，不能滿足於他人的匯報和書面材料的介紹，要從實踐中找出規律性的東西來。

(三) 注意文風，語言要力求準確、簡明、樸實

語言不要過度修飾，更不要使用誇張、描繪、比喻等方法，應熟練掌握和運用經濟術語，數據要準確可靠。

(四) 要注意點面結合

既要有面上的材料，又要有點上的材料，注意點面結合。面上的材料具有概括性，反應的是事物的全貌；點上的材料生動具體，用來充實、印證面上的情況，增強說服力。

總之，總結要做到：說明情況，談出體會，提煉觀點，擺出道理。

第四節　調查報告

一、概述

調查報告是某種客觀事物經調查研究後寫出的系統反應事物成因的文書。

各行各業都可使用調查報告這種應用文。這裡主要指作為機關事業單位的公文的調查報告。

我們要從三個方面理解調查報告的含義：

第一，要廣泛深入調查。

第二，分析研究調查得來的材料和數據。

第三，寫明事物成因。

除此之外，我們還要瞭解調查報告的發文背景。為什麼需要調查？調查的對象是什麼？

在實際工作中，會出現各種各樣的問題、情況，只要具有指導工作的意義或解決問題的必要，都可以寫調查報告。

機關單位的調查報告，主要是社情調查，這類調查報告一般遞交上級機關，以供上級機關作決策時參考；也可是推廣典型經驗，以便更好地貫徹執行有關政策；有時也可揭示真相，糾正錯誤，起宣傳教育作用。

二、特點

(一) 寫實性

調查報告寫作的重要原則是按照材料的客觀性標準，用客觀冷靜的語言實事求是地反應某一客觀事物的真實面貌，不能以偏概全。

(二) 針對性

調查報告一般都是針對某一客觀事物或現象而寫作的，其主要任務是為了找出對象成因，把多方面成因寫清楚。

(三) 夾敘夾議

調查報告要以敘為主。調查報告離不開確鑿的事實，但由此得出什麼結論，又往往需要一定的議論，將準確的數據和材料進行嚴密的論證。

三、類型

（一）社情民意調查報告

這是針對各種社會情況所寫的調查報告，如衣食住行、教育經濟、法制健康、社會風氣、災害災情、農林科技等社會生活方方面面的基本情況。這類調查報告有助於國家有關部門深入瞭解社情民意，更好地把握社會發展動態，為制定相關政策或引導民情民意提供第一手真實材料。

（二）典型經驗調查報告

在執行國家有關政策中，有些單位會取得一些先進的工作經驗。這類調查報告要著重指出它的先進性和經驗性，為國家有關部門貫徹執行有關政策提供成功案例，從而更好地指導工作。

（三）揭露真相的調查報告

這是針對某方面存在的問題展開調查，以揭示事件的深層原因。這種調查報告的目的在於揭露和批判錯謬，還原真相，從而使矛盾化解，促使問題的解決。

（四）反應新生事物的調查報告

在現實生活中，新生事物總是不斷湧現的。反應新生事物的調查報告，就是全面報導某一新生事物的背景、情況和特點，分析它的性質和意義，指出它的發展規律和前景。

四、寫法

（一）標題

1. 調查對象加文種，如《關於哈爾濱市家電市場的調查報告》。

2. 調查機關加調查對象加文種，如《×市紀檢部門關於××嚴重違反財經紀律的調查報告》。

3. 正副標題式。有的調查報告還採用正、副標題形式，一般正標題表達調查的主題，副標題則具體表明調查的單位和問題，如《消費者眼中的〈海峽都市報〉——〈海峽都市報〉讀者群研究報告》。

（二）正文

1. 調查背景介紹。調查報告的基本要素包括調查單位、時間、地點、對象、範圍、方法。

91

2. 調查情況敘述。採用條款式將所調查情況分成幾個方面一一敘述，這樣條理清楚，層次分明，概括力強。

3. 調查研究結論。有的調查報告只敘述事實，不下結論，但大多數調查報告結尾需要寫出解決方法的建議或結論。

第五節　簡報

一、簡報的概念

　　簡報是黨政機關、社會團體、企事業單位用來反應情況，交流經驗，解決問題，傳播信息的一種簡短靈活的書面文字材料。

　　簡報是一個統稱，在實際工作中，各單位發出或收到的簡報多種多樣，如「工作簡報」「情況反應」「內部參考」「思想動態」等。它一般只在各單位、各部門、各系統內部進行交流，不能像新聞那樣公開發表。它和報告有相似之處，但不具備公文的權威約束力。

二、簡報的種類

　　（一）按時間劃分，有定期和不定期簡報

　　（二）按內容和寫作形式劃分，有綜合簡報和專題簡報

　　1. 綜合簡報。綜合簡報多為常年定期編發，用來反應單位、部門、地區的工作情況和生產情況。綜合簡報涉及面廣，內容多，所刊載的文章形式多種多樣，有情況反應、經驗介紹，也有標題新聞等。

　　2. 專題簡報。專題簡報是在一段時期中為配合某項重要工作而專門編發的簡報。它一般是不定期的，可以一事一報，也可圍繞一個專題發數篇文章，如金融簡報、數學簡報等。當然，專題簡報只是相對綜合簡報而言，有時對於整個部門來說是專題簡報，但對下級機關卻是綜合簡報。

　　（三）按性質和作用劃分，有動態簡報、工作簡報和會議簡報

　　1. 動態簡報。動態簡報是簡明扼要地反應新情況、新動態的簡報，其內容新、時效性強。它屬於一種階段性的簡報。

　　2. 工作簡報。工作簡報也稱業務簡報，用來反應本地區、本系統、

本單位有關工作經驗、問題或某些特殊情況，供上級和其他部門瞭解和參考；傳達上級領導部門對形勢的分析和部署，以推動下面的工作。它是一種經常性的、不定期編發的長期性簡報。

　　3. 會議簡報。會議簡報是在某一會議召開期間，為交流代表觀點、反應會議動態而編寫的簡報。它的主要內容包括會議的籌備經過、中心議題的討論情況、會議的動態和決定等。會議簡報能使廣大與會者掌握會議情況。它是一種臨時性的簡報。

三、簡報的特點

（一）快

　　簡報類似新聞中的簡訊。作為一種信息反應，簡報能否起到它應有的作用，其編發的速度至關重要。作為一種內部新聞，有強烈的時間性，要求及時組織材料、編發反應工作中的新動向，使有關人員及時掌握信息，有利於決策。這就要求簡報應敏銳地發現問題，迅速及時地反應情況、傳遞信息。

（二）準

　　簡報著重準確無誤地報導新近發生的有意義的事實，這就要求簡報在內容上要真實，選擇和提煉主題要準確、客觀。

（三）新

　　簡報的內容應有新意，善於捕捉工作、社會生活中的新情況，能反應新問題、新經驗，能給人以啓發、借鑑，使簡報有更強的指導性和交流性。

（四）短

　　簡報是簡明扼要的情況報導，題材單一，內容集中，只需用簡潔的語言把情況表達清楚。所以，簡報在形式上要求篇幅短小，語言簡潔。盡可能一事一議，少做綜合報導。

四、簡報的作用

　　簡報是宣傳黨的路線、方針、政策的重要形式。在實際工作中，它不但是單位之間、機關內部互相交流經驗、通報信息的工具，也是各部門使用起來得心應手的宣傳媒介。簡報中反應的重要情況可為領導機關制定有

關政策、辦法、規定提供參考和依據。其具體作用是：

（一）在本單位、本部門和本系統內部各單位之間互通信息、交流情況

作為一種內部刊物，各系統的簡報具有溝通信息、互相啟示的作用。同時，內容公開的簡報還可以抄送有關新聞單位，直接作為消息或通訊刊載於報刊。新聞工作者可以從簡報上發現線索，然後進一步採訪，充實內容，從而寫成新聞稿件。

（二）為領導機關掌握情況、制定政策提供依據

簡報主要用於下級機關向上級機關反應情況。領導機關可以及時瞭解、掌握下級單位的情況，從中發現典型經驗或傾向性的問題，及時瞭解下級機關的各種工作動態和信息，便於制定相應的對策推動工作的展開。

（三）對下級機關的工作具有指導作用

領導機關發至下級單位的簡報，可以傳達、解釋上級所下發文件的精神，指導下級工作；可以在簡報上直接提出意見和要求，供下級參照執行。簡報對下級機關的實際工作具有指導作用。

五、簡報的寫法

在長期的實踐中，簡報形成了比較固定的編寫格式，一份完整的簡報一般包括報頭、正文和報尾三個部分。

（一）報頭

報頭的位置在首頁上方，約占全頁的三分之一，下面常用一條橫線與報體隔開。它包括五項內容：簡報名稱、簡報期號、編發單位、印發日期和編號。

1. 簡報名稱。每個簡報都有一個固定的名稱，如「××動態」「××簡報」等，用醒目大字排寫在報頭中央位置。

2. 簡報期號。一般寫在簡報名稱的正下方，居中排列。簡報期號按順序排列，如「第×期」。連續發行的簡報還要註明期數，總期數用圓括號括入。若是增刊或專刊，則在期號下寫「增刊」或「××專刊」。

3. 編發單位。在期號下左側的橫線上寫上編發單位名稱，用全稱。

4. 印發日期。右側是印發日期，與編發單位齊行，要注意寫完整的年、月、日。

5. 編號。寫在簡報名稱的右上角。

（二）報體

報體是簡報的核心部分，綜合簡報由同類型的多篇文章組成。專題簡報由一篇文章組成。報體之後，再用一條橫線與報尾隔開。報體一般由按語、標題、正文、供稿者名稱四部分組成。無按語和供稿者的，只寫標題和正文兩部分。

1. 按語。重要簡報或轉發的簡報應寫按語，即編者按，它的位置一般在標題的上方。按語一般是根據領導意圖，對於本期簡報所反應或提出的問題發表傾向性意見，交代工作任務來源，本期重點稿件的意義和價值等，以引起讀者的重視。有多篇報導的簡報，編排目錄無須編序碼和頁碼，只需將編者按、各篇報導的標題排列出來即可。為避免混淆，可以在每項前加一個五星標記。

（1）從內容和作用上看，按語一般分為以下幾種：

①說明性按語。一般用來說明材料來源和編發原因，或特別說明何人提出要發和發至什麼範圍，有時也提供有關背景，以幫助讀者理解。

②提示性按語。一般放在內容重要、篇幅較長的稿件前邊，指出文章的重點，以幫助讀者提綱挈領地抓住文章中心，領會精神。

③批示性按語。即要求性按語，主要寫在具有典型意義或指導作用的稿件前邊。一般要申明意義，表明態度，並對下級提出要求或提供辦法。

（2）按語有其獨特的作用，起草時要求做到：

①充分瞭解全局工作，做到心中有數，有的放矢。

②準確體現簡報正文的精神，以便讀者把握、理解簡報的主旨。

③語言準確，多用商量、探討和期望的語氣。

2. 標題。簡報的標題靈活多樣，力求做到生動、形象、簡明和醒目，並能揭示主題。簡報的標題一般居中排列，較長者可分兩行書寫，分為單標題和雙標題兩種。單標題一般運用精粹的語言高度概括簡報的基本內容，或者以提問的形式點出簡報中最吸引讀者的問題，或者以比喻、擬人手法形象地表述簡報的主要觀點。雙標題一般以正標題概括簡報的主題和主要事實，以副標題補充說明正標題的內容，副標題寫在正標題的下方。有時還用引題，引題寫在正標題的上方，主要用於交代背景、說明形勢和引出主題。

3. 正文。正文可分為前言、主體和結尾三部分。

（1）前言。相當於消息的導語，是指簡報開頭的一段話，說明全文的主題和主要內容，給讀者一個總的印象，明確簡報內容涉及的何人、何事、何時、何地以及原因和結果等。有結論式開頭、概述式開頭、提問式開頭和對比式開頭等多種寫法。無論哪一種寫法都要求言簡意賅，語言準確。也有一些簡報沒有前言。

（2）主體。主體是簡報的核心部分，對前言中提到的主要事實加以具體闡述，用典型的材料說明觀點。主體的寫法沒有固定的格式，可以按時間順序安排，也可以按事件的邏輯順序安排。無論哪一種結構方式，都應力求做到內容具體，材料翔實，結構嚴謹，層次分明。

（3）結尾。結尾可根據簡報所選的角度和所反應的內容靈活運用。若主體部分已經把事情講完，意思表達清楚，一般可以不要結尾。內容複雜的簡報一般用一句話或一小段文字，或照應全文，強調主題；或指明事情的發展趨勢，明確方向；或言盡意遠，發人深省。

（三）報尾

報尾在簡報的最後一頁的下部，用間隔線與報體隔開。通常在橫線下左邊寫明發送範圍，包括報什麼機關、送什麼機關、發什麼單位，在平行的右側寫明印刷份數，以備將來查考。

六、簡報的寫作要求

（一）材料典型，真實可靠

從大量材料中選擇內容新穎、意義重大或具有普遍意義的材料，並認真地核實、查對，文中所涉及的人名、時間、地點、事件和數據都要準確、真實和可靠。

（二）文思敏捷，編發及時

簡報在機關的各種文書中以「新」「快」著稱，它能迅速及時地把有價值的信息反應出來。所以，撰寫者必須善於捕捉未發生過的或帶有傾向性的苗頭和問題，及時反應，迅速印發，既能保證信息內容的「新」，又能保證信息傳遞的「快」，使領導及時掌握新情況、處理新問題。

（三）內容簡短，語言簡練

簡報即簡要報導，「簡」是其主要特點，因而寫作時要簡潔明瞭，以

盡量少的文字說明盡可能多的問題。

第六節　會議記錄

一、會議記錄的概念及種類

（一）會議記錄的概念

會議記錄是實錄會議情況和信息的書面材料。「記」有詳記與略記之別。略記是記會議大要，會議上的重要或主要言論。詳記則要求記錄的項目必須完備，記錄的言論必須詳細完整。若需要留下包括上述內容的會議記錄則要靠「錄」。「錄」有筆錄、音錄和影像錄幾種。對會議記錄而言，音錄、影像錄通常只是手段，最終還要將錄下的內容還原成文字。筆錄也常常要借助音錄、像錄，以便最大限度地再現會議情境。正式的會議記錄要存檔備案，作為文獻資料供日後參考使用。

（二）會議記錄的種類

按照會議性質來分，會議記錄大致有辦公會議記錄、專題會議記錄、聯席（協調）會議記錄、座談會議記錄等。

二、會議記錄的特點

（一）同步性

從會議記錄的過程看，大多數會議記錄是由記錄員隨開會過程作同步記錄。

（二）綜合性

會議記錄是在對會議中各種材料、與會人員的發言以及會議簡報等進行綜合分析和概括提煉的基礎上形成的，它具有整理和提要的基本特點。

（三）實錄性

會議記錄要堅持「怎麼講就怎麼記」的原則，不允許在記錄中加入記錄者個人的觀點或傾向，更不能隨意刪改發言者的言論。為保證記錄的實錄性，要力求把談話記準確、記完整，聽不清或有疑問處應及時核准。

（四）指導性

這一特性包含兩層含義：一是會議本身的權威性，二是會議記錄集中反應了會議的主要精神和決定事項。所以，會議記錄一經下發，將對有關單位和人員產生約束力，起到類似於指示、決定或決議等指揮性公文的作用。會議記錄還可以作為與會同志向單位領導匯報、向群眾傳達的文字依據。

（五）備考性

一些會議記錄主要不是為了貫徹執行，而是向上匯報或向下通報情況，必要時可以查閱。

三、會議記錄的寫法

（一）標題

由開會單位、會議名稱（或會議內容）和記錄三部分組成，如《××公司產品營銷會議記錄》《××公司第八次股東大會會議記錄》。

（二）正文

1. 會議組織情況。其內容及要求如下：

（1）準確寫明會議名稱（要寫全稱）、開會時間、會議地點、會議性質等。

（2）詳細記下會議主持人、出席會議應到和實到人數、缺席或遲到或早退人數及其姓名和職務、記錄者姓名。如果是群眾性大會，只要記錄參加的對象和總人數，以及出席會議的較重要的領導成員即可。如果是某些重要的會議，出席對象來自不同單位，應設置簽名簿，請出席者簽署姓名、單位和職務等。

2. 會議進行情況。會議進行情況是會議記錄的主體，包括主持人的開場白、大會主題報告、討論發言、決議四項內容。要按會議的進程或順序記錄會議情況。先寫報告人和發言人的姓名，然後再記錄發言內容。會議記錄方法可分為摘要記錄和詳細記錄兩種。

（1）摘要記錄是抓住重點、摘錄要義，如發言要點、結論、會議通過的決議等。要求記錄人員在記錄時必須迅速進行分析、概括、抓住重點，既要準確表達發言者的中心意思，又要做到簡明扼要。日常性的工作會議多採用摘要記錄。

（2）按會議進程詳細完整地記錄會上的發言、不同意見、爭論和會議決議。有錄音機的，可先錄音，會後再整理出全文；沒有錄音條件時，應由速記人員記錄；沒有速記人員，可以多配幾個記得快的人記錄，以便會後互相校對補充。重要會議多採用詳細記錄。

會議記錄的尾部單列一行，寫「散會」。

有些會議記錄需當場由發言人和會議主持人審閱、簽名。有些會議記錄則在會後整理後，再送發言人和會議主持人審閱、簽名。

四、會議記錄的寫作要求

（一）真實準確

要如實地記錄別人的發言，不論是詳細記錄，還是概要記錄，都必須忠實原意，不得添加記錄者的觀點、主張，不得斷章取義，尤其是會議決定之類的東西，更不能有絲毫出入。真實準確的要求具體包括：不添加，不遺漏，依實而記；書寫要清楚，記錄要有條理、突出重點。

（二）要點不漏

記錄的詳細與簡略，要根據情況而定。一般來說，決議、建議、問題和發言人的觀點、論據材料等要記得具體、詳細；一般情況的說明，可抓住要點，略記大概意思。

（三）始終如一

始終如一是記錄者應有的態度。這是指記錄人從會議開始到會議結束都要認真負責地記到底。

（四）注意格式

會議記錄的格式並不複雜，一般包括會議名稱、會議基本情況和會議內容。會議基本情況包括：時間、地點、出席人數、主持人、缺席人、記錄人。會議內容，這是會議記錄的主要部分，包括發言、報告、傳達人、建議、決議等。

凡是發言都要把發言人的名字寫在前。一定要先發言記錄於前，後發言記錄於後。記錄發言時要掌握發言的質量，重點要詳細，重複的可略記，但如果是決議、建議、問題或發言人的新觀點要記得具體詳細。

第七節　規章製度

一、概述

　　法規文書是指章程、條例、規定、辦法、細則這些補充法律的文件，也稱規章製度。

　　中國法律文件的條文比較抽象，很難具體執行，為了便於實施，補充法律的不足，就需要細化。這就需要有條例或規定。如果條例或規定還不具體，就需要辦法、細則。簡單來說，法規文書就是補充法律的規章製度。

　　法規文書的適用範圍廣泛，各級政府、各部門、各單位都可以制定相應的法規文書。但是從實施性文件的角度看，法規文書有上位法和下位法之說。按照下位法必須符合上位法的原則，要堅持法制統一的原則，切實解決規章中存在的明顯不適應、不一致、不協調的突出問題，特別是規章中存在的與上位法不一致的問題。

　　法規文書中有時會出現「暫行」「補充」類的文件。「暫行」指制定的文件還不成熟，在實施過程中有待修改完善；「補充」指原有文件條文尚有欠缺，需要再起草文件完善其內容。

二、特點

（一）執行性

　　法規文書是為了補充法律條文，用於規範政府和社會行為的，一旦制定實施，社會或各有關部門必須嚴格執行，具有很強的約束性和強制性。

（二）操作性

　　法規文書是對現有法律條文的細化，具有很強的操作性，對相應法律條文的解釋和做法更詳細周到。

（三）法定性

　　無論哪級政府機關或部門制定的法規文書，都必須在自己的職權範圍內制發，而且必須通過一定的法定程序，具有法律授權的性質。

三、類型

法規文書都是規範性文書，按不同的標準，有不同的分類方法。

（一）從管理範圍劃分

1. 行政法規。即適用於全社會管理的法規文書，通常以命令的形式發布，它的發布權限有限。如溫家寶總理簽署的《國務院關於修改〈機動車交通事故責任強制保險條例〉的決定》，以中華人民共和國國務院第618號令的形式發布。

2. 部門規章。即適用於機關或部門管理的法規文書，通常又稱部門規章，一般以通知的形式發布，它的發布權限較寬泛。如中國註冊會計師協會的《會計師事務所綜合評價辦法（修訂）》（會協〔2012〕132號）一文，以發布性通知的形式制發，即《關於發布〈會計師事務所綜合評價辦法（修訂）〉的通知》。

（二）從性質內容劃分

1. 章程。章程是黨政機關、社會團體或有關組織用於說明組織規程和行為準則的文書。章程具有組織原則和行為規範的性質，用於規範本組織或本團體人員的行為，需由本組織代表大會討論通過方能實施。章程在社會生活中運用廣泛，如《中國工會章程》。

2. 條例。條例是由國家機關制定或批准，規定某一事項的帶有法規性質的文書，是從屬於法律的文書，具有法律條文和黨政公文的雙重性質，用於規定長期實行的準則和要求，如國務院制定的《中華人民共和國政府信息公開條例》。

3. 規定。規定是規範性公文中使用範圍最廣、使用頻率最高的文種。它是領導機關或職能部門對特定範圍內的工作和事務制定相應措施，要求所屬部門和下級機關貫徹執行的法規性公文。規定是政策性的體現，具有較強的約束力，而且內容細緻，可操作性較強。如《普通高等學校學生管理規定》，這是一種預先制定規則，以作為行為標準的文書。

4. 辦法。辦法是國家行政主管部門對貫徹執行某一法令、條例或進行某項工作的方法、步驟、措施等，提出具體規定的法規性公文。辦法的法規約束性側重於行政約束力，辦法的條款具體、完整，不能抽象籠統，

如《國家行政機關公文處理辦法》。

5. 細則。細則是主體法律、法規、規章的從屬性文件，它對法令、條例、規定或其部分條文進行解釋和說明。制定細則的目的是為了補充法律、法規等操作性的不足，以利於貫徹執行，如《節能產品惠民工程高效節能電動洗衣機推廣實施細則》。

四、寫作

（一）標題

法規文書標題與行政公文標題的不同之處在於，一般不用「關於」兩個字。法規文書標題的寫法有兩種：

1. 制定機關、法規事由、文種，如《廣州市外商投訴受理辦法》
2. 法規事由、文種，如《城市居民最低生活保障條例》。

法規文書的成文時間一般放在標題下加圓括號標註，如有必要還要寫上受權依據。

（二）正文

正文分為總則、分則、附則三個部分，每部分採用分章式或分條式的結構。

1. 總則：這部分內容是發文的目的、意義、依據、性質、原則、施行機關。

2. 分則：這部分內容是各相關事項，具體的內容規定。

3. 附則：這部分內容是適用範圍、解釋事項、施行時間。

要注意的是，法規文書的條數排列是順次排列，條數一貫到底。

思考與練習

1. 事務類文書的概念是什麼？它有什麼作用？
2. 試就你的某一門專業課程的學習情況做一總結。
3. 調查報告與公文中的情況報告有何區別？
4. 簡報的作用有哪些？編寫簡報的基本要求有哪些？
5. 嘗試根據班級情況編寫班級活動簡報。

6. 什麼是法規文書？它的主要作用是什麼？
7. 章程與條例、規定、辦法、細則有何不同？
8. 法規文書的篇章結構有什麼特點？

相關鏈接

簡 報 格 式

×× 簡 報 （第××期） ×××編　　　　　　　　　×××× 年 ×× 月 ×× 日
【編者按】××。 　　　　　　　　　標　題 　　　　　　　　　正　文 　　　　　　　　　　　　　　　　　　　　　（供稿者）
抄送： 　　　　　　　　　　　　　　　　　　　（共印×份）

會議記錄和紀要的區別

一、性質不同

會議記錄是討論發言的實錄，屬事務文書。紀要只記要點，是法定行政公文。

二、功能不同

會議記錄一般不公開，無須傳達或傳閱，只作資料存檔；紀要通常要在一定範圍內傳達或傳閱，要求貫徹執行。

三、載體樣式不同

紀要作為一種法定行政公文，其載體為文件，享有《黨政機關公文處理工作條例》所賦予的法定效力。會議記錄的載體是會議記錄簿。

四、稱謂用語不同

紀要通常採用第三人稱的寫法，以介紹和敘述情況為主。會議記錄中，發言者怎麼說的就怎麼記，會議怎麼定的就怎麼寫，貴在「原湯原汁」不走樣。

五、適用對象不同

作為公文的紀要，具有傳達告知功能，因而有明確的讀者對象和適用範圍。作為歷史資料的會議記錄，不允許公開發布，只是有條件地供需要查閱者查閱、利用。

六、分類方法不同

紀要種類很多。按其內容，可分為決議性紀要、意見性紀要、情況性紀要、消息性紀要等；按會議的性質，可分為常委會議紀要、辦公會議紀要、例會紀要、工作會議紀要、討論會紀要等。而會議記錄通常只是按照會議名稱來分類，往往以會議召開的時間順序編號存檔。對紀要進行分類，有助於撰寫者把握文體特點，突出內容重點，找準寫作角度；對會議記錄進行分類則主要是檔案管理的需要。

【例文一】

2015年財政計劃及重點工作

一、2015年財政預算安排

2015年財政預算安排的指導思想是：認真貫徹十八屆三中、四中全會、中央經濟工作會和省委十二屆六次全會精神，牢牢把握穩中求進、改革創新的要求，落實積極的財政政策，深化財稅體制改革，改進預算管理，構建全面規範、公開透明的預算製度；合理安排收入增長，提高財政收入質量；調整優化支出結構，創新財政投入方式；加強政府財力統籌，堅持民生優先、重點項目優先，保證中央和省委省政府確定的重大政策落實的資金需要，促進全省經濟社會平穩較快發展。

（一）全省一般公共預算安排

按照上述指導思想，根據2015年全省國民經濟和社會發展計劃以及財政收支形勢，剔除「營改增」等政策性減收，以及上年礦權收入等一次性不可比因素後，2015年全省地方財政收入按預期增長12%安排。加上按照財政部規定，納入一般公共預算管理的地方教育附加、文化事業建設費、殘疾人就業保障金、從地方土地出讓收益計提的農田水利建設和教育資金、育林基金、森林植被恢復費、水利建設基金、船舶港務費等9項政府性基金收入，2015年全省地方一般公共財政預算收入預期目標為2,055.1億元。

按照分稅制財政體制，2015年，全省地方財政收入2,055.1億元，加上中央對我省的各項補助1,443.6億元，動用預算穩定調節基金87億元及調入資金2.7億元，全省財政收入總計3,588.4億元。減去上解中央支出7.4億元，全省公共財政支出預算為3,581億元。剔除中央提前通知專款補助等不可比因素後，比上年預算增長7.1%。

（二）省本級一般公共預算安排

2015年，省級地方財政收入剔除「營改增」等政策性減收，以及上年礦權收入等一次性不可比因素後，按預期增長11%安排。加上納入一般公共預算管理的地方教育附加、文化事業建設費、殘疾人就業保障金、育林基金、森林植被恢復費、水利建設基金等6項政府性基金收入，2015年省級地方一般公共財政預算收入預期目標為590.3億元。

省本級地方一般公共預算收入項目安排是：稅收收入433.9億元，比上年增長8.1%。其中，增值稅177.6億元，增長117.2%；營業稅80.6億元，下降52.8%，主要是隨著「營改增」的全面實施，增值稅增加較多，營業稅相應下降；企業所得稅80.8億元，增長4%；個人所得稅24.7億元，增長6%；資源稅43.3億元，增長70.7%，主要是考慮了煤炭資源稅從價計徵改革因素。非稅收入156.3億元，增長42.2%。其中：專項收入75.9億元，增長109.1%，主要是按中央規定，從2015年起將部分政府性基金收入納入一般公共預算管理，增加了收入；行政事業性收費收入15.2億元，下降34.3%，主要是2014年一次性繳入的耕地占用費較多，抬高了基數；國有資源有償使用收入55.4億元，增長31.4%。

2015年，省級一般公共預算收入590.3億元，加上中央對我省的各項補助1,443.6億元，市縣上解等36.1億元，動用預算穩定調節基金85.5億元及調入資金2.2億元，省級財政收入總計2,157.7億元。省級可安排財力比2014年增加24億元。

為保證落實中省各項民生政策和穩增長調結構支出需要，2015年，省財政從預算穩定調節基金調入85.5億元，通過統籌地方政府債券、國有資本經營收益等籌集41.7億元，共計籌措一次性資金127.2億元。加上當年省級新增財力24億元，2015年省級共新增安排資金151.2億元，其中用於民生部分121.3億元，占省級新增安排資金的80.2%。

2015年，省級財政收入總計2,157.7億元，減去上解中央支出7.4億元，省對市縣各項補助1,257.4億元，省級一般公共預算支出為892.9億元。主要支出項目安排是：

教育支出105.4億元，主要用於義務教育、普通高中、特殊教育、學前教育、高等教育生均經費補助，支持職業教育能力建設和質量提升，貧困生資助、研究生國家助學金、獎學金補助等方面。

科學技術支出11.2億元，主要用於支持科技資源統籌、科技成果轉化、重大科技創新、科技普及以及社會科學等方面。

文體傳媒支出26億元，主要用於支持重大文化精品創作、文化產業發展、文體場館免費開放、文物保護，以及支持競技體育和群眾體育事業發展等方面。

社會保障和就業支出243.4億元，主要用於城鄉居民最低生活保障，

五保供養，城鄉居民社會養老保險，農村「八大員」、殘疾人、20世紀60年代精簡退職人員、高齡老人等相關困難群體生活補助，優撫安置，防災減災，就業，行政事業單位養老保險改革等方面。

醫療衛生支出17.3億元，主要用於城鄉醫療保險、基本公共衛生服務均等化、城鄉醫療救助等政府補助，以及支持公立醫院、基層醫療衛生機構、中醫、人口計劃生育和食品藥品監管等方面。

節能環保支出22.2億元，主要用於支持生態環境保護、大氣污染防治、重點流域水污染防治、黃標車治理、節能減排等方面。

農林水事務支出40.5億元，主要用於支持現代農業發展、農業保險、退耕還林、天然林保護、重點水利工程和農田水利建設、農機具購置補貼、果業發展、扶貧、農業綜合開發、農村綜合改革等方面。

交通運輸支出190.2億元，主要用於全省公路建設和養護，取消二級公路收費還貸補助等方面。

資源勘探信息等支出43.3億元，主要用於支持產業結構調整、高端裝備制造、高新技術產業發展、工業轉型升級、中小企業發展、信息化建設等。

商業服務業等支出7.9億元，主要用於支持縣鄉流通市場體系建設、現代服務業、國際航線補貼、外經貿和旅遊發展等。

省對市縣稅收返還和轉移支付1,257.4億元。其中，返還性支出82.5億元，一般性轉移支付731.9億元，專項轉移支付443億元。

2015年，省級「三公」經費預算4.14億元，較上年年初預算下降10.6%。其中：因公出國費0.46億元，下降13%；公務用車運行費2.49億元，下降8%（暫未考慮公車改革因素，目前，省級車改方案正在報中央審批，車改後，此項支出將主要調整用於公務交通補貼支出）；公務接待費1.19億元，下降15.1%。

（三）全省和省本級政府性基金預算安排

2015年，全省政府性基金收入預算947.4億元，增長1%，主要是按照中央規定，從2015年起，將部分政府性基金納入一般公共預算管理，政府性基金收入增幅相應下降（下同）；全省政府性基金支出預算947.4億元，增長32.6%，主要是上年支出預算偏低。

省本級政府性基金收入預算212.7億元，增長1.2%。減去對市縣補

助支出 28.8 億元，省本級政府性基金支出預算為 183.9 億元。

（四）省本級國有資本經營預算安排

根據收取國有資本收益的企業範圍及其預計稅後利潤測算，2015 年省級國有資本經營收入預算為 9.4 億元，下降 5.9%。主要是企業經營困難，盈利水平下降，造成國有資本經營收入預算相應減少。加上上年結轉支出 1.1 億元，收入總計為 10.5 億元。減去調入一般公共預算統籌用於民生支出的 1.7 億元，以及補助市縣的紡織企業提高職工收入獎補資金 0.5 億元，2015 年省級國有資本經營支出預算為 8.3 億元。主要支出項目安排是：科學技術 0.5 億元，農林水事務 1 億元，交通運輸 0.5 億元，資源勘探信息等事務 3.7 億元，商業服務業等事務 1.3 億元，其他支出 1.3 億元。

（五）社會保險基金預算安排

2015 年全省社會保險基金收入預算為 1,020.1 億元，加上上年社會保險基金滾存結餘 945.4 億元，收入總計 1,965.5 億元。全省社會保險基金支出預算為 957.1 億元，年末滾存結餘 1,008.4 億元，其中當年收支結餘 63 億元。

二、2015 年財政重點工作

2015 年是全面完成「十二五」規劃的收官之年，也是貫徹新《中華人民共和國預算法》、深化財稅改革的關鍵之年。我們將全力抓好以下工作：

（一）全力組織收入，確保任務完成。密切關注經濟發展態勢，加強收入形勢分析，提高組織收入的預見性。突出抓重點稅源、抓薄弱環節、抓重點地區，挖掘潛力，堵塞漏洞，清理規範各類財稅優惠政策，堅決制止和糾正擅自出抬減免稅或先徵後返等變相減稅政策，做到依法徵稅，應收盡收，堅決不收「過頭稅」，努力提高收入質量，確保全年收入預期任務完成。

（二）加強支出管理，優化支出結構。推進落實「八項規定」常態化，嚴格遵守國務院「約法三章」，落實黨政機關厲行節約反對浪費條例，牢固樹立過「緊日子」思想，堅持勤儉辦一切事業。各級一律不得新建樓堂館所，財政供養人員、公務接待和公費出國經費只減不增，嚴格控制差旅費、會議費等公務支出，在全省全面推行公務用車改革。在大力壓縮一般性支出的基礎上，調整優化支出結構，集中財力保證穩增長、調結構、促

改革、惠民生、防風險各項重點支出的需要。加快預算下達和資金撥付，嚴格控制結餘結轉，強化績效管理，努力提高財政資金使用效益。

（三）推進財稅改革，完善體制機制。按照新《中華人民共和國預算法》和中央財稅改革的總體要求，全力推進以下改革：一是深化預算管理製度改革。全面推進預決算公開，除涉密信息外，所有涉及使用財政資金的部門全部公開預決算。完善政府預算體系，加大政府性基金、國有資本經營預算與一般公共預算的統籌力度。編制2016—2018年財政中期規劃，在水利、義務教育、衛生、社保就業、環保等重點領域開展三年滾動預算試點。進一步做好盤活財政存量資金。二是全面啟動政府債務管理改革。認真貫徹落實我省政府債務管理辦法，研究出抬政府債券發行、政府債務預算管理、風險預警等配套辦法，做好政府債務納入預算、債券發行、存量債務置換等工作。三是深入推進專項資金管理改革。改革專項資金預算分配方式，實行零基預算。加大資金整合，引入市場機制，創新投入方式，建立產業發展基金，支持優勢產業發展；建立風險投資基金，支持科技創新；實行資本金注入，支持國有企業和重大項目建設；實施「撥改股」，支持中小企業發展；推行政府和社會資本合作模式（PPP），支持基礎設施建設；完善政策體系，推進政府向社會購買公共服務。四是加快推進稅制改革。將建築業、房地產、生活性服務業和金融業納入「營改增」範圍；實施煤炭資源稅從價計徵改革，擴大資源稅從價計徵改革範圍；調整消費稅徵收範圍、環節、稅率；做好房地產稅、環保稅和個人所得稅改革準備工作，確保稅制改革有序推進。

（四）發揮財政職能，支持經濟增長。積極推行PPP模式，引導社會資本投入，加快交通、水利、城市基礎設施等建設。完善扶持政策，支持工業穩增長，加快航空、汽車、集成電路等支柱產業發展。緊抓國家「一帶一路」建設戰略機遇，支持打造絲綢之路經濟帶新起點。大力發展現代服務業，重點支持服務外包、電子商務、健康和養老服務業以及現代物流園區建設。支持生態環境保護和節能減排。提高農業綜合生產能力，健全農業補貼政策體系，加大精準扶貧力度，推進美麗鄉村建設，支持農村土地承包經營權確權登記頒證試點。逐步建立以常住人口為重要因素的財政轉移支付製度，促進城鎮化發展。

（五）加強民生保障，增強公共服務能力。堅持守住底線、突出重點、

完善製度、引導輿論的基本思路，更加注重保障基本民生，更加關注低收入群眾生活，更加注重各項社會事業統籌發展。完善就業創業政策體系，提高創業貸款額度，支持勞務輸出培訓，創造更多公益性崗位，推動全民創業、大眾創業。落實城鄉居民收入與經濟增長和財政收入增長聯動機制，保障好低收入群眾生活。推進機關事業單位養老保險改革，提高城鄉居民醫療保險和公共衛生補助標準，全面開展城鄉居民大病保險，做好縣級公立醫院改革。利用PPP模式或政府購買服務方式盤活存量房，引導社會資本參與保障性住房建設。加快棚戶區改造，做好廉租房和公租房並軌、保障性住房共有產權製度建設。健全教育文化投入機制，支持教育事業均衡發展，構建現代公共文化服務體系。

陝西省財政廳
2016 年 3 月 17 日

來自陝西省人民政府門戶網站

【例文二】

六成政府和企業未做好碳交易準備
——碳市場調查報告

2月23日下午，《環維易為 中國碳市場調查報告2016》發布，詳述了2015年中國碳市場建設進程、運行效果以及碳金融進展。

六成政府和企業還未做好開展碳交易準備

該報告內含《2015年中國碳價調查報告》，由中國碳論壇和ICF國際諮詢公司聯合編寫。通過對304位中國碳市場利益相關者的調查發現，88%的受訪者認為7個碳交易試點價格接近或低於預期價格，不過2016年碳交易試點價格能回升至33～55元/噸，其中影響碳交易試點碳價水平的重要因素是政府調控。

只有37%的企業受訪者表示已經制定了碳交易市場的履約策略。不過，已被納入碳交易體系的企業受訪者的68%表示已有履約策略。這似乎表明，碳交易試點對企業戰略有顯著影響。

另外，63%的政府和企業受訪者表示還未做好開展碳交易的準備……

試點地區運轉情況愈發良好

報告認為，與 2014 年相比，2015 年 7 個碳交易試點地區運轉情況愈發良好。

根據試點交易所公布的數據，7 個試點 2015 年度碳市場交易總量約 6,600 萬噸，其中配額在線交易約 2,454 萬噸，配額大宗交易約 850 萬噸，補充機制交易約 3,295 萬噸。雖與歐盟碳排放交易體系百億噸交易量相比差距不小，但中國碳市場整體上已成了全球第二大碳交易體系。

報告從以下四個方面展示了 2015 年中國碳市場的運行情況：

第一，從交易情況來看，配額在線交易量在時間軸上和量級上的數據，都反應 2015 年碳市場積極性、活躍度與流動性都高於 2014 年。配額大宗交易大幅增加，反應 2015 年交易對手方之間距離更近了。

首先，配額在線交易量方面，2015 年全國範圍內當日碳交易量明顯增加的日期比 2014 年最多提前了約 70 個交易日。這說明 2015 年碳市場交易的積極性遠高於 2014 年，更多交易者主動參與交易。

日交易量在 20 萬噸以上的交易日數量，2015 年有 22 天，約為 2014 年 12 天的兩倍。日交易量在 5 萬噸以上的交易活躍期持續時間，2015 年比 2014 年多出 50 多個交易日。這都反應出 2015 年碳市場活躍度遠高於 2014 年。

其次，配額大宗交易方面，通過觀察 2014 年和 2015 年大宗交易情況可以發現，在履約截止日前的兩個月裡，大宗交易的交易量與交易頻率都有明顯增加，且 2015 年比 2014 年表現得更為明顯。其中，廣東碳市場 2015 年 7 月 15 日發生的 150 萬噸碳配額大宗交易更是創紀錄。

第二，從履約情況來看，2015 年度的履約，各試點基本都實現了超過 95% 的履約率，5 個第二次履約的試點地區的履約情況普遍好於 2014 年。

第三，從碳交易體系對於試點地區減排目標實現的作用來看，也起到了預期作用。

不過，報告同時指出，幾個碳交易試點都在不同程度上暴露了履約截止日還存在不斷推遲的問題，市場交易集中程度過高，交易活躍度和流動性還不是很好等一系列不足之處。

例如，2015 年首次履約的湖北市場延遲履約 1 個月，同樣為首年履約的重慶市場則比原計劃推遲 1 月，截至 7 月 15 日的履約率僅為 70%。7 個

試點的交易主要集中在履約截止日前1~2個月，其他時間各試點碳市場交易量多在萬噸以下。

第四，報告還研究了對碳金融來說至關重要的碳價。7個試點的2015年碳價與2014年相比，普遍下跌但總體更加穩定。除北京和深圳兩市碳價在40元/噸附近波動外，其餘5個試點碳價都在20元/噸附近波動。

2015年，試點地區的碳價還存在碳交易市場前期的碳價飆升、季節性波動、市場的不確定性導致碳價低迷等特點。安迅思中國碳市場分析總監林劍瑋在報告中稱，2016年和2017年對中國碳市場來說是個關鍵年份，預計將看到較大的碳價波動，尤其在中國統一碳市場成形的時候。

而對於全國碳市場，報告指出，試點地區主要面臨三個問題：試點配額能否繼續使用或如何與全國配額兌換，試點市場向全國市場過渡時期該納入哪些行業，試點地區交易所該做好哪些準備。

非試點地區碳市場建設成效

報告統計發現，截至2015年12月31日，25個內地非試點地區全都出抬了低碳發展規劃和應對氣候變化方案，除貴州、西藏、青海外全都編制了溫室氣體清單，17個省份和蘇州、無錫兩市確定了第三方核查機構，蘇浙徽晉湘遼6省和新余、青島、成都、金昌、哈爾濱5市建立了碳排放管理平臺。

對於全國碳市場，報告認為，非試點地區在全國碳市場建設進程中不僅面臨巨大挑戰，而且迎來了地方發展轉型的契機，必須在政策、技術和管理方面積極準備以迎接全國碳市場。

對此，報告提出了五點建議：

一是加強地方政策和技術規範支撐體系建設。在總結試點碳市場經驗的基礎上深刻解讀《碳排放權交易管理暫行辦法》。

二是加強地方溫室氣體排放核算和報送體系建設。重點排放單位應借鑑已建立的能耗管理體系和節能管理經驗來建立內部溫室氣體排放核算和報告體系，開展溫室氣體減排精細化管理。

三是加強地方核查機構和核查員能力建設和管理。溫室氣體排放核查工作是實現碳市場減排目標和開展碳交易的基礎與保障。

四是加強碳資產管理能力建設。以溫室氣體排放情況為基礎，建立操作性強的企業內部碳資產管理製度，建立高效的碳資產管理決策機制。

五是加強碳市場風險防控意識和能力建設。以防範風險為主，最大可能減小風險造成的危害。

最後，報告表示，為了進一步強化碳交易體系對企業節能減排的反作用機制，碳資產管理中的碳金融是2016年碳市場各主要角色需要重點培養的內容。應大力培養碳金融專業機構、專業人才，鼓勵金融服務提供商和投資者積極參與碳交易市場，激活碳交易的各個環節。

☞來自中華人民共和國環境保護部官網

（收錄本書時，個別表述有調整）

【例文三】

中國××××大學校學生會會議記錄

會議名稱：201×年「××××大學商家聯盟」商家見面會

會議時間：201×年×月×日星期日10：25

會議地點：西區學生活動中心三樓團委會議室

與會人員：楊××、劉××、馮×、杜×、何××、範×、各聯盟商家代表、校學生會社區委員會成員

會議主持人：王××

會議記錄員：李××

會議議題：

一、主持人致開幕辭

二、中國××××大學學生會主席劉××作201×年「××××大學商家聯盟」工作報告

三、共青團中國××××大學委員會楊××老師致辭

四、活動問題討論

五、自由交流

會議詳細情況：

一、劉××主席作了「××××大學商家聯盟」的工作報告

（一）商家聯盟發展簡史及商家聯盟活動介紹。從201×年提出商家聯盟方案到如今，有如下改進措施：20×7年引入會員卡機制和加盟銅牌；20×8年規範宣傳概念的引進，區域內單商家加盟機制和春季加盟方案；總結了20×9年商家聯盟工作的時間表，解釋了該年活動滯後於往年的原因，指出第二學期商家聯盟實施細則，並向商家提出了學生們的建議。

（二）校學生會活動簡介。介紹了校學生會各個大型活動以及其對於學生的利益，向商家展現了××××大學以及校學生會的特色。

二、楊××老師發言致辭

（一）感謝到場與因故不能到場的聯盟商家代表對於「××××大學商家聯盟」活動的支持。

（二）解釋了社區委員會作為學生會的一部分，雖然其工作不為同學瞭解，但其工作的確是真正在為學生們提供更好的生活。

（三）提出「××××大學商家聯盟」的工作需要規範化，充分認識活動可持續健康發展的重要性，在品牌日益成熟的背景下，改變落後的工作思路，搭建日常的更暢通的溝通平臺。

三、問題討論

（一）發卡問題

××理髮店代表認為應以宣傳卡、一卡通作為××××大學師生的憑證。學生會主席劉××解釋了製作會員卡的成本問題，表示如今以一卡通作為××××大學師生憑證，可以增加受益面。而商家聯盟宣傳卡主要優點是其成本低，做工精緻，便於攜帶，有利於師生瞭解商家的優惠方式。會場還展示了商家聯盟的宣傳卡片。

（二）加盟方式

××酒店代表表示支持會費制度和優勝劣汰機制。×××同學解釋了學生會的工作是面向學生的，而會費的用途則完全用於商家聯盟宣傳上；×××老師對此進行了補充，承認校團委每年撥款5,000元用於商家聯盟的活動宣傳，而對於不同性質的商家，必定會有不同的宣傳需求。

（三）工作規範問題

××花卉店代表對商家聯盟的活動表示滿意，尤其是表達了對宣傳的

讚賞，認為活動應該做得更大一點，大規模擴充商家數量，而後再進行擇優刪減，也可允許商家自己帶產品在校園進行展示。

（四）宣傳方式問題

××旅行社代表反應了海報宣傳和網頁宣傳的效果和在××××大學進行這些宣傳的難處，認為應該給予商家好的宣傳平臺，而現有宣傳力度不夠。劉××主席回應此舉與××××大學的校風有悖，認為可以通過合適的方式進行宣傳，做好學生會和商家的溝通工作；何××同學提出可以進行諸如價格調查等活動，可以取得很好的效果；杜×同學提出明確的優惠方式可以達到更好的效果，並提出旅行社可以明確某些具體旅遊線路的優惠方式，而由學生會調查提供學生更喜歡的旅遊路線。

四、自由交流

×××同學認為商家聯盟的優勢在於其有競爭力的價格，可以考慮採用抵價券等方式；××同學指出單一宣傳的缺陷，提出以贊助活動作為載體，其優勢在於短時間的宣傳持續性和對於特殊群體的針對性宣傳，要利用商家聯盟的優勢，在諸如科技文化節的系列活動中，廣泛深入院系學生中。這樣可以取得更好的效果。

××快遞公司代表對活動表示滿意，指出了快遞行業的競爭力，並表明其業務僅包含東區，最後提出優惠的營業方式對其自身存在多方面壓力。××酒店建議在學校宣傳欄開闢商家聯盟專欄，留商家諮詢電話，進行長期展示。

××同學承諾項目組會在日後進行繼續的工作會議討論，繼續向商家反饋，最後感謝與會各方代表的支持。

散會。

主持人：××
記錄人：×××

☞來自中國科學技術大學官網

【例文四】

上海市統計條例

第一章 總則

第一條　為了科學、有效地組織統計工作，保障統計資料的真實性、準確性、完整性和及時性，維護統計調查對象合法權益，發揮統計在服務本市經濟社會發展中的重要作用，根據《中華人民共和國統計法》和相關法律、行政法規，結合本市實際，制定本條例。

第二條　本市各級人民政府及其統計機構和有關部門組織實施的統計活動，適用本條例。

本條例所稱統計活動，包括統計調查和統計分析、提供統計資料和統計諮詢意見、實行統計監督。

第三條　市和區人民政府應當加強對統計工作的組織領導，將統計工作納入本地區國民經濟和社會發展規劃，保障統計機構和統計人員依法履行職責。

第四條　國家機關、企業事業單位和其他組織以及個體工商戶和個人等統計調查對象應當按照國家和本市的規定，真實、準確、完整、及時地提供統計調查和統計檢查所需的資料和證明。

統計調查對象依法享有瞭解統計調查項目、不受干涉提供統計資料、拒絕非法統計以及統計資料不被濫用等權利。

第五條　統計機構和統計人員依法獨立行使統計調查、統計報告和統計監督的職權，任何單位和個人不得侵犯。

統計機構和統計人員對在統計工作中知悉的國家秘密、商業秘密和個人信息，應當予以保密。

第六條　市和區人民政府統計機構及有關部門應當在統計活動過程中實施質量控制，制定統計數據質量控制工作規程，加強統計數據質量監管。

第七條　本市加強統計信息化建設，構建安全、高效和便捷的統計信息化系統，提高統計信息搜集、處理、傳輸、共享和存儲技術水平。

第八條　本市建立健全統計信用製度，完善統計信用信息記錄、維

護、查詢、公示、異議處理以及信息安全等管理規範。

統計調查對象履行統計義務情況等統計信用信息應當按照規定納入市公共信用信息服務平臺，依法作為有關行政機關採取激勵和懲戒措施的依據。

第九條　本市加強統計科學研究，建立健全反應經濟社會發展特徵的統計指標體系，完善本市統計技術規範，不斷改進統計調查方法，提高統計的科學性。

第十條　本市對在統計工作中做出突出貢獻或者對檢舉統計違法行為有功的單位和個人，按照國家和本市的有關規定，給予表彰、獎勵。

第二章　統計機構和人員

第十一條　市人民政府統計機構是統計工作的主管部門，負責全市統計工作的組織實施、管理協調和監督檢查，並與國家統計局在本市設立的派出調查機構建立統計聯繫協調機制。

區人民政府應當設立獨立的統計機構，負責本行政區域內統計工作的組織實施、管理協調和監督檢查。

第十二條　市和區人民政府有關部門設立的統計機構或者配備的統計人員應當依法組織、管理本部門職責範圍內的統計工作，協助本級人民政府統計機構對統計違法行為進行查處。

第十三條　鄉鎮人民政府應當設置統計工作崗位，配備統計人員，負責本區域的統計工作。

街道辦事處應當根據區人民政府管理和服務職能的需要，配備統計人員，負責本區域的統計工作。

本市產業園區管理機構應當根據統計任務需要，設置統計工作崗位，配備統計人員，負責本區域相關統計工作，配合市和區人民政府統計機構及有關部門做好統計工作。

村民委員會和居民委員會根據統計任務需要，協助做好相關統計工作。

第十四條　企業事業單位和其他組織根據統計任務需要，指定統計工作負責人及工作人員，完成政府統計調查任務。

第十五條　政府開展統計工作，可以通過購買服務的方式，委託依法成立的社會統計服務機構組織實施數據採集、數據核實、數據分析運用和

業務培訓等活動。

委託方與受託方應當簽訂委託合同，明確各方權利義務。委託方應當督促受託方嚴格履行合同。未經委託方同意，受託方不得調整統計調查方案，不得以委託方的名義進行與委託無關的統計活動。

第十六條　企業事業單位和其他組織可以根據需要，委託依法成立的社會統計服務機構承擔本單位的政府統計調查任務，並將受託方、委託事項等信息書面告知市或者區人民政府統計機構。

委託方應當按照統計調查製度的規定報送統計資料，並對統計資料的真實性、準確性、完整性和及時性負責。未經委託方同意，受託方不得進行其他統計活動。

第十七條　國家機關、企業事業單位和其他組織中從事統計工作的人員應當具備相應的專業知識和業務能力。

市和區人民政府統計機構及有關部門應當對從事統計工作的人員開展業務培訓和職業道德教育。作為統計調查對象的國家機關、企業事業單位和其他組織應當支持和保障從事統計工作的人員接受統計培訓和教育。

第三章　統計調查

第十八條　本市對統計調查對象實行在地統計管理製度。

統計調查對象應當接受所在地的區人民政府統計機構的統計管理。對不宜按區行政區域劃分生產經營活動情況的統計調查對象，由市人民政府統計機構確認並實行統計管理。

第十九條　市人民政府統計機構應當與編制、工商、人力資源社會保障、民政、稅務、質監等相關部門建立信息共享機制，記錄國家機關、企業事業單位和其他組織以及個體工商戶的名稱、行業類別、統一社會信用代碼、登記註冊類型等統計基本信息，完善全市統一的統計基本單位名錄庫。

市和區人民政府統計機構應當根據統計基本單位名錄庫，確立統計調查關係，向統計調查對象告知統計義務和權利。

市人民政府統計機構應當通過向統計調查對象核實、補充等方式，日常維護和更新統計基本單位名錄庫。

市和區人民政府有關部門可以申請查詢和使用統計基本單位名錄庫，並依法對相關信息保密。在統計調查中發現統計基本單位信息變動的，應

當及時向同級人民政府統計機構反饋。

第二十條　地方統計調查項目由市和區人民政府統計機構及有關部門分別制定或者共同制定。

制定地方統計調查項目，應當對統計調查項目的必要性、可行性、科學性進行論證。

地方統計調查項目不得與國家統計調查項目、國務院部門統計調查項目和其他地方統計調查項目重複。

第二十一條　市人民政府有關部門、區人民政府統計機構及有關部門制定地方統計調查項目，應當向有審批權的市或者區人民政府統計機構提交申請文件、統計調查製度、項目論證等材料。依法應當報國家統計局審批的，按照國家有關規定辦理。

申請符合條件、材料齊全的，市或者區人民政府統計機構應當在十五個工作日內予以批准；調查項目結束後需要報送統計資料的，應當在批覆中明確報送資料的期限等要求。申請不符合條件的，應當不予批准並說明理由。申請材料不齊全、調查對象和調查內容相同或者相近的，應當告知申請人進行補充或者調整。

經批准的統計調查項目變更的，應當重新報請審批。

第二十二條　市和區人民政府統計機構應當通過政府網站等渠道，公布地方統計調查項目名稱、制定單位、有效期限、批准文號等信息，但涉及國家秘密的除外。

第二十三條　市人民政府有關部門、區人民政府統計機構及有關部門應當加強統計調查項目管理，根據統計調查項目批覆的要求，將組織實施統計調查取得的有關資料和調查結果，報送批准統計調查項目的市或者區人民政府統計機構。

第四章　統計資料

第二十四條　國家機關、企業事業單位和其他組織等統計調查對象應當以業務活動、生產經營中形成的原始記錄和憑證為依據，按照統計調查製度規定的要素、內容和形式記錄統計臺帳。原始記錄、憑證和統計臺帳應當保存兩年以上。

市和區人民政府統計機構應當指導和規範統計調查對象建立統計臺帳。

第二十五條　市和區人民政府統計機構及有關部門應當依託本市政務數據資源管理平臺，實現各自業務領域統計數據資源的共享。涉及國家秘密、商業秘密和個人信息的，應當遵守保密規定。

市人民政府統計機構應當加強對統計數據資源共享工作的綜合協調。市和區人民政府統計機構及有關部門開展統計活動時，應當利用共享的統計數據資源，避免重複採集，提升工作效率。

第二十六條　市和區人民政府統計機構可以根據統計調查、國民經濟核算、統計分析、數據評估等工作需要，向有關部門調用與統計工作有關的行政記錄資料、財務資料、財政資料及其他資料，有關部門應當按照統計機構的要求及時提供。

第二十七條　市和區人民政府統計機構及有關部門應當充分運用現代信息技術手段和方法，開發利用社會數據資源，豐富政府統計數據來源。

市和區人民政府統計機構及有關部門可以根據統計工作需要，通過協議合作或者購買服務等方式，獲取社會數據資源。統計機構及有關部門應當與社會數據資源權利人明確數據使用目的、數據內容、使用方法、保密要求和公布方式等內容，不得損害國家利益、社會公共利益和他人合法權益。

第二十八條　本市建立健全統計資料公布製度，加強統計資料公布的統籌管理，保障公布資料的真實、準確、完整和及時。統計調查取得的統計資料，除依法應當保密的外，應當對外公布。

市和區人民政府統計機構應當制定統計資料公布計劃，明確統計資料公布的時間、內容、方式和頻率，按照計劃向社會公布統計資料。因特殊原因不能按照計劃公布的，應當提前告知並說明理由。

市和區人民政府有關部門統計調查項目取得的統計資料，按照統計調查製度的規定予以公布。

市和區人民政府統計機構及有關部門公布統計資料時，應當說明指標含義、調查範圍、調查方法等情況，便於社會公眾理解和使用統計數據。

調整或者修改已公布統計資料的，應當說明理由。

第二十九條　公民、法人和其他組織可以通過政府網站、信息公開諮詢熱線、現場查閱等方式，查詢已經公布的統計資料。

除前款規定的查詢方式外，公民、法人和其他組織可以根據政府信息

公開的規定，向市和區人民政府統計機構及有關部門提出申請。市和區人民政府統計機構及有關部門應當依法答覆。

第三十條 本市國民經濟和社會發展的統計數據，以國家統計局和市人民政府統計機構公布的數據為準。

本市有關部門公布的統計數據與本級人民政府統計機構公布的相同指標的統計數據不一致的，以政府統計機構公布的統計數據為準。

第三十一條 任何單位和個人公開使用市和區人民政府統計機構及有關部門公布的統計資料，應當與公布的統計資料保持一致，並註明資料來源。

第三十二條 市和區人民政府統計機構及有關部門，應當制訂統計信息安全應急處置預案，建立健全統計資料的存儲備份機制，保障統計資料安全。

統計調查中取得的統計調查對象的原始資料保存期限和匯總性統計資料保存期限，按照國家有關規定執行。

第三十三條 對在統計工作中獲得的下列資料，應當予以保密，不得對外提供、洩露，不得用於統計以外的目的：

（一）涉及國家秘密的資料；
（二）涉及商業秘密的資料；
（三）涉及個人信息的資料；
（四）能夠識別或者推斷單個統計調查對象身分的資料；
（五）通過統計調查收集的有關統計調查表。

第五章　監督檢查

第三十四條 市和區人民政府統計機構在本行政區域內依法行使統計檢查職權，查處統計調查對象的統計違法行為。

市和區人民政府有關部門應當協助同級人民政府統計機構加強對本部門和本業務領域統計調查對象的監督檢查，督促其落實統計工作責任，查處統計違法行為，並及時移送有關統計違法案件材料。

第三十五條 市和區人民政府統計機構應當每年制訂統計監督檢查計劃，確定年度重點監督檢查領域，按照有關規定核查統計數據。

市和區人民政府統計機構應當建立監督檢查記錄，記錄檢查的內容、發現的問題、處理結果等，並由檢查人員簽字後保存備查。

市和區人民政府統計機構在依法履行監督檢查職責時，發現企業事業單位和其他組織未落實統計工作責任的，可以約談有關單位主要負責人，要求其採取措施提高統計工作質量。

第三十六條　市和區人民政府統計機構接到有關違反統計工作規定的舉報的，應當依法及時核實處理。

第三十七條　市和區人民政府統計機構履行監督檢查職責時，有關單位和個人應當予以配合，如實反應情況，不得拒絕、阻礙檢查，不得包庇、縱容統計違法行為。

第三十八條　市和區人民政府統計機構中從事統計執法的人員，應當具備相關法律知識和統計業務知識，經執法培訓並考試合格，取得行政執法證。

第三十九條　市人民政府統計機構可以對區人民政府統計機構和組織實施統計調查項目的市人民政府有關部門進行統計工作巡查，區人民政府統計機構可以對區人民政府有關部門和鄉鎮人民政府進行統計工作巡查。

統計工作巡查主要包括下列內容：

（一）統計法律、法規、規章的執行情況；

（二）國家和本市統計製度的執行情況，地方統計調查項目審批與管理的執行情況；

（三）統計數據質量和統計基礎工作情況，統計數據公布製度的建立情況；

（四）統計工作的其他情況。

市和區人民政府統計機構在統計工作巡察中發現問題的，應當要求被巡察單位及時糾正，並在巡察完成後一個月內，向被巡察單位出具巡察情況報告，對其在統計工作中存在的問題提出指導意見。

第六章　法律責任

第四十條　企業事業單位或者其他組織、個體工商戶違反本條例規定，法律、行政法規有處罰規定的，從其規定。

作為統計調查對象的國家機關、企業事業單位或者其他組織違反本條例規定，法律、行政法規對屬於國家工作人員的直接負責的主管人員和其他直接責任人員有處分規定的，從其規定。

第四十一條　市或者區人民政府統計機構及有關部門有下列行為之一

的，由本級人民政府、上級人民政府統計機構或者本級人民政府統計機構責令改正，予以通報；對直接負責的主管人員和其他直接責任人員，由任免機關或者監察機關依法給予處分：

（一）違反本條例第二十三條規定，未報送組織實施統計調查取得的有關資料和調查結果的；

（二）違反本條例第二十八條規定，未制訂統計資料公布計劃，未按照計劃公布統計資料，公布統計資料未說明相關情況，或者調整、修改已公布統計資料未說明理由的；

（三）違反本條例第三十一條規定，公開使用的統計資料與公布的統計資料不一致，或者未註明資料來源，造成不良社會影響的；

（四）違反本條例第三十二條第一款規定，造成統計資料毀損、滅失的；

（五）統計監督檢查中包庇、縱容統計違法行為的；

（六）統計監督檢查中洩露統計違法案件查處情況的。

第四十二條　違反本條例第三十三條第一項規定，洩露屬於國家秘密的統計資料的，按照有關保密法律法規予以處理；構成犯罪的，依法追究刑事責任。

違反本條例第三十三條第二項至第五項規定，洩露統計資料的，對直接負責的主管人員和其他直接責任人員，由任免機關或者監察機關依法給予處分；構成犯罪的，依法追究刑事責任。

第七章　附則

第四十三條　本條例自 2016 年 12 月 1 日起施行。1993 年 12 月 15 日上海市第十屆人民代表大會常務委員會第六次會議通過、根據 1997 年 8 月 13 日上海市第十屆人民代表大會常務委員會第三十八次會議《關於修改〈上海市統計管理條例〉的決定》第一次修正、根據 2015 年 7 月 23 日上海市第十四屆人民代表大會常務委員會第二十二次會議《關於修改〈上海市建設工程材料管理條例〉等 12 件地方性法規的決定》第二次修正的《上海市統計管理條例》同時廢止。

中央人民政府門戶網站

第四章
經濟新聞

第一節　經濟新聞的含義和特點

一、經濟新聞的定義

新聞是指對新近發生的重要事件、事情的報導。《中國新聞實用大辭典》中定義為：「經濟新聞是有關生產、流通、分配、消費等一切經濟領域新聞的總稱。」它有廣義和狹義之分。

（一）廣義的經濟新聞

廣義的經濟新聞包括經濟消息、經濟通訊、經濟調查報告和經濟時事評論等。

（二）狹義的經濟新聞

狹義的經濟新聞專指經濟消息。經濟消息是對當前經濟領域中出現的具有一定社會價值或具有一定影響力的事實所做的簡要的報導。經濟消息從其反應的範圍來說，是有關經濟領域中的各種事情；從時間上來說，是近期出現的事情；從內容上來說，必須是有價值的事情。

聯繫新聞學的研究對象，經濟新聞的定義應該是：經濟新聞是對人類社會最新的經濟活動、經濟關係和最新的自然經濟現象的報導。

二、經濟新聞的特點

（一）真實性

真實是經濟新聞的靈魂。在激烈的社會競爭中，經濟新聞正是靠著它的真實性來吸引受眾的。如果傳播給大眾的是虛假的、不真實的新聞，那麼新聞就沒有存在價值了。新聞的真實性還決定了新聞工作者必須有謹慎公正的工作態度，這也是為了保證經濟新聞的絕對真實。

（二）專業性

經濟新聞的專業性在於要對經濟領域的新聞事實做出報導或者對其他領域的新聞事實做出經濟學意義的報導；其過程是選擇經濟事實，或者選擇經濟事實的報導角度，以新聞的語言表達給受眾。經濟新聞因為報導的是經濟領域的事件，所以可能會涉及大量的經濟領域的專業術語，比如

「基尼指數」「CPI」等，所以，對新聞工作者來說，必須掌握一定量的經濟領域的專業術語。同時，經濟新聞用圖表或者數據這種淺顯直接的方式敘述複雜的新聞事實，變複雜為簡單，使新聞事實一目了然，也更能引起讀者的閱讀興趣。

(三) 實用性

經濟新聞就是報導經濟生活中的一切活動。經濟新聞的一個重要職能就是為群眾生活提供諮詢服務。除了報導財經股市動態、集團企業變更、國家新的財經政策出抬等以外，經濟新聞的一個重要方面還是報導與群眾生活息息相關的新聞，如物價、房價、購物、生產等。這類新聞報導，具有很強的實用性。

(四) 新穎性

經濟新聞報導的是經濟活動中最近發生的、發現的或變動著的事實。經濟新聞的新穎性是指：

1. 從前沒有出現的新事物、新情況、新動向。
2. 已經發生過的事實，選擇一個新的角度，給人以新的啟迪。

只有「新」才能引起讀者的注意。寫作者要有敏銳的觀察力，對經濟發展總體情況有全面的把握，瞭解國家的經濟政策等，才能發現經濟領域的新動向、新問題，為人們提供準確而有價值的經濟信息。

第二節　經濟新聞的種類和作用

一、經濟新聞的種類

(一) 動態經濟新聞

動態經濟新聞迅速及時地報導國內外最新的經濟動態、經濟情況、經濟問題，它是使用得最為廣泛的一種新聞種類，具有重要的新聞價值。其內容大到國家重大經濟政策的頒布和國內外重大經濟事件的發生，小到某一市場某一商品的銷售情況，它以突發性經濟事件為其主要報導內容，要給人以動感與現場感。

（二）典型經濟新聞

典型經濟新聞是對某個地區、部門、單位或個人在經濟活動中取得的成就或經驗的報導。這類報導一般有較強的針對性和指導性，其特點是報導事件集中、完整地交代情況、介紹做法、反應變化，由事實引出道理，從個別現象探尋一般規律。

（三）綜合經濟新聞

綜合經濟新聞是圍繞一個主題，從各個側面反應較大範圍內或較長時間內的綜合經濟情況的新聞文體。綜合經濟新聞報導面廣、容量大，寫作時需要佔有全面的、充分的材料，並且要對材料進行分類整理，選取其中有典型性和代表性的材料。同時，要合理安排結構，做到點面結合，使報導既有廣度又有深度。

（四）評述經濟新聞

評述經濟新聞是以夾敘夾議的方式對某一經濟問題進行報導，揭示其價值和意義的新聞文體。它往往寫於形勢發展的關鍵時刻，主要報導人們普遍關心的重要經濟問題和事件。它高屋建瓴地分析問題和事件的實質和發展趨勢，對經濟動向進行研究，對經營經驗進行總結，對某一重大經濟事件進行評判等。要做到揭示經濟事件的本質意義，以事為據，以理服人。

二、經濟新聞的作用

（一）輿論宣傳

新聞媒體通過新聞報導，宣傳黨和國家的政策、方針，評述國內外重大事件，報導建設成就、謳歌先進典型、介紹新鮮經驗，或者批評不良現象，起到團結、教育群眾的作用，加強黨、政府和廣大群眾的聯繫。輿論導向正確是黨和人民之福，輿論導向錯誤是黨和人民之禍。

（二）信息傳播

我們已進入了信息飛速發展的時代，受眾對世界、對國家、對身邊的事情都是通過各種新聞媒體所提供的權威、客觀、真實、全面的新聞報導來瞭解、認知；黨的執政理念、政策方針、重大決策、發展規劃、主流價值觀等社會管理的基本信息，也是通過新聞媒體這個橋樑傳遞給公眾的。

（三）輿論監督

輿論監督的本質在於客觀公正地報導新聞事件真相和揭露有關問題，通過「曝光」的形式來滿足和維護公眾的知情權。新聞媒體要在新形勢下更好地履行職責，必須從人民的利益出發，以寬闊的視野，真實地反應社會問題，樹立良好的社會公信力。

第三節　經濟新聞的寫法和寫作要求

一、經濟新聞的寫法

（一）標題

經濟新聞的標題應當能夠概括和揭示新聞的內容，幫助讀者瞭解新聞的內容；同時，要新穎、生動，能吸引讀者的注意力。常見的經濟新聞標題有以下三種：

（1）單行標題。就是只有一個標題，它是對新聞內容的高度概括。例如：

五糧液茅臺冠名機場引爭議

鐵道部發債或突破淨資產40%紅線限制

（2）雙行標題。就是兩個標題，它有以下兩種：

第一種由引題和正題組成。引題位於正題之上，也叫「肩題」或「眉題」，一般用於交代背景、原因，概括新聞意義，提出問題，說明新聞來源等，引出正題。正題又叫「主題」或「母題」，概括新聞的主要內容。正題是新聞的核心內容，在標題中最為重要。例如：

太平洋能源峰會開幕（引題）

亞洲國家探索能源新道路（正題）

第二種由正題和副題組成。副題位於正題之下，又叫「子題」或「輔題」，是正題的補充，一般用於對新聞事件做出評價、交代詳情或強調特徵等。例如：

投資者情緒持續謹慎（正題）

黃金價格繼續小幅走低（副題）

（3）三行標題。三行標題由引題、正題和副題組成。在字體選擇上，正題使用醒目的大號的字體，引題和副題的字號要相對小一些，以突出正題的地位。三行標題的信息量大，常常用於報導重大的事件。例如：

忙了一天（引題）

股指期貨開戶手續真繁瑣（正題）

個人興致高機構大多觀望（副題）

（二）導語

導語是新聞的開頭，它用簡明扼要的語言高度概括新聞的主要內容，或概括事實，或提出問題，或制造懸念等。經濟新聞的導語要觀點鮮明、敘事簡潔、文字生動，要能吸引讀者的注意。常見的導語形式有以下四種：

1. 描寫式。就是用簡明的語言描寫某一富有特色的事實、形象或場景，使讀者有身臨其境之感。例如：

「這叫怎麼回事嘛？旅遊都成了鬧劇了。」說起今年4月參加的香港、澳門8日遊，74歲的玉溪研和老太田蘭英和其他遊客一樣，滿腹牢騷：先是導遊行為怪異，在火車上邊脫衣服邊跑；到了香港，又被導遊逼迫著買了一堆劣質鑰匙扣、表、鞋等等……

2. 敘述式。直接敘述新聞的主要事實。這種寫法多用於動態經濟新聞，突出重要事件，便於讀者抓住文章的主要內容。例如：

紐約油價23日再次下跌，並創下近7個月新低，收盤首度低於90美元每桶。從5月份以來，國際油價持續下跌也直接帶動國際油價三地變化率持續下跌。據易貿資訊、金銀島和生意社等多家機構監測，今日國際油價三地變化率將突破 -4%，但由於當前定價機制的「弊端」，即調價週期過長，還未滿22天，月底國內成品油價格下調暫時無望。

3. 提問式。提問式就是根據新聞的內容提出問題，引起人們的注意和思考。這種寫法多見於典型經濟新聞和評述性經濟新聞。例如：

景區門票競相上漲，成為網友眼中「看不起」的風景。景區門票為何一漲再漲？漲價到底能否帶動景區營運水平的提升？新華網記者22日專訪了國務院發展研究中心東方公共管理研究所所長、研究員劉鋒。劉鋒認為，景區應擺脫「門票經濟」慣性思維，以產業經濟的思路來推進景區發展和提升，形成健康、持續的盈利模式。

4. 引語式。就是直接用他人的話語來引出問題。例如：

著名音樂評論家劉雪楓的系列新書《和劉雪楓一起聽音樂》日前出版。在 20 日的新書首發式上，資深古典音樂愛好者白岩鬆表示：「俗話說，抓住男人的心，首先要抓住男人的胃。然而，我建議大家讓自己的愛人愛上古典音樂，這樣，他（她）會時時想著回家。」

（三）主體

主體是經濟新聞的核心部分，緊承導語，用足夠的、典型的、生動的而且有說服力的材料，對導語中概述的事實進行闡釋、說明，具體詳盡地表達新聞內容。主體的作用就是使新聞報導的事實充實、詳盡、完整，讓讀者瞭解這則新聞的全部內容。主體部分內容較多，通常採用以下三種結構方式：

1. 時間順序。即按事物發生的先後順序來組織材料，安排結構。動態經濟新聞常以時間為序安排結構。

2. 邏輯順序。即按事物的內在聯繫來組織材料，安排結構。採用這種結構形式，可以不受時間的限制，可根據報導對象的因果關係、主次關係等來確定寫作順序。

3. 倒金字塔結構。就是把經濟新聞的內容按照主次安排次序，把最重要的材料放在開頭，比較重要的隨後安排，不太重要的放在最後，形成一個倒金字塔的結構。它是經濟新聞最常使用的一種結構。

無論採用哪一種結構形式，主體都要求內容充實、結構嚴謹、層次分明、語言簡潔，既要注意與導語的緊密配合，又要注意不能簡單地重複導語部分的內容。

（四）背景

背景就是對新聞事實加以解釋、說明的附屬事實材料，是在新聞事件發生的背後，特定的歷史條件與社會環境綜合作用的產物，它與新聞事件和事件中相關的人物等有直接關係。

經濟新聞的背景材料主要有以下三種：

1. 對比性材料。通過現在與過去、正確與錯誤、先進與落後的比較，突出新聞的意義，深化主題。

2. 說明性材料。用於說明新聞產生的背景、原因、現實環境和政治緣由的材料。

3. 註釋性材料。就是對新聞中的專業術語、產品性質特點等進行解釋說明的材料。

在新聞報導過程中，新聞工作者應該注重通過新聞背景材料等，對新聞事實產生的原因、發展、結果等進行科學分析與思考，深度挖掘新聞背景材料中所包含的意義與影響，充分發揮新聞背景材料在新聞事件報導中的重要作用。那麼，應該如何運用新聞背景材料來增強新聞深度呢？

1. 新聞背景材料的選擇。選擇合適的新聞背景材料對增強新聞深度具有極其重要的作用。我們可以從以下幾個方面來選擇材料：

（1）新聞工作者需要根據廣大人民群眾對新聞事件的關注心理，發現群眾的興趣所在，明確交代一些新聞背景材料，使新聞報導更加豐滿，有深度。

（2）每一個新聞報導都是具有其特定的新聞價值的，新聞背景材料的添加，可以使新聞報導的價值得到提升。即在新聞背景材料的選擇上，應以有利於新聞報導價值的開發為主要條件。

（3）某些新聞背景材料的選擇，可以打破時間、空間等一些特定條件的限制，從事實的束縛中掙脫出來。各種形式的新聞背景材料都可以用到新聞事件的報導中，這樣既不違背新聞的真實性，同時也增強了新聞的深度。

2. 新聞背景材料的運用。對於新聞工作者來說，新聞背景材料並不是信手拈來，而是需要累積的。

（1）在新聞工作者工作的過程中，需要接觸各色人等、各種事件，新聞工作者要學會觀察、思考，有所累積。

（2）每一個新聞工作者的專長都不一樣，所處的環境與地位也會影響到新聞工作者對新聞事件的報導與看法，所以，新聞工作者要善於發揮專長，在自己擅長的領域做到更好。

（3）新聞工作者還要注重與群眾交流，採集群眾對新聞事件的看法，這樣可以避免偏聽偏信，還可以拓寬採訪渠道，讓群眾願意提供新聞線索。

這樣，新聞工作者才能得到更多的、有價值的新聞背景材料，並將這些背景材料有效地運用到寫作中，寫出有深度的新聞報導。

3. 新聞背景材料的植入。在新聞背景材料植入的過程中，可以採用以下植入方式：

（1）開門見山地植入新聞背景材料。這是一種以新聞背景材料引出新聞事件的方式。在此方式中，新聞工作者需要以群眾感興趣的表達方式為切入點，引起群眾瞭解新聞事件的興趣。

（2）交代新聞事件後再植入新聞背景材料。這種植入新聞背景材料的方式與第一種方式的順序是不同的。這種方式是在群眾瞭解事件的基礎上，將事件的細節問題進行充分的補充，還可以在新聞事實報導與思考之間起有效的過渡作用，也可以從更深的層次上引起群眾思考。

（3）將新聞背景材料有序地分散植入新聞事件的報導中。這是一種比較創新的植入新聞背景材料的方式。它將新聞背景材料與新聞事件作為一個整體，時刻思考新聞背景材料對新聞事件的影響，時刻計劃將新聞背景材料有序、有效地植入新聞事件的報導中，不僅突出了新聞事件本身的價值，而且使新聞事件的真實度更高。

新聞報導是廣大人民群眾瞭解經濟、國家、社會以及世界的一種有效手段。在新聞報導中，新聞工作者不僅要思考新聞的真實性與實效性，還要合理地利用各種手段來增強新聞報導的深度。新聞都是在一定的背景下發生的，所以巧用新聞背景材料可以有效地增強新聞報導的深度，可以為廣大人民群眾提供更有效、更真實、更有深度的新聞，幫助人民群眾瞭解經濟、瞭解國家、瞭解社會、瞭解世界。

新聞背景材料可以單獨作為一個部分，也可以穿插在導語、主體、結尾之中。新聞背景材料要根據新聞和讀者的需要剪裁，要有趣味性、知識性，為表現主題服務。

（五）結尾

經濟新聞結尾的寫法多種多樣：有的指出事物的發展方向，給人以啓發；有的預示結果，引人深思；有的照應導語；有的歸結全文，起到畫龍點睛、點明主題的作用。如果主體部分已經把新聞的內容講完，可以不要結尾，以免畫蛇添足。

二、經濟新聞的寫作要求

（一）經濟新聞報導應真實、準確，符合客觀實際

真實是新聞的生命。經濟新聞中所反應的事件必須真實可靠，新聞的六要素（時間、地點、人物、事件、原因、結果）要真實，所引用的數字

應準確無誤，所做出的判斷和評價必須實事求是。

（二）經濟新聞報導應國際化

經濟新聞報導的國際化有兩個層次的含義：一是報導內容的國際化。即把世界上的重大財經事件、財經現象、財經走勢以及影響財經運行的新聞事件作為中國財經新聞報導的內容。二是報導視角的國際化。這是指在報導時，不僅要站在國家和民族的利益和視角來看待和報導國際新聞，同時要把世界看成一個整體，中國只是其中一部分的立場來報導世界和觀察世界。

（三）經濟新聞報導應以人為本

針對不同的出版物，需要提供不同內容和深度的經濟新聞或政策報導。因此，在採訪中需要瞭解不同讀者想知道什麼，最大限度地滿足受眾的信息需求，將實用信息及時、有效、規模化地傳遞給受眾。經濟新聞不僅要反應物化的力量，更要深入人的心靈。相當一部分人認為經濟新聞大多報導的是「硬新聞」，需要的只是理性的思考。事實上，經濟新聞報導一定要抓住財經活動的主體——人的一切活動，從人的角度來報導財經新聞，把寫人與寫企業融合在一起，讓讀者讀財經新聞不再單純讀數字，而是感覺到在與人對話，在輕鬆的氛圍中接受財經新聞報導傳達的財經信息。

（四）處理好專業化和通俗化的關係

1. 在寫經濟新聞報導的時候，要用專業化水準進行分析。經濟記者（編輯）應具備足夠的經濟專業知識，能夠準確把握經濟概念的內涵、經濟命題的要義，善於運用現代經濟學的觀點和思維方式觀察、分析、評價經濟活動，深刻揭示背後的規律和趨勢。

2. 以通俗化面對讀者，在易懂的前提下做到精深。受眾往往喜歡閱讀容易理解、接受的經濟新聞報導。所以，經濟新聞報導應生動、形象、通俗易懂，多使用大眾化的語言，把複雜、深奧的經濟問題、經濟現象深入淺出、親切自然地表述出來。

（五）經濟新聞報導要有深度

廣大的新聞閱讀者已經從被動接受新聞，轉變到主動思考新聞，他們不僅要求閱讀具有真實性與時效性的新聞，還要求新聞報導要有一定的深度，可以引發人們對於生活、經濟、社會乃至全世界的思考。

思考與練習

1. 經濟新聞常見的類型有哪幾種？
2. 按照經濟新聞標題的寫法，給下面這篇經濟新聞擬寫標題。

據物理學家組織網5月23日報導，全球首架設計為晝夜飛行的最大太陽能飛機「太陽驅動」號（Solar Impulse）於5月24日嘗試首次洲際航行——當地時間上午8時24分從瑞士帕耶訥起飛，終點為北非國家摩洛哥，行程中無須使用一滴化石燃料。

「太陽驅動」號由該項目發起人安德烈‧博爾施貝格和貝特朗‧皮卡爾輪流駕駛。博爾施貝格駕機依次飛經瑞士、法國、西班牙，預計於當地時間25日凌晨4時在西班牙巴拉哈斯機場降落並短暫停留。此後皮卡爾將接手，駕駛飛機一路向南從直布羅陀海峽飛過地中海，在摩洛哥首都拉巴特短暫停留後，最終抵達摩中部城市瓦爾扎扎特，全程飛行約2,500千米。

「太陽驅動」號項目新聞發言人夏洛特‧皮雄說，此次長途飛行的主要目是協調該項目與各機場的合作並檢驗飛行保障水平，同時也是「太陽驅動」號在2014年進行環球飛行前的預演。如果這次洲際航行成功，將是該太陽能飛機自去年首航巴黎和布魯塞爾以來最長的旅程。主辦單位稱，當完成全程飛行時，恰逢當地有史以來規模最大的太陽能熱電廠舉行奠基儀式，「太陽驅動」號將到場以示對摩洛哥太陽能發展的支持。「太陽驅動」號翼展63.4米，與空客A340飛機相仿，但因主要由超輕碳纖維材料制成，重量只相當於一輛中等轎車。其機翼上裝有1.2萬塊太陽能電池板，為機上4臺電動機供電。飛機白天飛行時，可將多餘太陽能電力儲備到高性能蓄電池中供夜間飛行，從而實現無燃油晝夜飛行。這架高技術含量飛機創造了太陽能飛機飛行史上多項世界第一：2010年7月成為歷史上首架載人晝夜不間斷飛行的太陽能飛機，最長飛行紀錄是在瑞士上空達到的26小時10分鐘19秒，也創下了海拔9,235米和飛行高度（從起飛地算起）8,744米的紀錄。

國際航空運輸協會希望能在2050年實現飛行器碳排放量為零的目標。陽光動力公司決定在未來著重解決光能吸收問題，因為只有大幅度提高電池功效，才可能使機上人數增加。

來自中國經濟新聞網

【例文一】

歐元區走向「分裂」 義大利或「棄歐」

中新社柏林 10 月 6 日電 諾貝爾經濟學獎得主、美國哥倫比亞大學教授約瑟夫·施蒂格利茨 6 日向德媒表示，對歐元區改革前景缺乏信心。他預計今後十年歐元區仍將存在，但很可能無法保全其現有的 19 個成員國。他還指出義大利存在退出歐元區的可能。

德國《世界報》網站 6 日刊登了對約瑟夫·施蒂格利茨的專訪。他在接受採訪中做出以上表示。

曾任世界銀行首席經濟學家的施蒂格利茨表示，從長期來看，不認為歐洲政治界能夠挽救危機頻仍的歐元區。他指出，成員國缺少採取關鍵性改革的決斷力，如建立銀行業聯盟、共同的存款保險等重要改革舉措缺失。

「我現在擔憂的是，歐洲做出決策的速度或許會耗盡時間。等政界人士就要採取哪些措施達成一致後，時機也白白錯失了。」施蒂格利茨認為，歐洲缺少「打破陳規」所必需的團結心。

他指出，假如對上述情況無能為力，歐元區將面臨分崩離析的命運。

「十年後，還會存在一個『歐元區』。問題是它是否還會是今天這樣？」施蒂格利茨表示，「歐元區幾乎不可能總有 19 個成員國保留在內。到時還會有哪幾個國家在歐元區，就很難說了。」

2015 年年初當希臘面臨政局更迭之際，德國《明鏡周刊》曾報導稱，德國政府已做好準備，在萬不得已的情況下允許希臘退出歐元區。

施蒂格利茨還分析了義大利退出歐元區的風險。他表示，在與義大利人士接觸時，感到該國民眾對歐元的失望情緒在增長，而該國經濟學家和政界人士亦抱持同樣的情緒。

「不久後義大利人將認識到，義大利在歐元區無法『運轉良好』。」施蒂格利茨給出了悲觀的預期。

美國從金融危機至今經濟重新出現復甦跡象，而歐元區仍未徹底走出低迷。對於這一反差，施蒂格利茨表示，美歐在人力和自然資源、體制機制方面都是相似的，「最大的不同就在於歐元。」

來自中國新聞網

【例文二】
國慶檔票房遇冷 中國電影需要「工匠精神」

據經濟之聲《天下財經》報導，相比十一長假前火熱的宣傳攻勢，這個國慶檔的電影票房似乎有點冷。到了昨天，長假已過半，票房榜上「四大金剛」成績也已出爐。《從你的全世界路過》以5天約4億元的成績領跑，《湄公河行動》從2號起反超《爵跡》位列第二，後勁不足的《爵跡》和《王牌逗王牌》分列第三、第四名。票房榜上競爭激烈。但是，從10月1號起，沒有出現單日過億的電影作品，與去年同期相比，票房下跌10%。

「多而不強」「爛片」當道，今年國產電影頹勢盡顯

回顧今年以來的電影市場：新年伊始，國內電影一路高歌猛進，在《美人魚》等大片的拉動下，創造了7天36億元的驚人戰績。此後，市場持續低迷，幾個重要檔期表現都不如去年同期，中秋檔跌幅更是高達16%。

有業內人士犀利地指出，「爛片」當道，是票房持續低迷的主因，只有高質量的電影才有高人氣。北京師範大學藝術與傳媒學院院長周星說，中國電影在市場高速發展時，造就了一個虛假的現象，不斷地模仿、山寨，缺少創意。

周星：「中國電影在市場猛撲上來之後，造就了一個虛假的現象，就是創作的真誠度降低。因此從暑期到現在，沒有幾部影片讓人們覺得特別亮眼。市場改革的10年造就了中國電影的很好的基礎，只不過走歪了。中國電影應該進入良性的、有真誠的、有創意的創作中。」

中國電影市場應強調「工匠精神」，著力提高影片質量

再來聽聽網友的觀點。一位廣州的網友表示：「對沒有創新內容的電影出現嚴重審美疲勞。描寫的都是浮誇的人生和美不勝收的情懷，情節嚴重地脫離生活」。一位山東菸臺網友說得更直接：「能走進群眾心裡的好片太少。」

這些反應了電影市場的部分現狀。這幾年，由於影市的火熱，不少資本湧入，市場固然活躍了，但也更浮躁了。對短線牟利的追求，使得電影

創作缺失真誠。

　　今年電影市場栽的跟頭，或許是國產電影成長的一個插曲。這場「寒流」，值得反思。周星說，中國電影要想吸引觀眾，迎來拐點，踏實是基礎。

　　周星：「所以，首先要踏實做好市場，而且做出有質量的市場。其次，我們都說要用『工匠精神』來做好電影創作。認真地去做，而不是粗糙地模仿，或者拿著一個現成的所謂的『IP』而沒有做好它本身的內容。再次，中國電影要鼓勵有創意的創作，而不只是仿造。最後，要增強本土文化的品質。中國電影越來越遠離人們真實的感受。這是危險的。看多了『胡鬧』之後，人們會覺得還不如去感知生活。」

☞來自央廣網

第五章
商品廣告和商品說明書

第一節　商品廣告

一、商品廣告的概念

　　廣告是個外來詞語，是英語 advertising 的譯名，原意是「我大喊大叫」。它源於拉丁文 advertere，其意為注意，誘導，傳播。廣告有廣義和狹義之分。

　　（一）廣義的廣告

　　廣義的廣告為「廣而告之」的意思，是個人或單位通過媒體向公眾宣傳自身某種信息、意願的傳播媒體。其所涵蓋的範圍很廣，包括利用一切公開方式向公眾傳播、介紹某種事物的宣傳手段，也包括不具有商業性、不以盈利為目的的廣告，如徵婚廣告、招聘廣告、禮儀廣告、公益廣告等。

　　（二）狹義的廣告

　　狹義的廣告，即商業廣告，是指商品經營者或服務提供者承擔費用通過一定的媒介和形式直接或間接地介紹所推銷的商品或提供的服務的廣告。它使人們瞭解有關商品、勞務的信息，使之產生購買動機，獲得經濟效益。這就是我們通常所說的商品廣告，它是一種商業性、傳播性和競爭性都很強的應用文體。作為一種應用文體，我們可以這樣表述：商品廣告是採用藝術手法通過不同媒介公開而廣泛地向公眾介紹商品、傳遞消費信息的一種應用文體。這個定義包括三個方面的內容：

　　1. 商品廣告是一種傳播手段，是市場經濟活動的傳播手段。
　　2. 商品廣告的範圍包括商品和服務兩大部分。
　　3. 商品廣告是通過一定媒體進行的。

　　我們在這裡講到的商品廣告主要是指廣告作品的語言文字部分，也就是廣告文稿。

二、商品廣告的種類

根據不同的劃分方式，商品廣告可分為不同的種類。

按廣告覆蓋的地區，可分為全球性廣告、全國性廣告、區域性廣告和地方性廣告；從廣告的藝術形式來看，有圖片廣告、文字廣告、表演性廣告、演說廣告和情節性廣告；根據媒介方式劃分，可分為報紙廣告、雜誌廣告、廣播廣告、電視廣告、網路廣告和招貼廣告。下面我們著重介紹幾種常見商品廣告的優勢及局限性。

（一）電視廣告

電視廣告是一種經由電視傳播的廣告形式，通常用來宣傳商品、服務、組織、概念等。大部分的電視廣告是由廣告公司制作，並且向電視臺購買播放時數。電視廣告發展到今天，其長度從數秒至數分鐘皆有（也有長達10分鐘的廣告雜誌，以及占用整個節目時段的「資訊型廣告」，又稱電視購物）。各式各樣的產品皆能經由電視廣告進行宣傳，從家用清潔劑、農產品到服務，甚至連政治活動都可以做廣告。

1. 電視廣告的優勢

（1）影響巨大。在同等廣告費用下，任何廣告媒體的吸引力、影響力都無法與電視廣告相提並論。

（2）宣傳範圍廣泛。據統計，中國晚間電視觀眾最多，電視廣告具有廣闊的覆蓋面。

（3）表現手段靈活多樣。電視廣告力求以多種藝術手段的綜合運用來創造最佳的宣傳效果。

（4）深化印象。電視廣告重複播放，有利於強化消費者記憶，加深消費者印象。

2. 電視廣告的局限性

消逝速度快，不利於消費者查找和掌握細節；它穿插在各類節目當中，消費者缺乏預定性和選擇性；廣告支出費用較高。

（二）廣播廣告

廣播是通過無線電波或金屬導線，用電波向大眾傳播信息、提供服務的大眾傳播媒體。在電視普及之前，廣播是備受人們歡迎的媒體。電視興

起後，將大批廣播廣告客戶帶走，曾經有人擔憂地說：「廣播廣告註定要消失」。然而，從多年的發展趨勢來看，廣播廣告的影響力仍然很大，它具有其他媒體缺少的獨特魅力。

1. 廣播廣告的優勢

（1）傳播範圍廣。覆蓋全國面積80%的信息傳播網，使無法閱讀報紙或收看電視的地方能接收到廣告信息。

（2）廣播廣告的費用相對低廉。

（3）形式靈活。廣播廣告的形式主要包括單播、對答、預錄、現播、配樂、穿插以及選時重複播放等。

（4）傳播快捷。可以在最短的時間內把宣傳內容傳到城鄉各地和千家萬戶。

（5）受眾優勢。廣播廣告針對性強，能和受眾互動，同時聽眾收聽習慣穩定，不「躲避」廣告。

2. 廣播廣告的劣勢

（1）難於記憶、難保存。廣播聲音消逝速度較快，廣告內容不容易記住，也不易保存和查找。

（2）聽眾分散，宣傳效果難以測定，收聽率不平衡，農村高於城市。

（3）缺乏視覺形象。

（三）報紙廣告

報紙廣告是指刊登在報紙上的廣告，它是以報紙為載體，進行信息宣傳。報紙是以文字和圖畫為主要視覺刺激的一種印刷媒介，是廣告媒介的主體。

1. 報紙廣告的優勢

（1）傳播範圍較廣。報紙發行量大、讀者多，這是其他廣告媒體難以企及的。

（2）制作簡便靈活。報紙廣告制作工序簡便，內容傳播及時、迅速。

（3）印象持久。它以最快的速度給人以文字記載的明確訴求，並且報紙可以反覆閱讀，便於保存。

2. 報紙廣告的局限性

（1）鑒於報紙紙質及印製工藝上的原因，報紙廣告中的商品外觀形象

和款式、色彩不能理想地反應出來。

（2）大多數報紙有效時間短，不宜對公眾形成長遠影響。

（3）報紙內容龐雜，廣告版面不突出，容易影響讀者對廣告的注意力。

（四）雜誌廣告

雜誌廣告即刊登在雜誌上的廣告。雜誌可分為專業性雜誌、行業性雜誌、消費者雜誌等。由於各類雜誌的讀者比較明確，所以它是各類專業商品廣告的良好媒介。

1. 雜誌廣告的優勢

（1）除了書以外，雜誌比報紙和其他印刷品更具持久優越的可保存性。保存週期長，有利於廣告長時間地發揮作用。同時，雜誌的傳閱率也比報紙高，這是雜誌的優勢所在。

（2）在專業雜誌上做廣告針對性很強，適應廣告對象的理解力，能產生良好的宣傳效果。從廣告傳播方面來說，這種特點有利於明確傳播對象，廣告可以有的放矢。

（3）廣告作品往往放在雜誌的封底或封裡，印刷精致，一塊版面常常只集中刊登一種內容的廣告，比較醒目、突出，有利於吸引讀者仔細閱讀欣賞。

（4）雜誌可利用的篇幅多，沒有限制，可供廣告商選擇，並施展廣告設計技巧。

2. 雜誌廣告的局限性

（1）影響範圍較窄。雜誌出版週期長，經濟信息不易及時傳遞出去。

（2）缺乏一定的靈活性，不如其他廣告媒體反應靈敏、傳播迅速。

（五）網路廣告

網路廣告就是在網路上做的廣告。它是利用網站上的廣告橫幅、文本連結、多媒體的方法，在互聯網刊登或發布廣告，通過網路傳遞到互聯網用戶的一種廣告運作方式。

1. 網路廣告的優勢

（1）覆蓋面廣，觀眾數目龐大，有最廣闊的傳播範圍。

（2）不受時間限制，廣告效果持久。

（3）方式靈活，互動性強。

（4）可以分類檢索，廣告針對性強。

（5）制作簡便，廣告費用低。

（6）可以準確地統計受眾數量。

2. 網路廣告的局限性

（1）監管滯後。目前中國還沒有專門的政府相關機構或專業的管理監督手段來對網路廣告進行從制作到發布的全程透澈的跟蹤和監控。

（2）強迫性廣告過多。現在網民想躲開強迫性網路廣告，瀏覽一個乾淨的網頁越來越難了。而網民主動搜索的分類信息在網路廣告中所占的比例卻一直不大。

（3）網路廣告的真實性差。由於在網路上上傳資料方便靈活，所以出現了很多虛假、誇大廣告，誤導了消費者。

（4）網路廣告專業人員缺乏。目前的網路廣告大多是由網路技術人員來完成的，受自身專業的限制，使得網路廣告缺乏與行銷、傳播、美術設計等專業廣告要素的契合，從而讓網路廣告的效果大打折扣。

三、商品廣告的特點

（一）針對性

針對性是指廣告商根據社會既定群體對某種產品屬性的重視程度，把自己的廣告產品放置於某一市場位置，使其在特定的時間、地點，對某一階層的目標消費者出售，以利於與其他廠家產品進行競爭。也就是要在廣告宣傳中，為企業和產品創造、培養一定的特色，樹立獨特的市場形象，從而滿足目標消費者的某種需要和偏愛，為促進企業產品銷售服務。

（二）真實性

商品廣告要以真實為基礎，不誇大事實，也不以假亂真，要符合廣告法的有關規定。一個好的廣告必須有可靠真實的內容作支撐。誠信是很多廣告成功的基礎。

（三）藝術性

商品廣告講究藝術美，要求抓住商品的特點、優點，摸透消費者的心理，運用各種藝術手段，突出商品的獨特美質，使顧客產生購買慾望。

（四）創意性

廣告能否吸引公眾，激發公眾的興趣，關鍵看你的廣告有無創意。簡單來說就是通過大膽新奇的手法來制造與眾不同的視聽效果，最大限度地吸引消費者，從而達到品牌聲浪傳播與產品營銷的目的。即有創造力地表達出品牌銷售訊息，以迎合或引導消費者，並促成其購買。

四、商品廣告的作用

（一）商品廣告是聯繫企業與市場的橋樑

在產品符合市場需求以及廣告技巧運用日益科學的條件下，廣告是一種「奇妙的投資」，可以起到「紅娘」的作用。溝通產、供、銷，使需求者找到供應者，供應者找到需求者，從而活躍一個企業或一個地區的經濟。

（二）商品廣告有利於交流信息、溝通產銷

商品廣告是「推銷者的喉舌」「消費者的向導」。指導消費，刺激需求是商品廣告的主要作用。商品廣告為消費者提供大量可供選擇的商品信息，介紹商品的性能、特點及使用、保養方法，對消費者購買商品起指導作用。同時，也可以通過富有技巧的宣傳，激發潛在的消費者對產品產生興趣、信賴或引起重視。

（三）商品廣告有利於擴大銷售，促進生產

企業要發展壯大，必須使其產品具有一定的市場佔有率。企業保證市場佔有率的重要前提是有較高的知名度和美譽度，而廣告宣傳正是提高企業知名度的重要手段。

（四）商品廣告還可以起到傳播文化知識、豐富文化生活的作用

商品廣告作為一種社會文化現象，呈現出商業功利和社會文化雙重色彩，具有經濟和文化兩方面的功能，不再是簡單的賣什麼就吆喝什麼的促銷工具。廣告中的文化內容，特別是其中的價值觀念、生活方式，無論是傳統的還是現代的、積極的還是消極的，經過傳播都會滲透到生活中，對受眾的思想、行為產生影響。

五、商品廣告的寫法

（一）擬定廣告主題

商品廣告的主題是廣告的中心思想，是廣告內容和目的的集中體現和概括，是廣告訴求的基本點，是廣告創意的基石。廣告主題在廣告的整個運作過程中處於統帥和主導地位。廣告設計、廣告創意、廣告策劃、廣告文案、廣告表達均要圍繞廣告主題。廣告主題使廣告的各種要素有機地組合成一則完整的廣告作品。

一般來講，我們可以從廣告目標、信息個性和消費心理三個方面，選擇適當的角度，抓住商品某一方面的特徵，擬定廣告的主題。

1. 廣告目標。廣告目標是指廣告活動所要達到的最終目的。廣告目標是根據企業目標設定的。營銷目標是指通過包括廣告在內的多種營銷手段所獲得的實際物化效果。而廣告目標是廣告實施對目標對象的最終影響，即溝通的目標。廣告目標決定了為什麼要做廣告和怎樣做廣告的問題。確定廣告主題，必須以廣告目標為依據，針對要達成的廣告目標提出廣告所要說明的基本觀點和要告訴人們什麼。廣告目標融入廣告活動中並獲得實現的可能性，必須借助廣告主題。廣告策劃需要解決的問題是廣告所要傳達的核心內容是什麼，它必須直接或間接指向廣告目標。因此，廣告目標對廣告主題的要求是不能無的放矢，不能不講效果，不能與廣告策略相違背。

2. 信息個性。信息個性也稱「賣點」，在廣告傳播中即為訴求重點——廣告對商品、服務和觀念所要傳播的主要內容。當年，飲用水市場被樂百氏和娃哈哈兩分天下。一個新的產品如果沒有個性，是不可能找到品牌間的差異的。農夫山泉的崛起告訴我們：區別就是一切。它牢牢抓住了人們迴歸自然的心態，無論是產品的命名還是創意都圍繞這一中心，展開了「農夫山泉有點甜」的攻勢，讓人喝上一口真的有甜絲絲的感覺，體現了產品的與眾不同。信息個性是整個廣告活動的亮點，猶如華麗禮服上的一顆鑽石胸針，使整套服飾都鮮活起來。因此，信息個性對廣告主題的要求就是：主題必須具有獨特的個性信息。

3. 消費心理。消費心理是消費者在購買、使用及消耗商品或接受服

務過程中反應出來的心理現象。這種現象不是千篇一律的，而是千姿百態的。消費者的心理把握不準的話，就難以激起消費者的購買慾望。一個廣告主題如果心理因素融合得越巧妙、越合理，廣告共鳴的震撼效果就越強烈。因此，消費心理對廣告策劃的要求是：廣告目標和信息個性必須迎合消費者某一方面的心理需要。

商品廣告的主題是廣告的核心與靈魂，所以商品廣告的主題要深刻、獨特、鮮明、統一，要防止廣告主題同一化、擴散化、共有化。

（二）安排廣告結構

做廣告的目的是要把商品推向市場，讓消費者採取購買行動，從而擴大銷售。因此，在寫作商品廣告時，必須研究商品和服務，研究市場，研究消費者，還要調動文學創作的一些方法，把商品廣告寫得生動、有趣、形象、具體，富有藝術感染力。可以運用比喻、誇張、對偶、排比等修辭手法，但要遵循真實性原則，不誇大事實。

商品廣告一般由標題、正文、結尾、廣告口號等幾個部分組成。

1. 標題。廣告標題是表現廣告主題的短語，是廣告主題的集中表現，是區分不同廣告內容的標誌。寫作廣告標題最基本的要求是語言簡潔、引人注目、便於記憶、有吸引力和感染力。

根據表現形式的不同，廣告標題可分為直接標題、間接標題和複合標題三種。

（1）直接標題。直接標題就是直截了當地用商品的名稱、品牌作為廣告標題的核心內容，直接表明廣告的主題和銷售重點。例如：

我的華聯,我的家(華聯商廈廣告)

（2）間接標題。間接標題就是不直接點明廣告主題或介紹商品，而是向讀者提醒或暗示，用迂迴的方法引人注意，誘發閱讀者的興趣，使其瞭解廣告的內容，產生購買的慾望。例如：

給輕薄本包書皮(華碩電腦廣告)

唯我獨尊(馬自達 RX8 廣告)

（3）複合標題。複合標題是以上兩種標題的綜合運用，既直接用企業名稱、商品等，又配以形象、抒情、雋永的語句，虛實結合，表裡兼顧，使標題別具吸引力。形式上可以是正題和副題，或引題和正題，甚至引

題、正題和副題三者的結合。引題是交代背景，渲染氣氛，正題是點明廣告的主要事實，副題則是對正題的補充說明。例如：

中國名酒(引題)

西鳳酒(正題)

芳香可口,醇和甘甜,清冽淨爽,餘味久長(副題)

2. 正文。正文是廣告文稿的核心部分，起著介紹商品和服務、樹立商品和企業形象、推動購買並最終實現廣告促銷的作用。正文要深入、透澈地表現廣告的主題和內容。廣告正文通常要寫三個方面：

（1）緊扣主題，扼要解說標題提出的問題，以便自然、準確地引出下文。

（2）提供商品細節，表達所要宣傳的內容，如商品的性能、特點等。

（3）號召人們購買。

成功的廣告正文不僅能簡潔、具體地介紹商品，滿足消費者的需要，解除消費者的疑慮，而且可以贏得消費者的好感與信賴，激發購買慾望，促使消費者採取購買行動。所以，寫作商品廣告要在技巧上下功夫，要求寫作者具備紮實的語言功底和較高的文學修養。廣告正文的表現形式主要有以下幾種：

（1）陳述式。用簡潔而樸實的語言將商品特性客觀地表述出來，內容表達準確實在。這種方法直截了當、清楚明了。例如：

永福縣是名貴特產羅漢果之鄉。羅漢果味甜、性涼，具有清熱潤肺、止咳化痰、生津止渴、潤腸通便、益肝健脾以及促進腸胃功能、降低血壓等功效。(廣西永福製藥廠廣告)

（2）對話式。通過對話或問答的形式，向消費者展示主題，把廣告宣傳的內容表達出來，激發人們的好奇心，達到宣傳商品或服務的目的。它針對性較強，容易產生吸引力。例如：

宋丹丹：怎麼把大象送回家呢？

眾人：怎麼送？唐駿汽車？噢……

宋丹丹：唐駿汽車把吉「象」送到家！唐駿汽車耐用！（唐駿汽車廣告）

（3）證書式。以客觀可靠的鑒定材料或權威人士、社會名流、典型用

戶的讚美肯定為依據，來證明其商品的質量上乘、服務一流，從而增加消費者對商品的信任。例如：

弘揚男士精品，一展男士風采！皮爾·卡丹在這兒！國際名牌——皮爾·卡丹！（皮爾·卡丹廣告）

（4）文藝式。以生動形象或幽默風趣的語言來制作廣告，如採用散文、詩歌、相聲、小品等形式，給人一種輕鬆愉快之感，在享受美與快樂的同時，接受廣告信息。

星光下的晚餐如夢如幻

芬芳的美酒香飄河畔

奔放的迪斯科揮舞熱情

夜色中的大都市依舊生機盎然

……

這就是新加坡（新加坡旅遊廣告）

3. 結尾。廣告的結尾一般包括商品名稱、商標名稱、廠標、商品銷售日期、價格、商品購買方法、通信地址、聯繫人等。結尾既要清楚、明白、詳細、具體，又不可喧賓奪主。根據廣告宣傳的要求，結尾要有所選擇，突出重點。

4. 廣告口號。它是某一企業或某一商品的廣告在一段時間裡反覆使用的特定用語。它的作用在於反覆出現於廣告中，加深消費者的理解和記憶，形成強烈的印象，用來樹立企業的形象或強調品牌效應。例如：

美的電器——原來生活可以更美的（美的集團廣告）

特步——非一般的感覺（特步運動鞋廣告）

科技以人為本（諾基亞手機廣告）

廣告口號不同於廣告標題，兩者的主要區別是：

（1）廣告標題的作用是吸引消費者注意廣告和閱讀廣告；廣告口號的作用是在消費者中間樹立起企業或商品的形象，引導購買。

（2）廣告標題的位置相對穩定，它與正文及結尾聯合使用；廣告口號的位置十分靈活，可以在廣告文稿中出現，也可以單獨使用，有時可以長期反覆使用。

（3）廣告標題的形式可以是整句話，也可以是半句話，甚至是一個

字；廣告口號必須使用完整的句子，表達出明確的概念。

六、商品廣告的寫作要求

（一）商品廣告的內容要真實、健康

《中華人民共和國廣告法》第三條規定：「廣告應當真實、合法，符合社會主義精神文明建設的要求。」第七條規定：「廣告內容應當有利於人民的身心健康，促進商品和服務質量的提高，保護消費者的合法權益，遵守社會公德和職業道德，維護國家的尊嚴和利益。」由此可見，廣告內容真實、健康是廣告法確定的一個基本原則。在激烈的商品競爭中，仍然應當遵守以誠信為本的良性生存法則。不可否認，目前在廣告寫作實踐中，有一些人為了追求經濟效益、轟動效應而置國家的法律法規於不顧，所寫廣告詞虛假、惡俗。這類廣告侵害了消費者的合法權益，帶來嚴重後果者將受到法律的制裁。

（二）商品廣告創意應獨特、新穎

廣告創意的新穎、獨特是指不要模仿其他廣告創意，不要人雲亦雲、步人後塵，給人雷同與平庸之感。唯有在創意上新穎、獨特，才會在眾多的廣告中一枝獨秀、鶴立雞群，從而產生感召力和影響力。評價一個廣告優秀與否的標準是它能否達到預期的促銷目的，不過熱銷商品在獨特、新穎的廣告背後，依靠的還是過硬的質量、良好的售後服務等。

（三）商品廣告要使用形象化、藝術化的廣告語言

廣告應盡量使用形象化的語言，以加深消費者對商品或企業特色的理解，在消費者心中留下深刻的印象。強調商品帶給消費者好處的這類廣告語，是將企業、產品的特長，化作給予消費者的利益，以頌揚的語氣、形象化的語言直截了當地說出來。比如廣州寶潔海飛絲洗髮水的廣告語「頭屑去無蹤，秀髮更出眾」，潘婷洗髮水的廣告語「擁有健康，秀髮當然亮澤」。戴爾比斯鑽石的廣告語「鑽石恆久遠，一顆永流傳」，其藝術化的語言不僅道出了鑽石的真正價值，而且從另一個層面把愛情的價值提升到足夠的高度，美的鑽石、美的愛情相依相伴。

（四）商品廣告的編排要恰當

商品廣告排版要醒目，配置要恰當，層次要分明。選擇合適的字體，

根據篇幅調節行間距，並使用恰當的邊紋或花飾等，這樣才便於消費者閱讀，給消費者留下良好印象。

第二節　商品說明書

一、商品說明書概述

（一）商品說明書的含義

商品說明書也稱產品說明書，是一種以說明為主要表達方式，用平易、樸實、易懂的語言向用戶通俗地介紹商品或服務的性能、特徵、用途、使用和保養方法等知識的文書材料。商品說明書有時也叫使用說明書。其寫作目的是教人以知，教人以用。

（二）商品說明書與商品廣告的異同

它們的共同點是用簡明扼要的語言文字介紹商品。其不同之處為：

1. 內容側重點不同。商品說明書常常側重於介紹商品的性質和使用方法；而商品廣告內容廣泛，有的介紹商品，有的介紹技術條件、系列產品、質量聲譽，有的介紹銷售辦法和良好的售後服務。它著重宣傳商品的優點和作用。

2. 宣傳目的不同。商品說明書主要是幫助用戶正確認識和使用商品，懂得保養方法和注意事項，以取得商品的最佳使用效果；商品廣告主要是宣傳商品，它對商品的介紹以促銷為目的，重點在於引起消費者的青睞，刺激其購買慾望。

3. 宣傳方式不同。商品說明書一般直接印在商品包裝物上或隨商品一起放在包裝物內，主要是購買者使用；商品廣告通過一定的媒介（如電視、廣播、報刊、網路等）出現在消費者面前，讓更多人知道。

4. 表達方式不同。商品說明書以說明為主要表達方式，商品廣告則可運用敘述、議論、描寫、抒情等多種表達方式。

二、商品說明書的種類

（一）以內容為標準

商品說明書可以分為解說闡述性說明書和介紹簡述性說明書。

（二）以篇幅的長短為標準

商品說明書可以分為完整性說明書和簡約性說明書。

（三）以表達的形式為標準

商品說明書可以分為文字式說明書、圖表式說明書和音像式說明書。

（四）從傳播方式上劃分

商品說明書可分為手冊式說明書、插頁式說明書、標籤式說明書和印在包裝上的說明書。

1. 手冊式說明書。這類說明書以手冊形式向用戶提供從幾頁到幾十頁不等的文字說明材料，有些還帶有照片和插圖，能詳細而全面地提供與商品有關的信息。許多家電產品的說明書（如電視機、洗衣機、冰箱、空調的使用說明書等）通常是一本手冊。

2. 插頁式說明書。一些產品的包裝盒或袋裡附帶一頁紙，紙上印著有關產品的信息，這頁紙就是一份插頁式說明書。藥品說明書常以這種形式附在藥盒裡，提供有關該藥品的成分、藥理作用、適應症、劑量及其他注意事項等。

3. 標籤式說明書。這類說明書是指附在產品包裝或直接附在產品上的紙或其他材料制成的標籤。最常見的是成衣上的標籤，上面標有衣物名稱、面料成分、尺碼、顏色和洗滌說明等。

4. 印在包裝上的說明書。有些產品的文字說明直接印在其外包裝（包裝盒、包裝罐、包裝瓶等）上，如許多食品和飲料的文字說明就屬此類，註明產品名稱、商標、成分、淨重、貯存及保質期等。

三、商品說明書的特點

（一）實用性

商品說明書與生產、生活密切相關，要圍繞如何正確使用商品來展開說明，方便消費者操作。它實際上是在介紹某種實用知識或實用技術，因

此，必須真實、準確，具有嚴密的科學性。

（二）說明性

商品說明書解決的是「怎麼樣」「怎麼做」的問題，以說明為主要表達方式。要用一種冷靜的、客觀的語氣說明事物，講明產品的性能和用法，把抽象的東西說具體，深奧的東西說淺顯，使購買者一看就能理解，動手就會使用。

（三）簡明性

商品說明書以消費者為主要閱讀對象，語言要求簡潔明快、通俗易懂，也就是要突出要點，用較少的文字把主要內容表達出來。

四、商品說明書的作用

商品說明書主要是幫助和指導消費者正確地認識、使用和保養商品，同時兼具宣傳商品的作用。編寫商品說明書的目的在於通過對商品的介紹，讓消費者瞭解它的性質、特點和使用方法，從而決定是否購買它。在新產品不斷出現的今天，如果不做介紹或介紹得不好，就可能給用戶造成損失，以致影響產品的聲譽和企業的經濟效益、社會效益。因此，寫好商品說明書至關重要。

除此之外，還有法律上的意義。首先，作為確定生產經營者質量保證義務的根據，法律規定了生產者負有保證產品內在質量的義務，包括明示擔保義務和默示擔保（即執行國家強制性標準）義務。事實上，商品使用說明書便是生產經營者的明示擔保義務事項之一，是商家對消費者的一種承諾。其次，消費者如果未按使用說明書使用，便可能是使用不當，因此所造成的損失，責任一般由消費者承擔。所以，消費者在購買、使用商品時，要認真閱讀商品使用說明書，才能正常使用，延長商品壽命，如出現問題及時針對商家的明示擔保索賠。

五、商品說明書的寫法

（一）標題

商品說明書常見的標題有三種：

1. 直接以文種作標題。例如商品說明書、產品說明書、使用說明書、

使用指南等。

2. 以商品名稱作標題。例如三九胃泰、紫光掃描儀等。

3. 以商品名稱加文種作標題。例如強生美林說明書、步步高DVD使用說明書等。

(二) 正文

正文是商品說明書的核心部分。商品不同，需要說明的內容也不同，有的說明商品的用法，有的說明商品的功能，有的說明其構造，有的說明其成分等，千差萬別，各有側重。例如食品說明書重在說明其成分、使用方法及保質期限；藥物說明書重在說明其構成成分、基本效用及用量；電器說明書重在說明其使用和保養方法，一般包括以下幾個方面的內容：

1. 產品的概況（如名稱、產地、規格、發展史、制作方法等）。

2. 產品的性能、規格、用途。

3. 安裝和使用方法。

4. 保養和維修方法。

5. 附件、備件及其他需要說明的內容。

以上內容，可以根據實際需求取捨詳略和變動前後順序。正文的寫法多種多樣，常用寫法如說明文式、條文式、對話式、表格式、故事式、解釋式等，比較常見的有概述式、短文式、條款式、圖文結合式。

1. 概述式。一般只有一兩段文字，簡明扼要地對商品做概括介紹。

2. 短文式。對商品的性質、性能、特徵、用途和使用方法作簡要介紹，多用於介紹性的內容說明。

3. 條款式。這是詳細介紹商品的說明書的寫法。它分成若干個部分，將有關商品的規格、構造、主要性能和指標參數、保養方法、維修保修方式逐條列項介紹給消費者。家用電器說明書多採用這種方式。

4. 圖文綜合式。即圖文並茂地介紹商品。既有詳細的文字說明，又有照片或圖示解說，有的還有電路圖、構造圖、分子式（醫藥）等。這種商品說明書往往印成小冊子作為商品附件。

(三) 附文

附文一般寫產品制造廠家的名稱、地址、郵編、郵箱、電話、傳真，以及產品的批號、生產日期、優質級別等。不同的商品說明書，附文有所

不同，應根據實際需要確定。

六、商品說明書的寫作要求

（一）突出產品特點

產品品種繁多，性質各異，因此商品說明書不可能千篇一律地按照一個模式來寫，而是要有重點地介紹商品信息，突出該商品的特色，這樣才能引起消費者的注意。

（二）內容真實全面

要真實全面地向用戶介紹產品，以便用戶全面、正確地瞭解該商品，避免錯誤使用造成損失，而引起用戶和生產廠家之間的爭執。

（三）語言通俗簡潔

為了方便消費者閱讀，說明書要使用通俗易懂、大眾化的語言，避免使用行話術語。商品說明書要求行文簡潔，但不少說明書唯恐用戶不明白，就贅贅而談，反覆解釋說明，反而導致說明書語句重複，連篇累牘。

（四）食品說明書要標明出廠日期和保質期

若不標明出廠日期和保質期，顧客會懷疑其過期而不購買，從而影響商品銷售。

思考與練習

1. 怎樣擬定商品廣告的主題？

2. 根據下述材料，按商品廣告的寫作要求，寫一篇完整的商品廣告。

××廠主要生產如下文化用品：中小學生作文本、英語練習本、文具盒、各類自來水筆、臺曆、打字紙、各種日記本等。該廠生產的產品質量優良，裝幀美觀，價格合理。廠址：××省××市××街××號。電話：××××××××，郵編：××××××。

3. 寫作商品說明書的注意事項是什麼？

4. 根據下述材料，按商品說明書的寫作要求，寫一篇完整的商品說明書。

材料一：××洗衣粉為上海×××廠最新推出的高效衣物洗滌劑。該洗衣粉採用上等原料及合成蛋白酶微生物的最新配方，能洗淨一般洗衣粉難於洗淨的血漬、尿漬等混合污漬。

材料二：××洗衣粉質地柔和，氣味芬芳，不傷皮膚，去污力強，泡沫適中，易於漂洗。衣物洗後，潔白鮮豔。適用於絲、毛、棉、麻及其他各種合成纖維等織物，不傷衣料，安全可靠。

材料三：××洗衣粉能浸洗也能搓洗，用量和一般洗衣粉相同。衣物浸泡時間在 15 分鐘以上，去污效果更佳。禁忌直接用熱水（高於 75℃）衝泡溶解洗衣粉，以免影響洗滌效能的最大限度發揮。

材料四：廠址：×××××××，電話：××××××××。

5. 請你為常用的一件物品寫一份商品說明書。

【例文一】

光輝歲月　我為自己代言

從未年輕過的人，
一定無法體會這個世界的偏見。
我們被世俗拆散，
也要為愛情勇往直前；
我們被房價羞辱，
也要讓簡陋的現實變得溫暖；
我們被權威漠視，
也要為自己的天分保持驕傲；
我們被平庸折磨，
也要開始說走就走的冒險。
所謂的光輝歲月，
並不是後來閃耀的日子，
而是無人問津時，
你對夢想的偏執，

你是否有勇氣（我有勇氣），

對自己忠誠到底。

我是××，

我為自己代言。

××××

2013 年 4 月 26 日

☞ 來自愛奇藝

【例文二】

××清熱解毒口服液

【藥品名稱】清熱解毒口服液

【成　分】石膏、金銀花、玄參、地黃、連翹、梔子、甜地丁、黃芩、龍膽、板藍根、知母、麥冬。輔料：蔗糖。

【性　狀】本品為棕紅色的液體；味甜、微苦。

【功能主治】清熱解毒。用於熱毒壅盛所致發熱面赤，煩躁口渴，咽喉腫痛；流感、上呼吸道感染見上述證候者。

【規　格】每支裝 10 毫升。

【用法用量】口服，一次 10～20 毫升，一日 3 次。兒童酌減，或遵醫囑。

【不良反應】尚不明確。

【禁　忌】尚不明確。

【注意事項】

一、忌菸、酒及辛辣、生冷、油膩食物。

二、不宜在服藥期間同時服用滋補性中藥。

三、風寒感冒者不適用。

四、糖尿病患者及有高血壓、心臟病、肝病、腎病等慢性病嚴重者應在醫師指導下服用。

五、兒童、孕婦、哺乳期婦女、年老體弱及脾虛便溏者應在醫師指導

下服用。

　　六、發熱體溫超過38.5℃的患者，應去醫院就診。

　　七、服藥3天症狀無緩解，應去醫院就診。

　　八、對該藥品過敏者禁用，過敏體質者慎用。

　　九、該藥品性狀發生改變時禁止使用。

　　十、兒童必須在成人監護下使用。

　　十一、請將該藥品放在兒童不能接觸的地方。

　　十二、如正使用其他藥品，使用本品前請諮詢醫師或藥師。

　　【藥物相互作用】如與其他藥物同時使用可能會發生藥物相互作用，詳情請諮詢醫師或藥師。

　　【貯　藏】密封。

　　【包　裝】鈉鈣玻璃管制口服液瓶，每支裝10毫升，每盒裝10支。

　　【有 效 期】24個月

　　【執行標準】《中國藥典》××××年版一部

　　【批准文號】國藥準字 Z41021970

　　【說明書修訂日期】××××年×月×日

　　【生產企業】××省××制藥股份有限公司

☞ 來自醫學教育網

第六章
市場調查報告

第一節　市場調查報告的含義和特點

一、含義

　　市場調查報告是財經應用文中的一個重要文種。它是用科學的方法，對產品的供求狀況、銷售狀況、消費者狀況等進行認真的調查，然後進行準確的分析和預測，提出有效建議，用以指導企業生產經營實踐。

　　在市場經濟社會中，這個文種具有重要的作用和重大的意義。它的出現，使得有關決策者們能夠更加科學地對企業的市場經營活動進行安排和部署，避免了盲目決策，保證了企業的經營效益。

　　做某個行業或者某個產品的市場調查報告，要求寫作者有高度的責任心，實事求是地調查，如實地反應市場的現狀，同時要用科學的方法來分析調查得來的數據，運用有關經濟規律準確預見市場的將來，得出具有針對性的對策和建議。此外，準確的表達、合理的結構也是市場調查報告寫作必不可少的。

二、特點

　　（一）規範性

　　規範性是應用文有別於文學作品的一個重要特徵。市場調查報告作為應用文的一種，也不例外。在格式上它有嚴格的規範性，應該寫些什麼，不應該寫些什麼，在長期的實踐中，已經有了約定俗成的要求。比如關於市場調查的現狀部分，就必須寫，而且要寫得全面具體，真實可信。在語言上它也有嚴格的規範性，就是必須使用有關的經濟術語和行業內的慣用語，而不是簡單地用一些大白話來表述。

　　（二）專業性

　　市場調查報告是為企業服務的，它需要真實地反應市場的現狀，還必須具有較強的專業性。如果它的內容沒有很強的專業性，沒有深刻、全面地反應經濟生活的現實，就起不到指導企業生產經營、滿足人們物質需要的作用。

(三) 實效性

所謂實效性，是指在具體的現實中市場調查報告所產生的實際效果和實用價值。市場調查報告作為現代經濟管理的工具和手段，其價值取向就是實用，即解決經濟生活中的實際問題。可以說，務實是市場調查報告寫作的本質特徵。這個文種在經濟應用文中的作用和意義日漸重大，從某種意義上說，務實也是原因之一。

(四) 客觀性

客觀性指的是市場調查報告的內容必須真實可信，是準確反應現實的材料。這一點是市場調查報告寫作的基本要求。客觀地寫作、冷靜地分析，這樣得出的結論才具有實效性，否則只會誤導實踐。在調查中，應該實事求是，和市場現狀盡量保持一致；在寫作中，應該有一說一，有二說二，既不誇大，也不縮小，讓筆下文字和現實高度統一起來。

第二節　市場調查報告的種類和作用

一、種類

(一) 按照綜合程度的大小

按照綜合程度的大小，市場調查報告可以分為綜合性市場調查報告和專題性市場調查報告。

(二) 按照寫作側重點的不同

按照寫作側重點的不同，市場調查報告可以分為信息型市場調查報告和建議型市場調查報告。

(三) 按照調查對象的不同

按照調查對象的不同，市場調查報告可以分為產品型市場調查報告、供求型市場調查報告、產品銷售型市場調查報告、消費者狀況型市場調查報告和競爭狀況型市場調查報告。

二、作用

中國目前的改革已在社會各個領域全面鋪開，社會主義市場經濟的觀念已深入人心，人們基本上已經習慣了用市場經濟的理念來指導自己的生產生活。市場調查報告對於我們有效瞭解市場的動態信息，有針對性地靈活掌控企業的經營活動，從而使企業的發展更快、效益更好，發揮著巨大的作用。它可以增強企業在市場經濟大潮中的應變能力和競爭能力，從而有效地促進經營管理水平的提高。

（一）參謀作用

市場調查報告需要根據調查得來的信息，進行科學的分析和預測，得出有效的對策和建議，以供企業領導作決策時使用。決策的高明與否，對企業經營活動的成敗有著很大的影響，而市場調查報告所提出的對策和建議就起到了參謀作用。

（二）信息作用

這主要指的是通過認真的市場調查所得來的有關數據信息等基礎材料所發揮的作用。搜集信息工作對於現代企業來說，意義重大。細節決定成敗，決不能忽視基礎信息的作用。

（三）有效的競爭手段

現代企業的競爭手段很多，如人才、價格、宣傳等。但是調查統計方面的競爭最為直接，也最為具體，誰調查的數據最真實，誰分析的結論最務實，誰就能在激烈的市場競爭中佔有優勢。

第三節　市場調查報告的寫法和寫作要求

一、寫法

（一）標題

1. 公文式標題。即由調查對象和調查內容加上文種名稱組成，例如《關於××××年全省農村家電銷售情況的調查報告》。實踐中常將市場調

查報告簡化為「調查」。

2. 文章式標題。即用精煉生動的語言直接交代調查的內容或主題，例如《全縣農村人口養老需求的變化》。在實踐中，有時還多採用雙標題的結構形式，這樣更加引人注目，富有吸引力，例如《文化養老，快樂養老——××市城鎮居民養老狀況調查》。

(二) 引言

引言是市場調查報告正文的開篇部分，要寫得簡潔概括。一般要交代調查的目的、對象、地點、時間、範圍、方法等，有時還可介紹一下背景或經過以及全文的主要內容和觀點，以便讀者對下文有個大致印象。然後可用一個過渡句承上啟下，引出正文的主體部分。

(三) 主體

主體包括調查情況介紹、對材料的分析預測、提出的意見及建議這幾個部分。

調查情況介紹部分是全文的基礎，下面的分析和建議是以此為依據來寫作的。所以，其內容必須有極強的針對性，一定是企業真正需要的材料，決不能不顧企業的實際，漫無目的地東拉西扯一些與企業實際聯繫不大的內容。寫作時，也不能簡單地羅列材料，而是要採用多種手法，比如圖表法、數字法、對比法等，力求重點突出地展現主要材料。結構上可採用小標題、序號法、歸納法等，以使讀者一目了然。

對材料的分析預測部分會直接影響到領導的決策，是有關領導制訂計劃、出抬政策的依據，也是市場調查報告的核心部分。這部分的寫作非常重要，應多花心思，盡力寫好。進行情況分析時，要根據企業生存、發展的需要，著重對影響企業發展的重要因素進行科學的研究和推斷；要緊密結合調查得來的材料，切忌隨意發揮。進行預測時，要根據分析，有明確的看法，要有一定的超前性。

建議部分體現了市場調查報告的寫作目的和宗旨，是決策者形成科學決策的重要參考資料。要針對市場現實，能夠真正解決企業所面臨的問題。這一部分的寫作要在調查材料和分析預測的基礎上，用發展的眼光，把握市場的動態和走向，為企業提出具體的建議和可行的方法。

（四）結尾

結尾也是市場調查報告的重要組成部分，要寫得簡明扼要，乾脆利落，切忌拖泥帶水，含混不清。一般是對全文內容進行高度總括，突出主旨，強調意義；或是展望未來，以滿懷信心的筆調作結。根據實際情況，有時也可省略這一部分，以使文字更加簡潔。

二、寫作要求

（一）調查方法要科學合理

在市場經濟中，市場經營主體面臨著激烈的競爭，企業在競爭中勝出的關鍵是事關企業發展的決策要科學，而科學的有價值的決策取決於有好的市場調查方法。因此，市場調查人員要善於運用觀察法、詢問法、實驗法、文獻法等方法，合理設計調查問卷，及時捕捉瞬息萬變的市場動態，從而獲取真實、可靠、有說服力的第一手材料。此外，調查時機的選擇也要恰到好處，既不超前，也不滯後。這樣得來的數據信息就一定真實、準確，在此基礎上撰寫的調查報告也才具有實用性。

（二）調查材料要準確可靠

市場調查的對象往往是企業發展中需要著重解決的問題，例如消費者群體定位狀況、市場銷售狀況、產品質量狀況等，所以調查得來的材料一定要真實、準確，能夠真正反應調查對象的實際情況，這樣才有利於作進一步的分析預測。同時，對於調查得來的材料，也應該合理分類，或者定性，或者定量，從不同的角度讓材料更有說服力。

（三）分析預測要充分有力

分析預測的對象是大量的真實的典型材料，決不能把這些材料機械地堆在一起，讓讀者去閱讀「材料匯編」，而是要科學合理地把這些材料組合在一起，加以正確的分析、大膽合理的預測，從大量的材料中找出寶貴的指導實踐的規律來。這就需要用科學的思維方法，從歷史的、現實的角度，大膽分析，合理預測，從而找出對企業發展至關重要的有指導意義的規律。

（四）建議措施要切實可行

市場調查報告的建議措施部分是寫作的主要目的所在。前期的調查、

分析、預測，都是為了得出能夠指導企業生產經營實踐的建議措施。首先，建議要有針對性，要能夠解決企業所面臨的問題，或者能夠對企業的發展產生一定的促進作用；其次，方法要切實可行，要能夠運用到實踐中去，也能夠被企業的實踐所檢驗；最後，建議要能夠在一定程度上推進企業生產經營實踐的發展。所以，建議措施既要考慮長遠，盡可能地解決企業發展的根本大計問題，也要立足眼前，富有成效地解決當前面臨的現實問題。

思考與練習

1. 簡述市場調查報告的含義與特點。
2. 市場調查報告的作用是什麼？
3. 簡述市場調查報告的結構。
4. 市場調查報告的主體部分應該怎樣寫？
5. 市場調查報告的引言部分應該怎樣寫？
6. 請自己搜集材料，寫作：某校大學生手機消費市場調查。

【例文】

2016年汽車市場調查報告

中國汽車工業從無到有，在改革開放後形成完整的汽車工業體系。加上計劃經濟體制向市場經濟體制轉變，中國汽車市場由此誕生。

如圖1所示，在本次調查中，在有車一族裡，企業人員、公務員、事業單位人員所占的比重相當大，占總比例的60%，除此之外還有一些私家車主和私人企業主，占總比例的40%。

165

图1

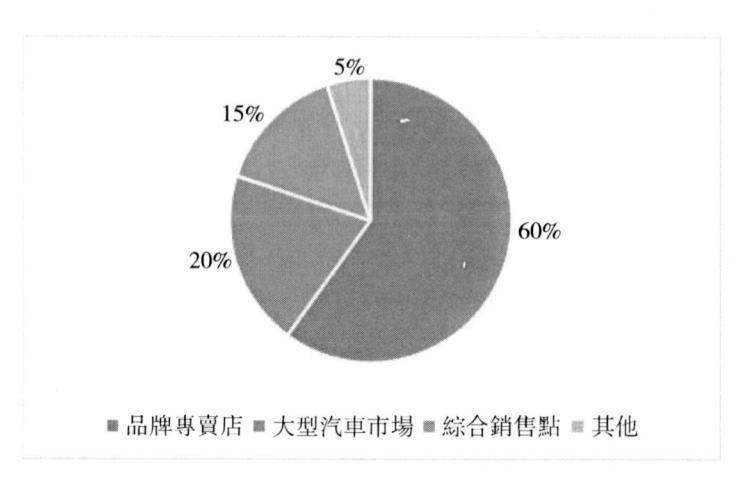

如图2所示，在本次汽车消费者調查中，年齡在30～40歲之間所占的比例為57%，41～50歲之間的為30%，30歲以下所占比例為13%。由此可見，購買汽車的消費者基本大多數是在30～40歲這個年齡段。此年齡段是人們事業高峰期時段，很多人在此階段都有一定的積蓄了。

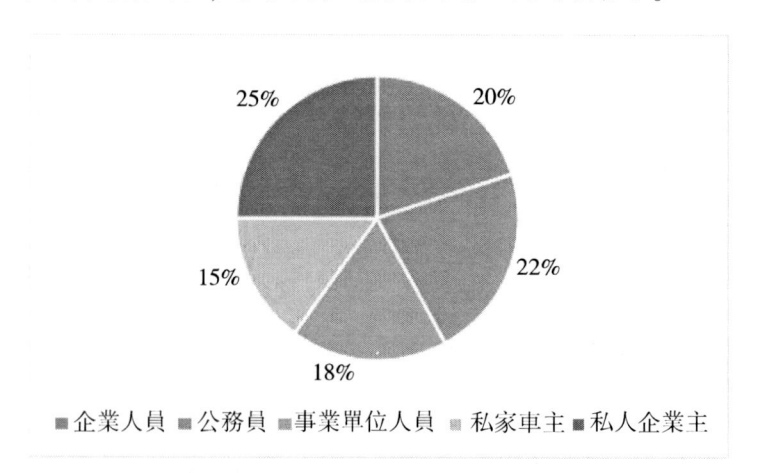

图2

如圖3所示，在本次調查中，60%的汽車消費者會選擇在品牌專賣店購車，20%的消費者會選擇在大型汽車市場購車，15%的消費者會選擇在綜合銷售點購車，還有5%的人選擇其他渠道購車。由此可見，消費者都

是比較信賴品牌專賣店的，在這方面企業要加強自身品牌建設，同時建立好銷售渠道。

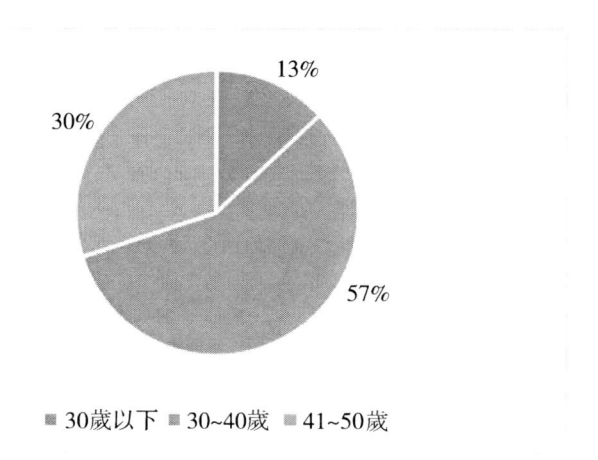

■ 30歲以下 ■ 30~40歲 ■ 41~50歲

圖 3

消費者最擔心的問題仍然是車子的安全性能，其次是汽車的質量問題和售後服務各占 28.02%、25.6%。汽車廠商切記要保證安全質量，及時全面地跟進售後服務。

第一，消費者在購車時獲取購車信息的首要途徑是網路途徑。第二，作為信用度最高，也最能發展潛在客戶的「朋友介紹」途徑，有 20.7% 人群選擇。第三，作為專業介紹汽車的雜誌和車展，共有 29.3% 的人群選擇。他們認為在這些專業的地方更能找到全面有用的信息。第四，作為電視、報紙、廣播等媒體廣告形式，僅有 3.4% 的人群選擇，其餘人認為在媒體廣告中很難得到全面如實的購車信息。第五，其他類瞭解途徑比如 4S 店、戶外廣告等，有 7.7% 人群選擇。

來自 51 調查網

第七章
經濟活動分析報告

第一節　經濟活動分析報告的含義和特點

一、含義

經濟活動分析報告以經濟理論和經濟政策為指導，根據會計核算資料、統計報表、計劃指標和調查的情況，運用科學的分析方法，對某一經濟組織的經濟活動或某一經濟現象進行分析研究，做出正確的評估，評價成敗得失，探討其中原因，尋求改進方法，達到提高經濟效益的目的。經濟活動分析報告全面反應了經濟活動分析過程，也簡稱為經濟活動分析。

經濟活動分析報告是金融企業根據會計報表（有按月編報的主表：資產負債表、損益表、財務狀況變動表。有按年編報的附表：利潤分配表，應收、應付利息情況表，其他應收、應付款項表，遞延資產明細表，固定資產明細表。另有在年度報告中附送的財務情況說明書、會計報表附註）、計劃指標、會計核算及統計資料等數據材料，對經濟、金融某一業務領域、某一經營單位的經濟活動狀況有重點、有針對性地逐一加以分析和考察，對金融企業的財務狀況、理財過程和經營成果做出正確的評價，為報表使用者作決策提供依據的一種書面報告。

二、經濟活動分析報告與市場調查報告、市場預測報告的區別

市場調查報告是對市場中現有情況的分析與判斷，市場預測報告是對未來情況的推測和把握，而經濟活動分析報告是對已經發生過的經濟過程進行剖析，總結經驗和規律。這三類經濟文書在實際使用中也有相互交疊的情況，比如市場調查與預測報告、經濟預測與分析報告。在經濟分析文書中，調查是依據，分析是手段，預測是結果。

三、特點

（一）分析性

經濟活動分析報告就是將會計核算、統計報表、計劃指標和調查的各種數據進行定量、定性、定時的分析和比較說明，以便找出它們相互間的

關係，這樣才能綜合地反應一個時期以來的經營活動情況。因此，分析性是經濟活動分析報告的主要特點。

（二）系統性

經濟活動分析報告是對影響各項計劃指標執行結果的主客觀因素進行分析研究，要從不同的側面、角度對宏觀和微觀的、全面和局部的、有利和不利的因素進行深入的分析，體現了很強的系統性。

（三）指導性

經濟活動分析報告通過系統分析研究，找出內部原因，正確評價過去的經營業績，並與同業比較，檢驗其成敗得失。針對目前的情況，預測未來發展的可能趨勢，從而做出最佳選擇，並加以實施，達到提高經營管理和決策水平的目的。因此，經濟活動分析報告對實踐具有指導意義。

第二節　經濟活動分析報告的種類和作用

一、類型

（一）按時間分

有年度分析報告、季度分析報告、月份分析報告。

（二）按內容性質分

有綜合分析報告、專題分析報告、簡要分析報告。

（三）按形式分

有文字分析報告、表格分析報告。

二、作用

（一）評價過去的經營業績

為了進行正確的投資決策，提高獲利能力，無論是金融企業的投資者、債權人還是管理當局，都必須瞭解企業過去的經營情況，如利潤總額是多少、投資報酬率的高低、資金的營運情況等。分析金融企業的會計報表，有助於金融企業的利害關係人和管理當局正確評價它過去的經營業

績，並與同業比較，檢驗其成敗得失。

（二）瞭解目前的財務狀況

由於金融企業的會計報表只能概括地反應企業的財務現狀，如果不將報表上所列的數據進一步加以剖析，就不能充分理解數字的含義，無法對企業的財務狀況是否良好做出有事實根據的結論。只有運用會計報表分析，揭示各項數據的經濟含義，觀測金融企業的營運績效、獲利能力，為金融企業的管理當局、投資者和債權人正確衡量金融企業的現狀提供依據。

（三）預測未來的發展趨勢

在市場經濟環境裡，金融企業在現代經營決策中必須擬訂數個可供選擇的未來發展方案，然後針對目前的情況，預測未來發展的可能趨勢，從中做出最佳選擇，加以實施。因此，在決策之前，必須做好會計分析。只有這樣，才能把金融財務方面可能出現的各種因素及其作用弄清楚，明確重點、要點，促進有關因素的最佳組合，幫助有關決策者做出正確的經營決策。

第三節　經濟活動分析報告的寫法和寫作要求

一、寫法

（一）標題

1. 公文式。標明被分析單位、分析的時限、分析的內容及文種，如《中國農業銀行 2012 年第一季度儲蓄結構分析報告》。有時也可省去單位和時限，如《資金拆借和貨幣政策操作分析》。

2. 論點式。直接標明分析報告的結論或論點，如《信貸資產質量下降的問題必須盡快解決》；有時也用設問句提出所要分析的問題，如《企業的流動資金「流」向何方》。

（二）正文

1. 介紹情況。一是介紹分析的原因、目的；二是介紹分析的對象

狀況。

2. 分析研究。分析的主要目的是探尋導致現狀的原因，採用各種分析方法進行綜合評價。分析通常採用比計劃、比歷史、比先進的方法，運用圖表、數字、文字加以說明。

3. 提出建議或預測未來。建議是針對分析結果，提出改進措施。預測是針對分析結果，提出未來發展趨勢。

二、寫作要求

（一）全面掌握第一手材料

材料要翔實，也要注意取捨，應選用最能說明導致經濟活動原因的材料。

（二）使用正確的分析方法

1. 對比分析法是最常用、最基本的一種經濟活動分析方法。這種分析方法是將具有可比性的數據加以對比，從而揭示出彼此的聯繫和差異，為進一步查明原因、提出對策提供依據。在具體的對比分析過程中，通常從以下幾個方面來進行：

（1）比計劃，即實際指標與計劃指標對比。通過這種對比，可以看出計劃完成情況，顯示問題所在，為進一步尋找其中的原因提供依據。

（2）比歷史，即分析期實際指標與前期（上期或上年同期）實際指標對比，也可以與歷史最高水平或最低水平對比。通過這種對比，可以反應經濟活動的發展動態，考察生產經營的改進情況。

（3）比先進，即分析期實際指標與先進指標對比，可以與本地或國內不同地區的同行業先進指標對比，也可以與國外同行業先進指標對比。通過這種對比，可以發現存在的問題、差距，從而採取相應措施，借鑑先進的成功經驗。

2. 動態分析法，又叫時序分析法，是將不同時期的因素指標數值進行比較，求出比率，然後用以分析該項指標增減或發展速度的一種分析方法。

3. 綜合分析法，是指運用各種統計綜合指標來反應和研究社會經濟現象總體的一般特徵和數量關係的研究方法。

4. 因果分析法，是用來分析市場形勢變化的起因，以及促使其向某方面發展的要素分析。

（三）切實可行

經濟活動分析報告的專業性很強，必須結合本單位、本行業的實際來寫，在找出問題和問題產生的原因後，提出的措施和建議要有可操作性。

思考與練習

1. 什麼是經濟活動分析報告？它有什麼特點？
2. 經濟活動分析報告的寫作結構是怎樣的？
3. 經濟活動分析報告與經濟預測報告有何異同？

【例文】

電力公司上半年經濟活動分析報告

一、公司系統在集團公司黨組的正確領導下，真抓實幹，克服困難，實現了「時間過半、任務過半」的目標。上半年集團公司經濟運行主要呈現以下特徵：

（一）電力生產和基建安全形勢總體良好。

上半年，未發生電力生產、基建人身死亡事故和群傷事故，未發生特別重大事故，未發生責任性重大設備事故，未發生垮壩和水淹廠房事故，未發生重大火災事故。發生發電生產人身重傷事故1次，同比增加1次；發生一般設備事故2次，同比減少7次；發生設備一類障礙77次，同比減少48次；發生非計劃停運108次，同比減少135次。

（二）在電力供應緊張形勢下，充分挖掘現有機組潛力，克服煤炭供需矛盾突出和南方來水偏枯等不利因素影響，發電量和售電量保持穩步增長。

上半年，集團公司發電量637.91億千瓦時，同比增長5.84%，完成全年計劃的50.49%。其中：火電537.48億千瓦時，占總發電量的84.26%，同比增長4.97%；水電100.43億千瓦時，占總發電量的

15.74%，同比增長 10.75%。

從區域來看，華北地區的發電量占集團公司總發電量的 20.45%，同比增長 6.55%；東北地區占 16.5%，同比增長 7.82%；華東地區占 31.4%，同比增長 1.48%；華中地區占 23.21%，同比降低 3.03%；西北地區占 8.45%，同比增長 65.28%。

火電機組利用小時進一步提高。上半年火電設備平均利用小時達 3,167 小時，同比增加 130 小時，比全國火電設備平均利用小時高出 207 小時。

水電來水呈現「北豐南枯」態勢。福建、江西、湖南由於降水量少，來水相對偏枯，發電量均有所下降。福建減少 2.51 億千瓦時，同比降低 43.36%；江西減少 2.26 億千瓦時，同比降低 64.51%；湖南減少 7.05 億千瓦時，同比降低 15.12%。西北地區的青海、甘肅、寧夏來水較好，發電量增加 21.28 億千瓦時，同比增長 65.28%。

新投產機組對發電量增長貢獻較大。新投產機組發電量 11.37 億千瓦時，占發電量增量的 32.3%，為緩解電力供需矛盾和發電量穩步增長發揮了積極作用。

上半年，售電量增長速度高於發電量增長速度。集團公司售電量 593.05 億千瓦時，同比增長 5.93%。其中：火電 493.78 億千瓦時，水電 99.27 億千瓦時。

(三) 供電煤耗和綜合廠用電率均有所下降，節能降耗工作取得成效。

上半年，集團公司綜合廠用電率 7.03%，同比下降 0.43 個百分點。其中：火電 8.13%，同比下降 0.33 個百分點；水電 1.16%，同比下降 0.62 個百分點。

上半年，集團公司供電煤耗 366.74 克/千瓦時，同比下降 1.04 克/千瓦時。

(四) 銷售收入增長幅度高於電量增長。售電量的增加和火電售電單價的提高推動了電力收入的增長。

上半年，集團公司實現銷售收入 137.87 億元，同比增長 10.11%，與預算執行進度基本同步。其中：電力銷售收入 132.76 億元，占總銷售收入的 96.29%，同比增長 9.97%；熱力銷售收入 3.74 億元，占總銷售收入的 2.71%，同比增長 7.65%。

電力收入中，火電 114.1 億元，占電力收入的 85.95%，同比增長

10.39%；水電 18.65 億元，占電力收入的 14.05%，同比增長 7.47%。電力收入增加中，七成來自於電量增長，三成來自於電價提高。

上半年，平均售電價格 226.13 元/千千瓦時，同比提高 6.03 元/千千瓦時。其中：火電受 7 厘錢調價和電價矛盾疏導作用影響，售電均價同比提高 8.93 元/千千瓦時；水電因價格相對較低的黃河上游電量比例升高，售電均價同比下降 7.01 元/千千瓦時。

上半年，全資、控股公司電力收入增長速度高於內部核算電廠收入增長速度。全資、控股公司電力收入同比增長 12.25%，內部核算電廠電力收入同比增長 4.96%。

（五）固定成本得到有效控制，但因電煤價格不斷攀升，總成本未能控制在預算執行進度之內，成本增長遠高於收入增長。

上半年，集團公司銷售總成本 118.92 億元，為年度預算的 51.06%，同比上升 14.04%，高於收入增長 3.93 個百分點。其中：電力產品銷售成本 112.51 億元，占銷售總成本的 94.61%，同比上升 13.83%；熱力產品銷售成本 5.41 億元，占銷售總成本的 4.55%，同比上升 16.32%。

電力成本中，火電成本 100.57 億元，占電力成本的 89.39%，同比上升 13.19%；水電 11.94 億元，占電力成本的 10.61%，同比上升 19.53%。

從電力成本構成來看，燃料成本占電力成本的 51.4%，同比上升 2.9 個百分點；水費及固定成本占電力成本比例相應下降。燃料成本預算執行進度 58.13%，其他成本項目均控制在 50% 以內。

燃料成本增加是推動成本上升的最主要原因。上半年，電力燃料成本同比增 9.88 億元，上升 20.03%。其中，因煤炭價格大幅度上漲，增加燃料成本 6.99 億元。火電售電單位燃料成本同比上升 14.17 元/千千瓦時。電價政策性調整難以平衡煤價的上漲。

從單位看，內部核算電廠成本控制總體好於獨立發電公司。上半年，內部核算電廠成本同比上升 3.43%，全資、控股公司成本同比上升 15.04%。

（六）在電力利潤下降、熱力增虧的情況下，由於財務費用大幅下降、營業外支出減少，集團公司保持了利潤的基本穩定。

上半年，集團公司實現利潤 10.68 億元，同比減少 0.24 億元，下降 2.17%。其中：電力產品利潤同比下降 8.02%；熱力虧損 1.71 億元，同比增虧 43%。

從利潤形成結構來看，財務費用大幅降低和營業外支出減少是保持上半年利潤基本穩定的主要原因。通過優化債務結構，降低資金成本，規避匯率風險，財務費用同比減少1.48億元，營業外支出同比減少0.55億元。

從各單位利潤完成情況來看，上半年內部核算電廠實現利潤總體略有增長，全資及控股公司實現利潤同比下降3.41%。累計虧損單位20家，減少1家。虧損單位的虧損額由上年同期的3.39億元下降到1.9億元，減虧1.49億元。

上半年財務狀況保持穩定。合併資產總額899.27億元，同比增長9.34%；負債總額573.75億元，同比增長13.1%；所有者權益235.23億元，同比增長1.14%。資產負債率63.8%，同比升高2.12個百分點。

（七）固定資產投資按計劃實施，發展佈局和結構調整取得明顯成效，前期項目規模初步滿足集團公司持續發展需要。

上半年，固定資產投資16.17億元，完成年計劃的40.77%。實際到位資金31.13億元。其中：資本金0.96億元，銀行貸款6.38億元，企業債券22.4億元，利用外資0.58億元，其他資金0.81億元。

上年結轉建設規模322.6萬千瓦。上半年新開工大連泰山等兩個熱電項目共28.5萬千瓦。投產碗米坡1#和2#水電機組、白鶴二期1#機組、通遼六期5#和6#供熱機組，共49.6萬千瓦。到6月底，在建規模共301.5萬千瓦。其中：水電占85.57%，火電占14.43%，大中型基本建設規模占94.53%，「以大代小」技改規模占5.47%。

目前，開展前期工作的項目共73項7,069.1萬千瓦。其中：已上報開工報告52.5萬千瓦，已批可研報告300萬千瓦，已批項目建議書620.5萬千瓦，已上報可研報告待批483.5萬千瓦，已上報項目建議書待批2,149萬千瓦，正在開展初可和規劃的3,463.6萬千瓦。

從佈局和結構上看，分佈範圍由組建初的17個省份發展到目前的22個省份。其中：黃河上游和沅水等流域上的水電項目13個共1,083.6萬千瓦，遼寧核電和山東海陽等8個核電項目、蒙東等煤電基地的煤電項目、其他新建和擴建煤電項目50個共4,255.5萬千瓦，天然氣發電項目2個共130萬千瓦。

（八）生產規模擴大，現價工業總產值增加，職工人數減少，勞動生產率進一步提高。

截至6月末，集團公司系統職工期末人數75,273人，比上年同期減少

969 人，比××××年年末減少 522 人。

以現價工業總產值計算，上半年集團公司全員勞動生產率為 31.33 萬元/人，同比提高 16.4%。其中：火電企業勞動生產率 30.65 萬元/人，同比提高 15.8%；水電企業 46.12 萬元/人，同比提高 21%。

同志們，我們在面臨諸多非常尖銳和複雜的矛盾面前，能夠形成經濟運行的良好局面，是非常不容易的。比較而言，我們是在老小舊機組比較多、設備長期處於高負荷運行、煤質下降、新機組投產壓力大的情況下，保持了生產、基建的安全穩定局面；我們是在煤電油運供需矛盾突出、新增生產能力相對不多、市場結構發生新的不利變化、南方來水偏枯的情況下，實現了發電量的穩定增長；我們是在電煤價格飛漲、電價調整不能彌補燃料成本增加的情況下，保證了經濟效益基本穩定，虧損面沒有擴大，虧損額大幅下降；我們是在成立之初發展項目嚴重不足、電源前期競爭極其激烈的情況下，初步為合理佈局、結構調整和產業技術升級，進行了規劃儲備；我們是在著力消除舊的體制、機制性障礙的變革探索實踐過程中，認真貫徹年初工作會議精神，堅持以增收節支，促進經濟效益的穩步提高，堅持以業績評估，促進經營管理水平的全面提升，堅持以改革創新，促進管理體制和經營機制的根本轉變。這是公司系統全體幹部員工齊心協力、堅強拼搏的結果。

二、經營形勢嚴峻，機遇與挑戰並存，內部管理仍有薄弱環節，完成全年任務還很艱鉅。要把握主要矛盾，趨利避害，鞏固和發展上半年良好勢頭。綜觀當前和今後的經營工作：

第一，外部市場環境存在諸多不利因素。一是電煤供應緊張、煤質下降、價格大幅上揚，嚴重危及設備運行的安全性和經濟性，嚴重影響經濟效益的穩定和提高。上半年，集團公司供煤量低於耗煤量。截至 6 月底，實際庫存煤同比下降 69.65 萬噸，下降幅度達 33.92%。阜新、娘子關、平圩、姚孟等大部分電廠庫存煤經常處於警戒線以下，造成部分機組降負荷運行，甚至被迫停機檢修。入廠煤平均低位熱值同比下降 5.09%，造成設備磨損嚴重，鍋爐效率降低，輔機耗電增加，助燃用油上升。上半年，因電煤價格上漲，集團公司增加燃料成本高達近 7 億元，已有的電價政策難以平衡。進入七月份後，第三輪煤價上漲又起，河南、山西、東北等地區煤炭企業紛紛要求漲價，有的煤炭企業要求計劃內價格增長幅度高達 44%，幾乎影響到所有火電企業，給正常生產經營帶來嚴峻挑戰。二是電

力市場不規範和市場結構變化存在不利影響。在國家多次規範電價管理的情況下，上半年，批准的基數電量安排不到位、自行組織競價和計劃外電量、壓低或變相降低電價的現象，在相當多的地區仍然存在。一些區域因市場結構變化等原因，造成市場份額下降。如上半年，上海地區區外來電的增加和新機組投產，使集團公司電廠的發電量同比大幅降低。上海用電量同比增長13.2%，上海當地電廠發電量同比增長1.2%，集團公司電廠發電量同比下降5.76%。受水情不好影響，有些電廠有價無量，爭取到的電價政策不能發揮作用，下半年難以出現恢復性增長。三是銀根適度緊縮，銀行實際執行利率上浮空間擴大。實際利率上升，將加大資金成本，也增加了電熱費回收難度。

第二，迎峰度夏、防洪度汛面臨嚴峻考驗。一是設備可靠性要求提高。一方面，今年以來電煤質量下降直接影響設備健康狀況；另一方面，夏季用電要求調峰能力提高。二是防洪度汛壓力加大。目前正值主汛期，沅水上的三板溪已進入施工高峰期，在建項目較多的黃河來水好於去年，公伯峽又是今年計劃投產的關鍵項目。

第三，企業管理仍存在薄弱環節。一是一些企業違規違紀問題仍然存在。上半年審計檢查、財務整頓和業績評估工作中，發現一些單位違反國家財經紀律、違規經營的現象並未杜絕，與集團公司反覆強調的法制化、規範化管理要求仍然存在很大差距。有的單位私設「小金庫」、帳外帳，編制虛假工程，人為調整消耗指標，截留收入利潤，亂擠亂攤成本，關聯交易很不規範等。有的違紀金額較大，問題性質還很嚴重。二是部分單位計劃和預算指標完成存在較大差距。

第四，核心競爭力有待加快培育和壯大。一是前期規劃形成的佈局和結構，要加快推進，盡快形成電力生產力，形成規模和結構優勢。二是集團公司組建以來，堅持不懈為之實踐的，符合集團公司特點和適應市場化要求的，在繼承舊體制的歷史遺產同時開闢未來的專業化、集約化的管理模式，要進一步實踐並完善，破中求立，立中完備。三是在穩步向電力相關產業延伸發展的多元化和成員單位組織形式的多樣性格局中，實現條條塊塊的緊密結合。四是做到任何內部資源都不會成為公司增長和發展的「瓶頸」。

同時，我們也有許多有利條件：

第一，國民經濟仍將保持快速發展，用電需求也會繼續呈現旺盛的局

面。隨著國家宏觀經濟調控措施逐步到位，我們有理由相信，煤電油運供求緊張的局面將得到緩解。同時，集團公司的遼寧和海陽核電項目、黃河水電基地、蒙東等煤電基地已經納入國家能源中長期發展規劃，新的產業政策為集團公司發展提供了廣闊的空間，面臨難得的發展機遇。

第二，改革逐步深入。電力市場監管力度正在加大，「三公」的市場環境將逐步形成。國有企業改革繼續深化、建立現代企業製度、分離企業辦社會職能、推進主輔分離的配套措施已經或正在到位。內部改革全面展開，職工對改革的承受能力正在增強。曾經困繞集團公司的黃河公司資產債務重組、價格稅收問題等突出困難和矛盾已經或正在得到解決。

第三，集約化、專業化管理體制格局初步形成。工程分公司、運行分公司、資金結算管理中心、新型燃料管理體制的作用已經顯現。比較而言，集團公司成本利潤率居於較高水平，成本競爭優勢正在逐步形成。

世界上唯一不變的就是變化。我們要視變化為機遇，善於變中求勝。集團公司組建以來的工作，充分體現了在追求變革的同時，敢於引領變革。要樹立信心和勇氣，不被暫時的困難所嚇倒，把握主要矛盾，積極主動地趨有利於企業健康成長之利，避妨礙經濟效益提高和國有資產保值增值之害，採取更加有力的措施，努力做好下半年的工作。

三、振奮精神，迎難而上，完善措施，狠抓落實，繼續堅持以增收節支、業績評估、改革創新推動重點工作開展，確保全年任務完成。

（一）加強安全生產管理，保證發電設備安全、穩定、經濟運行。

切實落實安全生產責任制。進一步貫徹落實黨中央、國務院關於加強電力安全生產工作的指示精神和集團公司的要求，堅持「安全第一，預防為主」的方針不動搖。認真學習集團公司安全政策聲明，牢固樹立「任何事故都是可以避免的」安全管理理念，踐行對社會的莊嚴承諾。認真吸取川東特大井噴等事故的沉痛教訓，落實各級安全生產責任制，切實把安全生產工作做細緻、做紮實、做深入。

確保迎峰度夏和防洪度汛安全。當前，正值迎峰度夏、防洪度汛的關鍵時期，要克服鬆懈麻痺思想，以高度的政治責任感和嚴謹科學的工作態度，完善各項組織措施和技術措施，保持與電網調度部門的緊密聯繫，密切關注汛情的變化，認真做好應急預案。水電廠和有水電工程建設的單位，要保持與防洪部門的密切接觸，認真做好主汛期防汛檢查，確保安全工作萬無一失。

確保體制改革過程中安全生產局面的穩定。做好運行、檢修和輔業分離體制改革過程中的安全管理工作，務必做到責任落實、措施得力、監督到位。

加強設備運行和檢修管理。發生機組非計劃停運的單位，要認真分析原因，在設備檢修、運行管理和技術監督等方面採取有力措施，提高設備可靠性，經得起高負荷下安全穩定運行的考驗。針對當前煤質下降的實際，要做好運行分析和燃燒調整，提高運行效率，最大限度地減少非計劃停運。

做好新機投運準備工作。下半年，公伯峽1#、2#機組，碗米坡3#機組，景德鎮擴建機組和洪澤熱電機組都將陸續按計劃投產。要做好相關準備工作，保證新投產機組安全穩定運行。

（二）以市場為導向，有重點地推進市場營銷。

加強燃料管理。密切跟蹤煤炭市場變化，加強與煤炭、運輸、電網和其他發電企業的協調，發揮區域燃料公司的作用，全面加強煤炭量、質、價的管理，嚴格執行集團公司燃料供應預警和價格協調製度，確保發電用煤的連續穩定供應和合理庫存，努力抑制煤價進一步上升。東北地區的電廠要繼續做好霍林河煤炭摻燒工作。

努力開拓市場。江西、東北、河南地區的電廠，要充分發揮現有發電能力，盡快扭轉發電量增長低於市場用電量增長的局面。上海地區的電廠要加強與電網企業和政府部門的溝通和聯繫，確保年度發電量計劃完成。各水電廠要密切關注水情變化，合理調度，提高水能利用率。

全面落實電價政策。已經出抬的電價政策要確保執行到位。積極配合國家發改委、電監會組織開展的全國電力價格專項檢查，確保電價「三統一」政策的落實，防止壓低或變相降低上網電價，糾正對發電企業的不合理收費，促進電力市場的規範運作。

完善區域市場競價的各項準備。在區域電力市場模擬運行基礎上，掌握規則，熟悉模式，適應監管，研究市場，瞭解同行，完善策略，實現增供擴銷、增產增收。

加大電熱費回收力度。隨著內部電廠價格獨立和資金市場變化，預計電熱費回收難度將會加大。此項工作必須常抓不懈，不要把矛盾累積到年底，確保正常的資金週轉。

（三）進一步加強經營管理，鞏固和擴大經營成果。

嚴格控制成本。按照增收節支50條要求，繼續嚴格控制生產成本、經營成本、管理成本、發展成本和改革成本，抓住每項成本控制的關鍵環節和關鍵因素，把成本控制落到實處。要把燃料成本的管理放到突出位置，防止固定成本「前低後高」。

　　繼續疏導電煤價格矛盾。積極爭取新的價格政策，努力實現燃料成本的收支平衡，緩解生產經營的嚴峻局面。各供熱單位要立足於熱力價格在當地突破，扭轉熱力連年虧損局面。

　　狠抓扭虧增盈。集團公司決定全部虧損企業在兩年內都要徹底實現扭虧為盈。扭虧增盈是開展「增收節支年」活動的重要內容。要不因當前遇到的特殊困難而氣餒，扭虧決心不變，扭虧目標不變。從加快老廠發展、深化內部改革、挖掘管理潛力、用好國家政策四個方面，推進扭虧增盈。

　　加強現金流量管理。資金結算管理中心應該成為集團公司的「司庫」。圍繞這一目標，進一步完善資金集中管理體系，鞏固銀行帳戶清理成果，加大資金集中管理力度，加強資金監管，繼續發展好內部資金市場，加強資金運作，滿足生產經營和發展資金需求，為下一步財務公司的運作奠定基礎。鞏固上半年財務費用大幅降低的成果，確保對利潤的貢獻不滑坡。

　　完成清產核資。在上半年財務清理、資產清查基礎上，完成下一步損益認定、資金核實等工作，認真處理歷史遺留問題，全面執行新的企業會計製度。努力完成廠網分開改革的資產財務接收工作。

　　加強工程造價管理。發揮「標杆電價」機制對工程成本的約束作用，按社會平均成本衡量工程建設成本，塑造成本競爭優勢。堅持從嚴格審查初步設計、落實執行概算、優化設計和施工方案入手，嚴格控制工程造價。

　　加強監督檢查成果的運用。切實抓好審計監督、效能監察、財務整頓、業績評估中發現問題的整改落實。進一步規範關聯交易，真實核算收入和生產、工程成本，杜絕人為調整指標的行為。重視和加強財務管理基礎工作。

　　（四）加快前期工作，確保開工投產，盡快形成生產能力。

　　確保計劃投產項目按期投產。公伯峽、景德鎮和碗米坡項目能否按期投產，是完成全年基本建設目標的關鍵。要重點推動，及時解決實際工作中遇到的問題，保證新增134.1萬千瓦裝機目標的全面實現。

　　確保前期工作及時推進。計劃開工的11個項目，大部分進入開工報批

准備階段，任務很重，不能有絲毫鬆懈。平圩項目一定要保證按期開工，貴溪、分宜、漕涇項目要盡快落實開工的九項條件，新鄉、平東、永濟項目要加緊催批可研報告，同時做好其他開工條件的落實工作。爭取開工的12個項目，要加快前期報批和施工準備，力爭盡早開工建設。進一步加快核電、煤電基地等項目的前期工作步伐。

確保建設資金的需要。要安排好資本金的平衡，優化融資方案，兼顧滿足資金需求和降低資金成本。加快項目公司組建，為落實融資創造條件。

（五）推進資產重組和資本運作，擴張經濟規模和提高盈利能力。

在上半年完成吳涇六期資產併購的基礎上，圍繞核心資產擴張、較高經濟回報、市場份額拓展和資源整合，下半年重點抓好四個方面：一是完成與霍煤集團的資產重組，結合解決黃河公司不合理的資產債務結構，推動黃河上游的重組；二是繼續推進中電國際海外上市；三是完成財務公司購並；四是完成鯉魚江的重組和開封發電股權的收購。同時，研究出售淘汰不具備控制力的發電股權，努力推進「一廠多制」問題的逐步解決。

（六）落實改革的各項配套措施，促進深化內部改革。

要解決集團公司深層次的問題和矛盾，完善形成符合市場要求和集團公司特點的管理模式，破除舊體制的弊端，必須走深化改革和專業化、集約化管理之路。

落實好各項配套措施。一是建立新體制下發電、檢修和輔業公司的安全管理模式、安全責任體系，建立與之相適應的各項製度。二是建立和完善新體制下的勞動分配關係、財務關係、結算關係，促進新機制的形成。三是建立和完善與燃料、工程、運行、檢修、物資等專業化、集約化管理相適應的、與改革目標相統一協調的財務經濟關係。

落實委託管理責任。為優化區域資源配置，集團公司調整了三級管理構架，三項責任制考核相應調整。二級單位要切實承擔起在安全生產、經營管理和發展建設上的委託管理責任，各項工作盡快到位。

實踐以「一元化」管理「多元化」。通過進一步整合內部資源，堅持統一的戰略佈局、統一的企業文化、統一的規範標準、統一的業務流程、統一的財務審計控制、統一的考核評價、統一的人力資源開發機制、統一共享的信息資源，以及「策劃、程序、修正、卓越」的精神，實現以「一元化」管理「多元化」。

（七）加大監督力度，促進企業依法經營和健康發展。

完善監督體系。建立健全財務監督、審計監督、派出董事監事和財務總監、紀檢監察和法律監督各自履行職責並相互協作配合的監督管理體系，構築防範經營風險的防線。

建立和完善審計監督機制。建立專業審計隊伍與特聘審計隊伍相結合，內部審計力量與借助外部仲介審計相結合，審計監督與其他監督相結合，以自上而下的審計為主並與各單位自我監督相結合的審計監督機制。集團公司決定：在當前深化內部改革過程中，各單位必須保持一支必需的專業審計力量。到明年年底，完成對系統內各單位的第一輪審計。對不具備上崗資格要求的審計人員，限期調離審計工作崗位，也不能從事財務崗位的工作。

繼續開展財務整頓。財務整頓工作延續到年底，整頓重點不變。要以對組織負責、對企業負責、對員工負責、對個人負責的態度，不走過場，務求收到實效。衡量各單位財務整頓工作成效的手段是內外部審計、檢查。

堅持標本兼治，從源頭治理。集團公司決定：各單位成立的完全依賴主業的力量、承攬主業諮詢業務、皮包公司性質的科協、技協等單位，一律限期撤消；車間、班組在銀行設立的帳戶一律限期清理撤消；對審計發現的難以在規範管理的條件下經營的以職工持股等形式進行的增容改造項目，限期由各單位主業自有資金安排收購。各單位都要結合審計意見和財務整頓結果，研究從源頭上治理，徹底解決問題。

建立責任追究製度。對頂風違紀、明知故犯、性質嚴重、數額巨大的違規違紀問題，按國家和集團公司的規定，追究責任人的責任。

同志們，今年是集團公司深化改革、加快發展的重要一年。全年各項任務目標不變。讓我們在集團公司黨組的正確領導下，認真貫徹落實黨中央、國務院一系列重大決策和部署，求真務實，艱苦奮鬥，全面完成全年各項工作任務，為國民經濟發展和社會進步做出不懈努力！

來自第一範文網

第八章
審計報告

第一節　審計報告的含義和特點

一、含義

　　商務印書館出版的《英漢證券投資辭典》中的解釋是：審計報告（accountant's opinion；auditor's certificate；auditor's opinion；auditor's report；opinion）是由獨立會計師或審計師對公司審計之後簽發的正式報告。用於向公司董事會、全體股東及社會公眾報告公司的財務運行情況。審計報告根據普遍接受的會計標準和審計程序出具，可對公司的財務狀況做出積極和消極的結論。

　　本章所討論的審計報告，專指審計署制定的《審計機關審計項目質量控制辦法（試行）》第五章所稱的審計報告。它是指審計機關實施審計後，依法對被審計單位的財政收支、財務收支的真實、合法、效益發表審計意見的書面文件。

　　審計報告是審計工作的最終成果，具有法定的證明效力。這裡要注意審計結果公告和審計報告的區別：審計結果公告是審計機關實施審計後，依法將審計結果向社會公眾或特定的社會群體公開的行為；審計報告是審計結果公告的基礎和依據。

二、特點

　　（一）合法性與公正性

　　從事審計活動的機關或機構必須具有合法的地位和職能，保持公正公平的態度和立場。

　　（二）客觀性與權威性

　　審計的內容和結論都必須真實可靠、準確無誤，審計結論帶有強制性和指令性。

　　（三）宏觀性與時效性

　　審計報告立足國家宏觀層面，注重時效性，反應了審計掌握的最新進展，以及政策實施和資金使用過程中出現的新情況和新問題。

第二節　審計報告的種類和作用

一、種類

《中華人民共和國審計法》規定，審計署、地方各級審計機關每年應分別向國務院、地方各級政府提出對本級預算執行情況的審計結果報告，代國務院、本級政府分別向全國人大常委會、地方各級人大常委會提出對預算執行和其他財政收支的審計工作報告。

（一）審計結果報告

審計結果報告是指審計署向國務院總理或地方審計機關向本級政府首長和上一級審計機關提出的、對上一年度本級預算執行和其他財政收支審計監督的結果報告。

（二）審計工作報告

審計工作報告是指審計機關受政府的委託，向本級人大常委會提出對上一年度本級預算執行和其他財政收支審計工作情況的報告。比如受國務院委託，審計署審計長劉家義向十一屆全國人大常委會第二十一次會議作了《關於 2010 年度中央預算執行和其他財政收支的審計工作報告》。

二、作用

審計報告使審計工作反應情況更加貼近經濟社會發展大局，有利於更好地為相關部門進行決策提供及時和可靠的參考和依據，也有利於更好地發揮審計監督的職能和作用。

（一）反應情況

審計報告是對審計過程和結果的全面總結，是完成審計任務的標誌。審計報告反應實際情況，揭示突出問題和矛盾，促進相關措施制定和製度完善。

（二）提供參考

審計報告是審計人在實施審計後，為評價被審計人承擔和履行經濟責任情況而提出審計意見和建議的手段。審計報告是社會經濟信息的客觀反

應，可以為政府部門加強宏觀經濟調控提供有用的信息。

（三）監督管理

審計報告是國家審計機關向被審計單位出具審計意見書和做出審計決定的依據。社會審計組織出具的審計報告是具有法律效力的證明文件，可以起到經濟鑒證作用。

第三節　審計報告的寫法和寫作要求

一、寫法

第一，標題，統一表述為「審計報告」；

第二，編號，一般表述為「××年第××號」；

第三，被審計單位名稱；

第四，審計項目名稱，一般表述為「××年度××審計」；

第五，內容；

第六，出具單位，即派出審計組的審計機關；

第七，簽發日期。

（一）標題

標題的寫法：審計機關、審計對象、審計時限、審計內容、文種。

比如，審計署派出科學技術審計局的審計人員對中國自然科學基金會2004年度預算執行情況進行審計，審計報告的標題為《審計署科學技術審計局審計組關於中國自然科學基金會2004年度預算執行情況的審計報告》。

（二）正文

正文是審計報告最重要、最核心的要素。審計報告的內容包括：

1. 審計依據，即實施審計所依據的法律、法規、規章的具體規定。

2. 被審計單位的基本情況，包括被審計單位的經濟性質、管理體制、財政、財務隸屬關係，以及財政收支、財務收支狀況等。

3. 被審計單位的會計責任，一般表述為被審計單位應對其提供的與審計相關的會計資料、其他證明材料的真實性和完整性負責。

4. 實施審計的基本情況，一般包括審計範圍、審計方式和審計實施的起止時間。審計範圍應說明審計所涉及的被審計單位財政收支、財務收支所屬的會計期間和有關審計事項。

5. 審計評價意見，即根據不同的審計目標，以審計結果為基礎，對被審計單位財政收支、財務收支的真實、合法和效益情況發表評價意見。

真實性主要評價被審計單位的會計處理遵守相關會計準則、會計製度的情況，以及相關會計信息與實際的財政收支、財務收支狀況和業務經營活動成果的符合程度。

合法性主要評價被審計單位財政收支、財務收支符合相關法律、法規、規章和其他規範性文件的程度。

效益性主要評價被審計單位財政收支、財務收支及其經濟活動的經濟效益和效果的實現程度。

發表審計評價意見應運用審計人員的專業判斷，並考慮重要性水平、可接受的審計風險，以及審計發現問題的數額大小、性質和情節等因素。審計機關只對所審計的事項發表審計評價意見。對審計過程中未涉及、審計證據不充分、評價依據或者標準不明確以及超越審計職責範圍的事項，不發表審計評價意見。

6. 審計查出的被審計單位違反國家規定的財政收支、財務收支行為的事實和定性、處理、處罰決定，以及法律、法規、規章依據，有關移送處理的決定。

7. 必要時可以對被審計單位提出改進財政收支、財務收支管理的意見和建議。

正文部分的寫作結構一般分為四部分：引言、基本情況、主要問題及處理意見、建議。

引言部分包括審計的法律、法規依據，實施審計的審計機關及審計人員、審計方式、審計內容、審計時間等基本情況。

基本情況包括被審計單位的機構、人員、財政財務收支等基本情況，被審計單位的會計責任及審計機關的審計責任，對被審計單位的審計評價意見等。

主要問題及處理意見包括審計發現問題的事實描述，審計定性依據及定性結論，審計處理處罰的依據及處理處罰意見。

審計建議就是針對審計發現的問題及內部控制方面的情況，提出完善製度、加強管理等方面的建議。

二、寫作要求

寫作審計報告時，要注意分類合理、評價客觀、表述嚴謹、事實清楚、定性準確、處罰恰當、建議合理。

思考與練習

1. 什麼是審計報告？審計報告有什麼作用？
2. 審計報告與審計結果公告有什麼區別？
3. 審計報告正文的寫作結構是怎樣的？

【例文】

2015 年度中央預算執行和其他財政收支的
審計工作報告（節選）

全國人民代表大會常務委員會：

我受國務院委託，向全國人大常委會報告 2015 年度中央預算執行和其他財政收支的審計情況，請審議。

根據審計法及相關法律法規，審計署對 2015 年度中央預算執行和其他財政收支情況進行了審計。按照黨的十八屆五中全會精神和黨中央、國務院關於經濟工作的部署，審計工作以推動重大政策措施落實為主線，堅持依法審計、客觀求實、鼓勵創新、推動改革，審慎區分無意過失與明知故犯、工作失誤與失職瀆職、探索實踐與以權謀私，嚴肅揭露重大損害群眾利益、重大違紀違法和重大履職不到位問題，及時揭示重大風險隱患，著力反應結構性、體制機制性問題，主要審計了中央財政管理、預算執行和決算草案、地方政府債務、扶貧等重點資金和項目，重大政策措施落實，以及金融機構和中央企業等方面情況。

2015年，各部門、各地區在黨中央、國務院的正確領導下，認真落實十二屆全國人大三次會議各項決議，積極應對複雜形勢，克服多重困難，經濟建設和社會事業發展取得新成就。總體上看，中央預算執行情況較好。

從今年審計情況看，有關部門、單位和地方財經法紀觀念、深化改革意識進一步增強，能夠貫徹落實黨中央、國務院決策部署，推進改革創新，財政管理水平和資金使用績效明顯提高，但一些領域仍存在違紀違法和管理不規範問題，特別是有些方面體制機制尚不完善、法規製度和運行規則未及時調整，出現信息傳導不暢、措施配合不夠、監管不適應等問題，影響相關政策措施落地落實和充分發揮作用。

一、中央決算草案和預算執行審計情況

（一）中央決算草案審計情況。根據《中華人民共和國預算法》的規定，審計署對財政部編制的中央決算草案在上報國務院前進行了審計。財政部編制的中央決算草案表明，中央一般公共預算收入69,267.19億元，支出80,639.66億元；政府性基金收入4,118.19億元，支出4,363.42億元；國有資本經營收入1,613.06億元，支出1,362.57億元。與向全國人大報告的執行數相比，一般公共預算收入決算數多33.2億元，支出決算數少90.34億元；政府性基金收入（含地方上解收入）決算數多12.29億元，支出決算數多7億元；國有資本經營收入決算數多0.14億元，支出決算數多2.9億元。上述收支差異主要是根據決算整理期清理結果做出的調整。審計發現的主要問題：

1. 未報告預算級次變化情況。包括：將中央本級支出101.24億元調劑為對地方轉移支付支出，將對地方轉移支付支出262.52億元調劑為中央本級支出。審計指出後，財政部已在決算草案中對主要科目的預算級次調劑情況做了報告。

2. 部分收入列報不夠全面。主要是對已按規定向軟件、資源綜合利用企業等退增值稅、消費稅等937.48億元，在決算草案中沒有體現。審計指出後，財政部已在決算草案中增加了補充說明。

3. 據實結算事項處理不夠規範。主要是適用範圍和標準不明確，有的清算期過長或清算不及時，有些用以前年度超撥資金抵頂當年支出，如2015年直接使用上年超撥的25.2億元農林業保險保費補貼抵頂當年應安

排的支出。

4. 未按要求報告財政資金績效情況。主要是預算中未報告相關政策內容和績效目標，決算草案中未報告相關績效目標的實現情況。

（二）財政管理審計情況。重點審計了預算分配和管理、資金安全和績效、財政政策實施和財稅改革推進情況。2015年，財政部、發展改革委等部門認真組織實施積極的財政政策，加大財政資金統籌使用力度，創新投融資體制，加快預算執行進度，預算和投資管理進一步規範。審計發現的主要問題：

1. 預算安排統籌協調還不到位。
2. 轉移支付製度亟待完善。
3. 財政管理績效還需進一步提高。

（三）中央部門預算執行審計情況。審計了42個中央部門及241家所屬單位，審計財政支出預算1,891.62億元、占這些部門支出預算總額的36%。總的看，這些部門能夠認真執行預算，嚴格控制和壓縮「三公」經費，加強結轉結餘資金管理，完善財務和預算管理製度，著力提高財政資金使用績效，預算執行情況較好。審計發現的主要問題：

1. 違規套取和使用資金問題還時有發生。
2. 事業單位預算保障辦法不夠明確。
3. 有的部門和所屬單位利用部門權力或影響力取得收入。
4. 有的部門和單位執行「三公」經費和會議費等管理製度未完全到位。各部門重視加強「三公」經費和會議費管理，違規問題明顯減少。此次審計發現的主要問題：

一是因公出國（境）方面。

二是公務用車方面。

三是公務接待方面。

四是會議費方面。

對上述問題，有關部門正在積極整改，已上繳國庫8,496.84萬元，追回或退還8,916.92萬元，調整帳目23.13億元。

二、重點專項審計情況

（一）地方政府債務審計情況。重點審計了11個省本級、10個市本級和21個縣。從審計情況看，有關部門和地方建立健全舉債融資和風險預警

機制，完善了相關製度，政府債務管理得到進一步加強。至2015年底，11個省本級政府債務餘額8,202億元，或有債務餘額10,970億元。審計發現的主要問題：

1. 部分地方發債融資未有效使用。抽查發現，至2015年底，黑龍江、山東、湖南、北京、內蒙古和廣東等6個省發行的置換債券中，有138.4億元（占2%）未及時使用，主要是未達成提前還款協議或償還手續辦理滯後等所致；湖南、山東、河南和廣東等4個省使用的置換債券融資中，有112.57億元（占2%）未按規定的優先順序償債；內蒙古、浙江和湖南等3個省新增債券融資中，有24.23億元（占4%）因項目未落實等尚未使用。

2. 有的地區仍違規或變相舉債。抽查發現，至2015年底，浙江、四川、山東和河南等4個省通過違規擔保、集資或承諾還款等方式，舉債餘額為153.5億元。有的地方出現一些隱性債務，內蒙古、山東、湖南和河南等4個省在委託代建項目中，約定以政府購買服務名義支付建設資金，涉及融資175.65億元；浙江、河南、湖南和黑龍江等4個省在基礎設施建設籌集的235.94億元資金中，不同程度存在政府對社會資本兜底回購、固化收益等承諾。

對上述問題，有關部門正在研究強化債務管理，相關地方正在積極整改。

（二）扶貧資金審計情況。審計了扶貧資金分配管理使用情況，重點抽查了17個省的40個縣。這40個縣2013年至2015年收到財政扶貧資金109.98億元，審計了50.13億元（占45%），涉及364個鄉鎮、1,794個行政村和3,046個項目。從審計情況看，這些地方認真貫徹扶貧工作有關要求，大力實施精準扶貧、精準脫貧，不斷加大扶貧開發投入力度，加強扶貧資金管理，扶貧項目有序推進，取得積極成效。審計發現的主要問題：

1. 部分資金分配未充分考慮建檔立卡貧困人口情況。有的扶貧資金分配尚未與建檔立卡貧困人口數據建立有效銜接機制，在具體扶貧項目實施中，有的地方也未嚴格按規定條件篩選扶貧對象，抽查雲南省尋甸縣2015年發放的1,339筆扶貧到戶貼息貸款6,560萬元中，僅有711筆3,433萬元（占52%）發放給了建檔立卡貧困戶。

2. 有1.51億元扶貧資金被虛報冒領或違規使用。其中：29個縣的59個單位和28名個人通過偽造合同、編造到戶補貼發放表、重複申報、假發票入帳等，虛報冒領或騙取套取扶貧資金5,573.13萬元；14個縣的財政、扶貧等部門和鄉鎮政府、村委會等違規將6,091.35萬元用於平衡預算、市政建設、賓館改造等非扶貧領域；17個縣的25個單位將2,194.78萬元用於彌補業務經費和發放福利等；7個單位在扶貧工作中違規收取項目推廣費等1,249.36萬元，主要用於彌補經費。

3. 有8.7億元扶貧資金閒置或損失浪費。由於統籌整合不到位等，抽查的貧困縣每年收到上級專項補助200多項，單個專項最少的僅4,800元；抽查的50.13億元扶貧資金中，至2016年3月底有8.43億元（占17%）閒置超過1年，其中2.6億元閒置超過2年，最長逾15年；17個縣的29個扶貧項目建成後廢棄、閒置或未達預期效果，形成損失浪費2,706.11萬元。

審計指出問題後，有關地方已追回資金1,422.6萬元，收回閒置資金6,981.59萬元。

（三）保障性安居工程跟蹤審計情況。從全國審計情況看，2015年，各級財政對城鎮保障性安居工程和農村危房改造的投入分別比上年增長17%、40.6%；享受住房保障待遇家庭和完成改造農村危房戶數分別增長17%、62%，有效改善了城鄉居民居住條件。審計發現的主要問題：

1. 有關政策落實不到位。

2. 有140多個單位和180多戶補償對象騙取套取財政資金。

3. 有866個市縣存在資金閒置或住房利用不充分等問題。

審計指出問題後，有關地方已統籌使用資金9.33億元、追回1.18億元，退還多收稅費1.06億元，取消或調整保障對象資格1.5萬戶，清理收回和分配使用住房7,231套，處理352人。

（四）工傷保險基金審計情況。審計的17個省能夠貫徹執行國家相關要求，不斷擴大參保覆蓋面，努力維護職工權益，但一些地方落實政策還不到位，基金發放和管理還有薄弱環節。抽查發現，有17萬個單位未按規定為114.95萬名職工辦理工傷保險，6個省的10.36萬名「老工傷」人員尚未納入工傷保險；有1.41億元基金被騙取套取、違規發放和使用，其中17個醫療康復機構和441人編造資料騙取或冒領基金6,847.76萬元，63

個經辦機構及有關單位向809人違規發放保險待遇1,662.08萬元，還將5,596.71萬元用於人員和辦公經費等。此外，還發現財務管理不規範等問題2.45億元。審計指出問題後，有關地方追回資金等6,030.6萬元，糾正財務管理不規範問題涉及1,107萬元。

（五）水污染防治及相關資金審計情況。審計的18個省不斷加大投入，積極推動水污染防治項目建設，5年間區域內重點國控和省控斷面水質達到三類及以上的增加33個百分點，五類及以下的減少32個百分點。審計發現的主要問題：

1. 區域性水環境保護壓力較大。抽查長江經濟帶沿江區域的23個市縣，城市生活污水有12%（年均4億噸）未經處理直排長江；沿江373個港口中，有359個（占96%）未配備船舶垃圾接收點，260個（占70%）未配備污染應急處理設施。抽檢89個市縣的231個城鄉集中式飲用水源地中，有124個（占53%）水質監測指標不達標；72個地下水水源中有27個（占37%）超採。

2. 有397個項目未達到預期效果。至2015年底，抽查的883個水污染防治項目中，有276個（占31%）因前期準備不充分、配套設施不完善等未按期開（完）工；有121個（占13%）已完工項目未及時發揮效益。

3. 有176.21億元財政資金未能有效使用。至2015年底，抽查的財政資金中，中央專項補助有143.59億元結存在地方財政部門，其中4.22億元滯留超過2年；項目資金中有29.28億元閒置在地方主管部門和項目單位，其中9.4億元閒置3年以上；還有3.34億元被違規套取或損失浪費。

對上述問題，有關地方推動77個項目加快了實施進度，撥付資金23.45億元，盤活和統籌使用8.02億元，歸還2.6億元。

（六）礦產資源開發利用保護及相關資金審計情況。從審計6個省1,724宗礦業權及相關資金情況看，有關部門和地方不斷加強礦產資源管理，規範相關資金徵管，資源保障程度和資源開發利用水平有所提高。審計發現，一些地方監管執法不嚴，有391宗礦業權在審批、出讓轉讓或開發管理中存在違法違規問題，其中：國土資源部門違規審批出讓88宗礦業權；國有礦業企業違規轉讓或收購92宗礦業權及相關股權；國有地勘單位或個人利用掌握的地勘資料等內部信息介入104宗礦業權申報或交易，從中牟取私利；有關地方違規批准在禁採區內設立礦業權63宗，對自然保護

區設立前已存在的44宗礦業權也未作退出安排。此外，還發現違規徵繳使用礦業權相關資金35.81億元，其中6.28億元被用於對外投資、出借或人員經費等。審計指出問題後，有關地方通過追繳、沒收違法所得等整改問題金額9.9億元。

三、政策措施落實跟蹤審計情況

組織各級審計機關持續開展跟蹤審計，重點檢查各部門各地區落實穩增長促改革調結構惠民生防風險政策措施情況。審計署直接跟蹤審計29個省本級和36個中央部門單位，通過對23個方面80多項政策涉及的5,200多個單位的審計，促進新開工、完工項目9,408個，加快審批或實施進度項目9,454個；促進財政資金加快下達5,288.22億元，收回結轉結餘資金1,144.25億元，整合和統籌使用資金732.1億元；促進取消、合併、下放行政審批事項等134項，取消職業資格、企業資質認定等241項，停止或取消收費111項；促進完善製度50多項，出抬風險防範措施20多項；有2,138人受到撤職、停職檢查等處理，有90多人被移送紀檢監察和司法機關查處。審計發現，政策措施落實中存在一些值得關注的問題：

（一）一些領域的製度規則需加快建立完善。製度方面，有關影響專項資金清理整合規範、要求重點事項支出掛鈎安排等法律法規未及時調整，支出的領域間、結構性失衡較為突出，預算執行中資金缺口大與部分資金趴在帳上「睡大覺」並存的矛盾仍然存在。標準方面，涉農工程投資標準偏低，特別是在徵地拆遷補償和移民安置方面，一些涉農工程的補償標準不足鐵路、公路工程補償標準的一半，導致徵地難、拆遷難、移民安置難。考核方面，相關激勵考核機制還不適應發展要求，下達的農村飲用水安全、農村土地整理、節能減排等目標任務與地方實際情況不完全相符。

（二）重大項目審批管理改革需加快推進。抽查11個省的172個高速公路建設項目，平均需辦理審批手續26項、涉及9個部門，還需聘請仲介機構進行可研報告、行業諮詢等前置服務平均22項，有的事項由多部門重複審批或同一部門多次審批，審批週期平均為3年半。對審計反應的問題，相關部門進行了專題研究，已清理規範審批仲介服務事項81項，但一些制約項目推進的因素仍未根除，有的建前建後重複審批；有的審批、評審互為前置陷入循環困局；有的審批改備案後未明確辦理時限，反而影響

進度。

（三）財政資金統籌整合相關政策措施亟須落實。國務院多次要求加大財政資金統籌整合力度，有關部門和地方積極採取措施，審計持續推動盤活存量和統籌整合，對不適應的具體製度規定多次提出修改或廢止建議。審計發現，由於專項資金管理權限分散在不同部門，按項目下達、分條線考核，主管部門對統籌整合存在「三不願」：擔心失去行政管理權不願整合、擔心職能被調整不願整合、擔心機構人員編制縮減不願整合。基層政府存在「三不敢」：怕失去專項支持不敢整合、怕得罪主管部門不敢整合、怕影響業績不敢整合。導致財政資金統籌整合要求難以完全落實，也使大量財政資金無法發揮效益。

（四）政府投資基金支持創新創業的作用尚未得到有效發揮。至2015年底，中央財政出資設立的13項政府投資基金募集資金中，有1,082.51億元（占30%）結存未用。抽查創業投資引導基金發現，通過審批的206個子基金中，有39個因未吸引到社會資本無法按期設立，財政資金13.67億元滯留在託管帳戶；已設立的167個子基金募集資金中有148.88億元（占41%）結存未用，其中14個從未發生過投資。地方政府投資基金也存在類似現象，抽查地方設立的6項基金發現，財政投入187.5億元中，有124億元（占66%）轉作了商業銀行定期存款。

（五）科研投入管理機制與科技創新要求不適應。跟蹤審計創新型國家建設、大眾創業萬眾創新等政策落實情況發現，科研項目和經費管理製度還不完善，科研經費管得過死，有形成本占比大，智力成本補償不夠，科研成果轉化率低。從抽查11個中央部門單位科技資金使用情況看，僅擴大開支範圍、利用假發票報帳等問題金額就達3.17億元，其中既有為保障必要支出不得不到處「湊」發票來報帳的情形，也有個別人員借機騙取套取科研資金的問題。對此，近年審計持續關注，著力推動建立符合科研規律、有利於調動和保護科研人員積極性、鼓勵創新和多出成果的相關製度。審計還發現，對科研單位和科研項目的檢查繁多，加重了科研單位負擔，如中科院所屬85個院所2013年至2015年共接受各類檢查評審3,500多次，其中以「審計」之名進行的有760多次，在此期間審計署對中科院部門預算執行審計中僅重點延伸審計了15個院所。

對這些問題，需要進一步健全完善體制機制，逐步加以解決。

四、金融機構審計情況

對農業銀行等 5 家金融機構進行了審計，持續跟蹤 8 家重點商業銀行貸款投放情況。這些金融機構能夠貫徹執行國家宏觀調控政策，加強經營管理和風險控制，保持穩健運行，金融創新和服務能力有所提升。審計發現的主要問題：

（一）實體經濟融資難、融資貴和融資慢的問題仍未有效解決。2015 年，實體經濟融資困難總體上有所緩解，但抽查的 8 家重點商業銀行在全部貸款增速為 9.48% 的情況下，法人貸款、涉農貸款、小微企業貸款的增速分別為 3.64%、6.23%、8%。據調查，小微企業為獲得信貸支持，不僅需要在利息之外承擔其他費用，而且往往需增加擔保和評估環節，延長了審核時間，不利於保證生產經營的資金需求。

（二）商業銀行不良貸款處置和金融創新相關風險防控機制尚不健全。2015 年，8 家銀行不良貸款餘額和不良率呈雙升趨勢，由於這些商業銀行風險偏好和信貸投向趨同，不良貸款發生領域趨於集中；不良貸款處置工作還需加強，新發生的不良貸款僅有 33% 批量轉讓給資產管理公司，而且 8 家銀行撥備覆蓋率有所下降，增加自身核銷壓力。金融創新相關風險防控不足，金融監管有待加強。

（三）違規經營問題仍較突出。此次審計發現，金融機構一些工作人員存在違規放貸、違規辦理保險或債券、股票業務等問題，有 18 起涉嫌重大違紀違法；部分信貸業務風險防控需進一步加強，發現向已列入國家淘汰落後和過剩產能名單的部分企業等新增融資 120 多億元；中央八項規定出抬後，光大集團、農業銀行、人保集團、國壽集團、太平保險 5 家金融機構存在超標準購車、在風景名勝區開會等問題 7,262.3 萬元。

對上述問題，有關金融機構已整改 207.53 億元，修訂完善製度 103 項，追責問責 219 人次。

五、中央企業審計情況

主要審計了中國石化、南航集團、中鋁公司等 10 戶中央企業，並抽查了中央企業部分境外業務管理情況。這些企業不斷完善製度、加強管理、開拓市場，資產和收入規模持續增長。審計發現的主要問題：

（一）企業經營成果不實，有的存在違反廉潔從業規定問題。審計發現，10 戶企業資產、收入和利潤不實分別為 64.06 億元、585.82 億元和

71.96億元；工程建設、物資採購和投資中不規範問題涉及808.76億元，造成損失浪費等20.84億元。中央八項規定出抬後，中國電子、中國海油、港中旅集團等7戶企業所屬的8家單位違規發放津補貼等591.23萬元，涉及64名單位領導班子成員；10戶企業所屬的70家單位存在違規購建樓堂館所、超標準辦會購車、公款旅遊、打高爾夫球等問題涉及11.16億元。

（二）對企業追責問責製度機制不健全，違規決策等問題較為突出。對近年審計發現的企業失職瀆職、違反相關政策規定和「三重一大」決策製度等造成損失問題，監管部門履行督促整改、追責問責、報告公告等職責不到位，也未明確企業重大損失確認和追責問責標準，主要依靠企業自行追責問責，造成約束薄弱，使一些問題屢審屢犯甚至積聚。此次審計抽查10戶企業的284項重大經濟決策中，有51項存在違規決策、違反程序決策、決策不當等問題，造成損失浪費等126.82億元；發現47起重大違紀違法問題線索涉及295.02億元，其中16起涉及金額均超過億元，94名責任人員中有26名為企業負責人。

（三）企業境外業務管理薄弱。抽查的93項境外業務中，有62項（占67%）不同程度存在論證不充分、未按程序報批，以及對關鍵崗位人員監管和佣金支付等關鍵業務環節管控薄弱問題，其中的10起重大違紀違法問題線索，造成國有權益損失風險142.7億元。

對上述問題，10戶企業已追回資金27.43億元，建立健全規章製度609項，處理453人次。

六、審計移送的重大違紀違法問題線索情況

上述審計查出並移送的重大違紀違法問題線索主要特點有：

（一）濫用行政審批和國有資產資源管理等公共權力謀取私利問題仍較突出。此類問題線索有287起，主要是有關領導幹部直接或變相干預、違規審批、暗箱操作，向親友或其他特定對象輸送利益，並從中收受錢款、房產、股權等。上述線索移送紀檢監察和司法機關後，已有270多人受到處理。

（二）基層管理人員內外勾結，「一條龍」式造假騙取套取財政專項資金。此類問題線索有55起，主要是縣鄉有關部門管理人員主動參與或協助企業、個人造假，通過偽造公文和印章、偽造銀行資信證明、偽造合同或經營資料、盜用農戶身分信息等方式，騙取農業綜合開發、拆遷安置、扶

贫等财政补助。如江苏省赣榆农村商业银行通过编造贷款臺帐、还款单据等虚增扶贫贷款规模，骗取套取扶贫贷款财政贴息补助、贷款奖励共计2,000多万元，当地扶贫、财政等主管部门从中获取400多万元。有的还专门设立「基金」，用於「打點」项目申报审核和验收结算等环节工作人员。

（三）金融机构和有关企业工作人员非法利用内幕信息牟利。此类问题线索有59起，主要是利用掌握的债券发行、股票交易、停牌复牌、企业併购等内幕信息，直接或借用他人名义进行投机买卖，或者组织关联帐户实施趋同交易，甚至推动特定股票价格波动从中获利。

（四）借助网路技术手段，有组织、规模化、跨区域实施非法集资、洗钱等活动。此类问题线索有32起，其中10起是通过註册系列空殼公司、建立专门网路平臺、承诺高额回报，以会员互助、公益投资等名义进行非法集资；另外22起是利用虚构交易，通过轮替作业的银行帐户链条，接受多地转入资金，实施帐户间高频快速划转、反复切分整合，最後转给指定的境内外帐户，涉嫌非法洗钱。

以上审计发现的问题，对违反财政财务收支法规的，已依法下达审计决定，要求有关单位予以纠正；对重大违纪违法问题线索和应当追究责任的，已依法移送有关部门查处；对管理不规范的，已建议有关部门建章立制，切实加强内部管理；对涉及政策、製度和法规的重要问题，已建议结合相关改革统筹研究解决。本报告反应的是审计发现的主要问题，具体情况通过单项审计结果公告向社会公布。下一步，我们将继续督促有关部门、单位和地方认真整改，整改的全面情况将於今年年底前报告。

七、审计建议

（一）强化问责和公开，健全审计查出问题整改长效机制。建议：一是有关部门和地区应将整改纳入督查督办事项，特别是主管部门应加强监管，把审计结果及整改情况作为考核和奖惩的重要依据。对未按期整改和整改不到位的，实行追责问责。二是被审计单位主要负责人应切实履行整改第一责任，及时纠正违纪违规问题，完善相关製度，防止同类问题再次发生；对审计反应的体制机制性问题和提出的审计建议，应及时组织研究，积极推动清理不适应的製度规定。三是被审计单位应将整改结果向同级政府或主管部门报告，及时向社会公告。

（二）加快推進改革，保障重大政策措施落地落實。建議：一是加快清理修訂相關製度，既應修訂廢止不符合當前實際的政策規定，又應盡快建立健全適應改革發展要求的製度機制，完善相關配套政策法規。二是加快制定修訂相關產業、行業、產品、網路及服務標準，建立健全梯次合理的企業標準、行業標準和國家標準體系，為創新發展、轉型升級創造良好環境。三是加快完善相關考核激勵機制，確保考核目標與重大發展規劃協調銜接，中央與地方各級各層次考核指標協調銜接。四是加強對探索性做法的規範提升和總結推廣，建立完善正向激勵和容錯免責機制。

（三）進一步優化財政資源配置，切實盤活存量、用好增量。建議：一是結合政府職能轉變，進一步明確中央與地方的事權和支出責任，理順部門在預算管理中的權責，健全配置合理、職責清晰、運轉高效的財政管理體系。二是優化支出結構，著力支持去產能、去庫存、去槓桿、降成本、補短板，從嚴控制一般性支出，對沒有準備好的項目不安排預算。三是轉變財政管理方式，破除影響資金統籌的製度藩籬，增強吸引社會投資相關支持措施的協調性和有效性，更多地利用貸款貼息、政府採購等方式支持實體經濟。

（四）積極採取措施緩解收支矛盾，防範和化解各種風險隱患。建議：一是加強財政收支的統籌協調，更加有效地發揮積極財政政策的作用。在繼續減稅降費的同時，依法加強稅收徵管，確保應收盡收，為重點支出提供財力保障，堅決遏制騙取套取、虛報冒領財政資金問題。二是繼續強化地方政府債務管理，通過嚴格問責促進消化債務存量、嚴控增量，密切關注「明股暗債」、兜底回購、固化收益等可能增加政府債務的潛在風險點。三是密切跟蹤金融業務創新情況，強化金融監管協作，嚴厲打擊非法集資、網路詐騙、地下錢莊、內幕交易等犯罪活動，防範金融風險。

委員長、各位副委員長、秘書長、各位委員，我們將更加緊密地團結在以習近平同志為總書記的黨中央周圍，全面貫徹落實黨的十八大和十八屆三中、四中、五中全會精神，誠懇接受全國人大常委會的指導和監督，按照黨中央、國務院的決策部署，依法履行審計監督職責，為推動經濟社會持續健康發展做出應有貢獻！

來自中央人民政府門戶網站

第九章
招標書和投標書

第一節　招標書

一、招標書的含義

　　所謂招標書，即業主按照規定條件發招標書，邀請投標人投標，在投標人中選擇理想的合作夥伴，又稱為招標通告、招標啓事、招標廣告。它是將招標的主要事項和要求公告於世，從而使眾多的投標者前來投標。

　　招標書是在招標過程中介紹情況、指導工作、履行一定程序所使用的一種實用性文書。它是一種告示性文書，它提供全面情況，便於投標方根據招標書做好準備工作，同時指導招標工作展開。招標書一般都通過報刊、廣播、電視等公開傳播媒介發表。公開招標所使用的文書是招標公告，一般刊登在報紙雜誌上；有限招標所使用的文書是招標邀請書。

　　在整個招標過程中，招標書屬於首次使用的公開性文件，也是唯一具有周知性的文件。它是招標人利用投標者之間的競爭達到優選買主或承包方的目的，從而利用和吸收各地優勢於一家的交易行為所形成的書面文件，屬於邀約的範疇。

二、招標書的種類

　　（一）按時間劃分

　　可分為長期招標書和短期招標書。

　　（二）按內容和性質劃分

　　可分為企業承包招標書、工程招標書、大宗商品交易招標書。

　　（三）按招標的範圍劃分

　　可分為國際招標書和國內招標書。

　　（四）按招標的形式劃分

　　1. 內部招標。由招標單位自己成立招標小組，組織招標過程，制定招標需求和評標標準，組織有關專家成立評標工作小組進行評標，由評標工作小組向決策者匯報，最終決定招標結果。這種內部招標的方式，嚴格

來說不算是招標，除非該招標單位本身具備招標的資質，能夠從事招標工作。

2. 有限招標。有限招標又稱「邀標」，即由業主選定招標公司，由招標公司組織編寫招標文件，向業主限定的候選人發出招標邀請，業主根據評標結果與中標人進行商務談判。有限招標的整個招標過程都是由招標公司負責組織的。

3. 公開招標。由業主選定招標公司，通過招標公司發布招標公告，一般要求首先進行資格預審，以保證參加正式投標的投標方基本滿足條件，避免做太多的無效工作。投標方中標後，其組織流程就和有限招標的組織流程基本相同了。

三、招標書的特點

（一）具有廣告性

招標書也稱為招標通知、招標公告、招標啟事，是一種告知性文件。它一般通過大眾傳媒公開，因此也稱招標廣告，具有廣告性。

（二）具有相當的競爭性

招標書是吸引競爭者加入的一種文書。它充分利用了競爭機制，以競標的方式吸引投標者加入，通過激烈的競爭優勝劣汰，從而實現招標方優選的目的。

（三）具有時間的緊迫性

招標書要求在短時間內獲得結果，因此，它又具有時間的緊迫性。

四、招標書的作用

招標書的作用是在招標過程中提供全面情況，以便競標方根據招標方所提出的條件提前做好準備。同時，在招標過程中，它起到了統領全局的作用，指導招標工作按照一定的步驟有序展開。

五、招標書的寫法

（一）標題

標題寫在第一行的中間。標題的常見寫法有四種：一是由招標單位名

稱、招標性質及內容、招標形式、文種四元素構成；二是由招標性質及內容、招標形式、文種三元素構成；三是只寫文種名稱「招標書」；四是廣告性標題，比如《誰來承包××工廠》。

（二）正文

正文一般採用條文式，有的也可用表格式。

1. 引言部分要求寫清楚招標依據、原因。比如《××住宅小區建築安裝工程施工招標通告》：「本公司負責組織建設的××住宅小區工程的施工任務，經××市城鄉建設委員會批准，實行公開招標，擇優選定承包單位，現將招標有關事項通告如下」。

2. 主體部分要詳細交代招標方式（公開招標、內部招標、邀請招標）、招標範圍、招標程序、具體要求、雙方簽訂合同的原則、招標過程中的權利和義務、組織領導、其他注意事項等內容。具體包括如下幾個方面：

（1）招標內容。比如標明工程名稱、建築面積、設計要求、承包方式、交工日期等。如《××住宅小區建築安裝工程施工招標通告》，「工程名稱和地址：××住宅小區，坐落於××市東城區內城東北角。工程主要內容：總建築面積10.7萬平方米，其中14至18層大模外掛板住宅樓7座，計7.85萬平方米，磚混結構6層住宅樓5座，計2.25萬平方米，其餘為配套附屬建築，也是磚混結構。工程質量要求應符合國家施工驗收規範。承包方式：全部包工包料（建設單位提供三材指標）。」又如《××大學修建圖書館的招標通告》，「工程名稱：××大學圖書館。建築面積：×××平方米。施工地址：××市××路××號。設計及要求：見附件（略）。交工日期：20××年2月。」

（2）招標範圍。投標單位資格及應提交的文件。比如：凡持有一、二級建築安裝企業營業執照的單位皆可報名參加投標。報名時應提交下列文件：A. 投標單位概況表；B. 技術等級證書（複印件）；C. 工商營業執照（複印件）；D. 外地建築企業在本市參加投標許可證。

（3）招標程序。內容包括：A. 報名及資格審查；B. 領取招標文件；C. 招標交底會（交代要求及有關說明）；D. 接受標書；E. 開標；F. 交

招標文件押金或購買招標文件。
（4）招投標雙方的權利和義務、雙方簽訂合同的原則、組織領導以及其他事項等。

（三）結尾

招標書的結尾應註明招標單位的名稱、地址、電話等。

六、招標書的寫作要求

（一）周密嚴謹

招標書是一種「廣告」，也是簽訂合同的依據。所以，它是一種具有法律效力的文件。這裡的周密與嚴謹，一是指內容，二是指措辭。內容要具有較強的邏輯性，要有條有理，有依有據。要求措辭周密嚴謹、語氣平和，盡量避免帶有個人主觀色彩。

（二）簡潔清晰

招標書沒有必要長篇大論，只要把主要內容介紹清楚，突出重點即可，切忌沒完沒了地胡亂羅列、堆砌材料。

（三）注意禮貌

招標書涉及的是交易貿易活動，要遵循平等、誠懇的原則，切忌盛氣凌人，更反對低聲下氣；既不能遷就對方，也不能把自己的要求無原則地強加給對方。

第二節　投標書

一、投標書的概念

投標書是指投標單位按照招標書的條件和要求，向招標單位提交的報價並填具標單的文書。它要求密封後郵寄或派專人送到招標單位，故又稱標函。它是投標單位在充分領會招標文件，進行現場實地考察和調查的基礎上所編制的投標文書，是對招標公告提出的要求的響應和承諾，並同時提出具體的標價及有關事項來競爭中標。

二、投標書的種類

（一）按投標方人員的組成情況

可分為個人投標書、合夥投標書、集體投標書、全員投標書和企業（企業聯合體）投標書等。

（二）按性質和內容

可分為工程建設項目投標書、大宗商品交易投標書、選聘企業經營者投標書、企業租賃投標書、勞務投標書等。

三、投標書的特點

（一）針對性

投標書的內容是按照招標提出的項目、條件和要求而寫的，針對性強。

（二）求實性

投標書對招標項目的分析、對己方的介紹、擬採用的措施和承諾等都具有求實求真忌虛假的特性。

（三）合約性

投標書以追求合作、簽署合同為目的。

四、投標書的作用

投標單位因參與公平競爭而獲得新的市場機會；投標單位為了在競爭中取勝，必須努力改善經營策略，不斷提高管理水平，進行技術改造和革新，以達到招標公告規定的標準和條件，進而提高企業的經濟效益，增強企業的綜合素質。

制作投標書是整個招投標過程中最重要的一環。招標書是投標商編制投標書的依據，投標商必須對招標書的內容進行實質性的響應，否則會被判定為無效標（按廢棄標處理）。

五、投標書的寫法

（一）標題

投標書的標題一般由投標單位名稱、投標項目名稱和文種構成，或由

單位名稱和文種構成，也可以由投標項目名稱和文種構成。

（二）正文

投標書正文的寫法比較靈活，一般根據招標書提出的目標、要求，介紹投標企業的現狀，說明具備投標的條件，提出標價（常用表格表示）、完成招標項目的時間，明確質量承諾和應標經營措施，還要根據招標者提出的有關要求填寫標單。

（三）結尾

寫明投標單位的名稱、法定代表人、聯繫人地址和電話等，並以附件形式附上有利於己方中標的相關材料。

六、投標書的寫作要求

（一）全面反應招標單位的需求

投標者要針對招標單位的狀況、項目複雜情況，編制好投標書，要全面反應招標單位的需求。

（二）科學合理

技術要求、商務條件必須依據充分並切合實際。技術要求根據項目現場實際情況、可行性報告確立，不能盲目提高標準、提高設備精度、房屋裝修標準等，否則會帶來功能浪費，多花不必要的錢。

（三）公平競爭（不含歧視性條款）

招標的原則是公開、公平、公正，只有這樣才能吸引真正感興趣、有競爭力的投標廠商來競爭。通過競爭達到招標目的，才能真正維護使用單位利益、維護國家利益。招標機構審定投標書，要看其中是否含歧視性條款。政府招標管理部門、監督部門在管理監督招標工作中，最重要的任務也是審查招標文件中是否有歧視性條款。這是保證招標公平、公正的關鍵環節。

（四）維護本企業的商業秘密及國家利益

投標書編制要注意維護使用單位的商業秘密，也不得損害國家利益和社會公眾利益。

思考與練習

1. 招標書的特點和作用各是什麼？
2. 投標書有哪些種類？寫作注意事項是什麼？
3. 根據材料寫一份招標書。

巴西水利當局對××水利工程項目所需的各種服務用車輛進行國際招標，包括服務用吉普車、服務用小噸位運輸車和大型推土機。必須運交到工地，負責裝配、維修。允許製造商分別對個別項目進行投標。巴西水利當局已從世界銀行獲得一筆貸款，用於支付本合同所需的外匯，其餘費用自籌解決。只接受來自世界銀行成員的享有盛譽的車輛註冊商標的製造商的投標，合同憑商標交易，而且必須保證隨時提供各種備件和維修設備。有意者可以在20××年5月31日後按下列地址以每份5美元的價格購買招標文件，多買不限，售後不退。要求投標人隨同投標書一起提供附有資格證的材料，並交納投標保證金2萬美元。所有投標文件應於20××年6月20日前遞交招標人，晚於此日期被視為無效。定於20××年6月20日在巴西水利局採購工程項目處會議廳內公開開標。

請寫明聯繫人、地址、電話、傳真等。

4. 根據上面的招標書，寫一份投標書。

相關鏈接

投標書體例

一、投標書封面

(招標單位名稱)

送上：＿＿＿＿＿＿＿工程項目投標書正本一份請審核。

投標單位：＿＿＿＿＿＿＿（蓋章）

法定代表人（職務）：＿＿＿＿＿＿＿（簽名蓋章）

投標日期：＿＿＿年＿月＿日

二、投標書正文

××××× 工程投標書

×××× (招標單位名稱)：

我們研究了×××××工程的招標文件，願意按照設計圖紙和合同條件的要求承擔上述工程的施工任務。現提出正式報價如下：

（一）總包標價：＿＿＿＿＿＿＿（人民幣）

（二）單價：＿＿＿＿＿＿＿元/平方米（或立方米、米等）

（三）總包標價構成：

工程項目	計量單位	工程數量	標價(元)	占總價(％)
主廠房	平方米			
宿舍	平方米			
設備安裝	臺、套			
室外工程	項			
其他	項			

（四）工期

＿＿＿＿年＿＿＿月＿＿＿日開工，＿＿＿＿年＿＿＿月＿＿＿日竣工，總工期＿＿＿天。

（五）工程質量標準及主要施工技術組織措施

　　1. ＿＿＿＿＿＿＿＿＿＿＿＿＿＿＿＿＿＿＿＿＿＿＿＿＿＿＿。
　　2. ＿＿＿＿＿＿＿＿＿＿＿＿＿＿＿＿＿＿＿＿＿＿＿＿＿＿＿。
　　3. ＿＿＿＿＿＿＿＿＿＿＿＿＿＿＿＿＿＿＿＿＿＿＿＿＿＿＿。
　　4. ＿＿＿＿＿＿＿＿＿＿＿＿＿＿＿＿＿＿＿＿＿＿＿＿＿＿＿。
　　5. ＿＿＿＿＿＿＿＿＿＿＿＿＿＿＿＿＿＿＿＿＿＿＿＿＿＿＿。
　　6. ＿＿＿＿＿＿＿＿＿＿＿＿＿＿＿＿＿＿＿＿＿＿＿＿＿＿＿。

（六）主要材料指標

　　1. 鋼材＿＿＿＿噸（有無規格應說明）

　　2. 水泥＿＿＿＿噸（標號應說明）

　　3. 木材＿＿＿＿＿立方米（原木和鋸材應說明）

（七）要求建設單位提供的配合條件

1. _____。
2. _____。
3. _____。
4. _____。
5. _____。
6. _____。
7. _____。
8. _____。

招標單位名稱（蓋章）

法定代表人（簽字蓋章）

電話：　　　傳真：　　　聯繫人：

三、投標書附件一

(單位工程名) 主要部分分項標價明細表

工程項目	單位	數量	直接費用（元）	
			單價	總價
土方工程				
混凝土工程				
砌磚工程				
……				
……				
其他				
直接費用				元
獨立費%				元
包干系數%				元
利潤、技術裝備費、勞保支出%				元
標價合計				元

四、投標書附件二

（單位工程名）主要材料、設備標價明細表

材料設備名稱	單位	數量	預算（元）		標價（元）		差價（元）
			單價	總價	單價	總價	
合計							
材料設備差價合計（大寫）							元
說明：							

資料來源：李道魁. 財經應用文寫作［M］. 成都：西南財經大學出版社，2002.

【例文一】

貴州省公安消防總隊 2016 年度消防車輛採購招標公告

1. 項目名稱：貴州省公安消防總隊 2016 年度消防車輛採購
2. 項目編號：THZB2016－411CG
3. 項目序列號：S5200000000006316001
4. 項目聯繫人：×××、×××
5. 項目聯繫電話：0851－85828196－207
6. 採購方式：公開招標
7. 採購貨物或服務情況：（具體要求詳見附表）

（1）採購主要內容：

品目	採購內容	數量（臺）	預算價（萬元）	備註
1	壓縮空氣泡沫消防車	8	3,200	軍免車輛
2	工程機械車	3	600	進口車輛
3	高壓大流量供水消防車	1	300	軍免車輛
4	登高平臺消防車（54 米）	1	550	軍免車輛

品目	採購內容	數量（臺）	預算價（萬元）	備註
5	水陸兩棲運輸車	15	600	進口產品
6	水罐消防車	3	450	軍免車輛
7	通信先導車	1	135	進口車輛
8	飲食保障車	1	80	
9	油罐車	1	50	
10	水罐消防車	18	450	
11	專職隊水罐消防車	13	260	
12	四輪消防摩托車	10	120	
13	裝備檢測車	1	170	
14	自裝卸式運輸車（含3個運輸箱）	1	220	
採購預算合計			7,185	
15	多劑聯用舉高噴射消防車	3	495	
16	大噸位供水消防車	5	475	
17	供液消防車	3	270	
18	登高平臺消防車（32米）	1	220	
19	水罐泡沫消防車	5	300	
20	通信指揮車	1	68	
21	報廢更新（需要購置的其他車輛）	16	1,280	
22	專職隊消防車	2	90	
採購預算合計			3,198	

註：①品目1～7各選擇1名中標供應商；②品目8～14各選擇3名供應商入圍貴州省消防總隊供應商庫，由採購人在供應商庫裡選擇供應商自行採購；品目15～22由各市、州、區公安消防支隊在2015年省消防總隊入圍供應商庫裡選擇供應商委託招標代理機構組織採購，不含在本次公開招標範圍內。

（2）採購數量：1批。

（3）採購預算：103,830,000元。

（4）簡要技術要求、服務和安全要求：具體要求詳見招標文件。

（5）交貨時間或服務時間：合同簽訂後，60個日曆日內供貨安裝調試

完成，辦理軍免車輛產品180個日曆日內供貨安裝調試完成。

（6）交貨地點或服務地點：採購人指定地點。

（7）其他事項（如樣品提交、現場踏勘等）。

8. 投標供應商資格要求

（1）一般資格要求：

a. 符合《中華人民共和國政府採購法》第二十二條之供應商資格條件要求並能提供相應證明材料。

b. 具有有效的企業法人營業執照、稅務登記證、組織機構代碼證。

c. 所有產品須提供產品生產廠商或有效代理商針對本項目的銷售授權書。提供國外生產廠商銷售授權書的，應提供生產廠商銷售授權書的彩色複印件及中文翻譯件並加蓋生產廠商印鑒；提供國內有效代理商出具的授權書的，需提供授權書原件及生產廠商對有效代理商的授權書彩色複印件，並加蓋有效代理商公章。

d. 品目1、4、5、7、11、14、15產品必須具有中華人民共和國公安部消防產品合格評定中心出具的產品認證（CCCF證書）。

e. 本項目不接受聯合體投標。

f. 國內產品滿足採購需求的，可以參與本項目投標。

（2）特殊資格要求：無。

9. 獲取招標文件信息

（1）購買招標文件時間：2016－10－21 09：00：00 至 2016－10－28 17：00：00。

（2）購買招標文件地點：在貴州省公共資源交易中心網站上進行網上報名，支付招標文件費用後自行下載。

（3）招標文件獲取方式：登錄網站報名成功後下載。

（4）招標文件售價：300元人民幣（含電子文檔）。

10. 投標截止時間（北京時間）：2016－11－14,09：30：00（逾期遞交的投標文件恕不接受）

11. 開標時間（北京時間）：2016－11－14,09：30：00

12. 開標地點：貴州省公共資源交易中心（貴州省貴陽市遵義路65號，具體開標室於當日在貴州省公共資源交易中心開標區獲取）

13. 投標保證金情況

（1）投標保證金額（元）：560,000。

（2）投標保證金交納時間：2016－10－21,09：00：00 至 2016－11－10,12：00：00。

（3）投標保證金交納方式：按招標文件要求交納。

（4）開戶銀行及帳號：

單位名稱：貴州省公共資源交易中心

開戶銀行：貴州銀行股份有限公司貴陽展覽館支行

帳　　號：0109001400000182

14. PPP 項目：否

15. 採購人名稱：貴州省公安消防總隊

聯繫地址：貴州省貴陽市沙衝南路 231 號

項目聯繫人：×××

聯繫電話：××××××

16. 採購項目需要落實的政府採購政策：詳見招標文件

17. 採購代理機構全稱：貴州泰禾招標造價諮詢有限公司

聯繫地址：貴陽市觀山湖區誠信北路 8 號綠地聯盛國際 3 棟（A 座 23 樓 2 號）

項目聯繫人：×××、×××

聯繫電話：0851－85828196－207

請供應商在匯款時務必註明本項目的項目編號，否則，因款項用途不明導致保證金無效等後果由投標人自行承擔。

貴州××招標造價諮詢有限公司

2016 年 10 月 21 日

來自中國政府採購網

（收錄本書時個別表述有調整）

【例文二】

建築安裝工程投標書

＿＿＿＿＿＿（建設單位或招標辦公室）：

在研究了＿＿＿＿＿建築安裝工程的招標條件和勘察、設計、施工圖紙，以及參觀了建築安裝工地以後，經我們認真研究核算，願意承擔上述全部工程的施工任務。我們的投標書（標函）內容如下：

＿＿＿＿＿＿＿＿＿＿＿＿＿＿＿＿＿＿＿＿＿＿＿＿＿＿＿＿＿＿

＿＿＿＿＿＿＿＿＿＿＿＿＿＿＿＿＿＿＿＿＿＿＿＿＿＿＿＿＿＿

標函內容	工程名稱	建築地點	工程內容
	建築面積	建築層數	包干形式
	結構形式	設計單位	
標價	總造價	每平方米造價	其他
	直接費用	間接費用	其他
	材料差價	材料差價	其他
工期	開工日期	竣工日期	合計天數
	形象進度	達到等級	
	保證質量主要措施	施工方法	選用施工機械

我們特此同意，在本投標書發出後的_____天之內，我們都將受本投標書的約束。我們願在這一期間（即從_____年____月____日起至_____年____月____日止）的任何時候接受貴單位的中標通知。一但我們的投標被接納，我們將與貴單位共同協商，按招標書所列條款的內容正式簽署_____建築安裝工程施工合同，並切實按照合同的要求進行施工，保證按質、按量、按時完工。

　　我們承諾，本投標書（標函）一經寄出，不得以任何理由更改，中標後不得拒絕簽訂施工合同和施工；一旦本投標書中標，在簽訂正式合同之前，本投標書連同貴單位的中標通知，將構成我們與貴單位之間有法律約束力之協議文件（如果招標書要求投標方提供銀行或上級部門擔保的，投標方應在投標書＜標函＞中附上一份銀行或上級部門的履約保證書）。

　　投標書發出日期：_____年____月____日_____時

　　投標單位：_____（公章）

　　企業負責人：_____（蓋章）

　　聯繫人：_____（蓋章）

　　電話：_____

　　地址：_____

☞來自中國工程項目管理網

第十章
經濟合同

第一節　經濟合同的含義和特點

一、經濟合同的含義

合同舊稱契約，是當事人各方為達到某種目的經協商同意後訂立的明確有關權利義務關係的協議。它有廣義和狹義之分。廣義的合同泛指發生一定權利義務的協議；狹義的合同專指當事人之間設立、變更、終止民事關係的協議。

1999年3月15日第九屆全國人民代表大會第二次會議通過的《中華人民共和國合同法》（以下簡稱《合同法》）規定：合同是「平等主體的自然人、法人、其他組織之間設立、變更、終止民事權利義務關係的協議」。由此可見，合同是簽訂合同的雙方當事人為實現一定目的，經充分協商，對所確認的權利和義務達成的一種文字協議。而經濟合同則是雙方或多方當事人為了實現一定的經濟目的，通過平等協商，明確相互的權利和義務而共同訂立的一種具有經濟關係的協議，確定了當事人表示見解一致的法律關係。

二、經濟合同的特點

《合同法》明確規定了經濟活動中的五項基本原則，即「平等原則」「自願原則」「公平原則」「誠實信用原則」和「遵守法律、法規和尊重社會公德原則」。與此相應，經濟合同有以下五個主要特點：

（一）合法性

合同的撰寫要嚴格遵守《合同法》的規定。經濟合同是具有法律效力的文書，它起作用要以合法為前提，內容不合法，就被視為無效合同。另外，對經濟合同的訂立和履行、變更和解除、違約責任等，國家都以法規的形式作了規定，從合同的簽署、履行到糾紛的調節、仲裁，都必須依法進行。

（二）平等互利性

經濟合同的平等性，首先表現為簽訂合同的雙方或多方的法律地位是

平等的，當事人之間應是平等互利的合作關係，沒有上下從屬之分。其次，合同是協商協作的產物，在合同條款中，權利和義務是相互的、對等的，不能將其建立在損害對方或他方的利益之上，合同內容也應是等價有償的。

（三）公平性

經濟合同的公平性是指合同的訂立和履行以及糾紛的解決都應當公平合理，要求當事人訂立合同的機會均等，要公平競爭，反對壟斷和「霸王條約」，不允許以大壓小、以強凌弱，任何一方均不得把自己的意志強加給對方。顯失公平的合同、乘人之危情況下簽訂的合同、以脅迫手段簽訂的合同，都有被撤銷的可能。

（四）誠信性

在簽訂合同時，當事人雙方均應當誠實地表達自己的意思、實事求是；在履行合同時，均應當遵守自己的承諾。隱瞞真相、背離約定、製造銷售假冒偽劣產品、拖欠供貨或貨款等，都是違背誠信性原則的。

（五）規範性

為了保證合同的合法性、公平性、完備性，撰寫合同應當符合規範化的要求。《合同法》明文規定：「法律、行政法規規定採用書面形式的，應當採用書面形式。當事人約定採用書面形式的，應該採用書面形式。」合同的書面形式是較為統一、固定的，即內容的構成、先後順序都有一定的要求。在語言方面，要求使用規範的表達方式，要準確、嚴謹，措辭力求精當，不可模棱兩可、含混不清。為規範合同體式，國務院曾於 1990 年 3 月 20 日批准在全國推行合同統一文本格式。原國家工商行政管理局編制的「中國合同範本」為各類合同的正確制作提供了依據。

第二節　經濟合同的種類和作用

一、經濟合同的種類

經濟合同的分類方式很多，不同的劃分標準有不同的分類方法。

按時間劃分，有長期合同、中期合同和短期合同。

按地域劃分，可分為國內合同和涉外合同。

按雙方權利和義務關係分，有勞務合同（雙方都享有權利並承擔義務，如買賣合同）和單務合同（僅對一方發生權利、對他方只發生義務，如信貸合同）。

按形式劃分，有條款式合同、表格式合同和條款表格結合式合同。

按內容性質分，有買賣合同，供用電、水、氣、熱力合同，贈與合同，借款合同，租賃合同，融資租賃合同，承攬合同，建設工程承包合同，運輸合同，技術合同，保管合同，倉儲合同，委託合同，行紀合同，居間合同15種。

買賣合同，是指出賣人轉移標的物的所有權於買受人，買受人支付價款的合同。

供用電、水、氣、熱力合同，是指供電、水、氣、熱力人向用電、水、氣、熱力人供電、水、氣、熱力，用電、水、氣、熱力人支付費用的合同。

贈與合同，是指贈與人將自己的財產無償給予受贈人，受贈人表示接受贈與的合同。

借款合同，是指借款人向貸款人借款，到期返還借款並支付利息的合同。

租賃合同，是指出租人將租賃物交付承租人使用、受益，承租人支付租金的合同。

融資租賃合同，是指出租人根據承租人對出賣人、租賃物的選擇，向出賣人購買租賃物，提供給承租人使用，承租人支付租金的合同。

承攬合同，是指承攬人按照定做人的要求完成工作，交付工作成果，定做人給付報酬的合同。承攬包括加工、定做、修理、複製、測試、檢驗等工作。

建設工程承包合同，是指承包人進行工程建設，建設單位支付給承包人價款的合同。建設工程承包合同包括勘察、設計、施工合同。

運輸合同，是指承運人將旅客或貨物從起運點運輸到約定地點，旅客、托運人或收貨人支付票款或者運輸費用的合同。

技術合同，是指當事人就技術轉讓、開發、諮詢或者服務訂立的確立相互之間權利和義務的合同。

保管合同，是指保管人保管寄存人交付的保管物並返還該物的合同。

倉儲合同，是指保管人儲存存貨人交付的倉儲物，存貨人支付倉儲費的合同。

委託合同，是指委託人和受託人約定由受託人處理委託人事務的合同。

行紀合同，是指行紀人以自己的名義為委託人從事貿易活動，委託人支付報酬的合同。行紀合同又稱信託合同。行紀人處理委託事務的費用，由行紀人負擔，但與當事人另有約定的除外。行紀人與第三人訂立合同的，行紀人對該合同直接享有權利，承擔義務。

居間合同，是指居間人向委託人報告訂立合同的機會或者提供訂立合同的媒介服務，委託人支付報酬的合同。居間人未促成合同成立的，不得要求支付報酬，但可以要求委託人支付從事居間活動支出的必要費用。

二、經濟合同的作用

(一) 保障作用

合同的訂立，使當事人的權益以法律的形式得到了保護。合同規定了當事各方的權利和義務，任何一方不履行合同都要受到經濟或法律的制裁；同時，各方的利益又依賴合同條款所規定的法律關係得到有效的保障。任何當事人的權利受到侵害，都有權向司法部門提出申訴，司法部門則會依法調節當事人各方關係，制裁違法行為，保護受損害者的利益。

(二) 約束作用

《合同法》第七條明文規定：「當事人訂立、履行合同，應當遵守法律、行政法規。」所以，依法訂立的合同一經簽署就具有法律約束力，當事人既可以充分享受合同規定的權利，又必須全面履行合同所規定的義務。任何一方不得擅自變更合同的內容或解除合同。如果訂立合同的某一方未經對方同意，單方面擅自變更合同內容或解除合同，使對方權益受到侵害，要罰以違約金，並賠償因此給對方造成的經濟損失。

第三節　經濟合同的寫法和寫作要求

一、經濟合同的寫法

從結構上講，經濟合同的表現形式有兩種，即條文式合同和表格式合同。《合同法》第十二條規定：合同的內容由當事人約定，一般包括以下條款：①當事人的名稱或者姓名和住所；②標的；③數量；④質量；⑤價款或者報酬；⑥履行期限、地點和方式；⑦違約責任；⑧解決爭議的方法。無論是條文式合同，還是表格式合同，一份完整的經濟合同一般分為以下四個部分：

（一）標題

標題寫在第一行的中間，字體要稍微大一些。經濟合同的標題一般只寫明合同的種類，如「供電合同」「承攬合同」。

此外，標題還有以下幾種寫法：

1. 將經營範圍和經濟合同名稱寫在一起，如「紡織品購銷合同」。

2. 將經濟合同有效期和經濟合同名稱寫在一起，如「2011 年度購銷合同」。

3. 將簽約單位名稱並列寫在經濟合同名稱前面。

如：×××市××公司

×××廠　　購銷合同

為了進行合同登記，標題下還應寫明合同的編號。

（二）簽約當事人的名稱或姓名

另起一行空兩格，分行並列寫明簽訂合同當事人雙方的單位名稱或者姓名和住所，有的在單位名稱之前還寫明合同的性質。如：

訂立供銷合同單位××××（甲方）代表×××

××××（乙方）代表×××

為了行文方便，常常在雙方名稱（或代表人姓名）後邊註明「以下簡稱甲方」和「以下簡稱乙方」，有些合同不寫甲方、乙方，而寫「供方」「需方」。訂立合同的雙方單位名稱要用全稱，不能用容易引起混淆的簡

稱，以免在執行合同過程中引起糾紛。

（三）正文

正文是合同的主要部分，一般包括兩個方面的內容：

1. 雙方簽訂經濟合同的依據或目的。這部分的寫法通常比較固定，如「為了××××××，根據《中華人民共和國合同法》，經雙方協商同意，特簽訂本合同」。如果合同目的很清楚，也可以不寫。

2. 經濟合同的內容。這一部分另起一段，逐條寫明雙方協議的具體條款。表格式經濟合同通常事先印好，項目比較固定，只要往裡填充內容即可；條文式經濟合同內容可多可少，根據需要而定。合同內容根據合同法的規定主要包括：

（1）標的。經濟合同的標的就是合同關係中確定的雙方當事人權利和義務共同指向的對象。它可以是物，如購銷合同中出售的商品；可以是行為，如運輸合同中承運人將旅客和貨物運達目的地的行為；還可以是技術和成果，如技術合同中的技術，出版合同中作者的作品。

（2）數量。數量是標的在量的方面的限度，是標的的計量。通常指商品的重量、個數、長度、面積、容積等的量，經濟合同中必須明確規定標的的數量、計量單位和計量方法。數量通常用數字和計量單位來表示，有時有的商品還應寫明數量的正負尾差、合理磅差、自然減量和增量的計量方法。

（3）質量。質量是標的在質的方面的規定，是標的的內在素質和外觀形態的基本要求，即質的規定性。它不僅指標的物的優劣程度，還包括產品的品種、規格、成分、含量、純度、色澤、不合格率、性能等。標的的質量標準力求規定詳細、具體、明確，有規定標準的，如國際標準、國家標準等，按當事人雙方認可的標準執行；沒有規定標準的，由雙方當事人協商確定。

（4）價款或報酬。價款或報酬是標的的價值，是取得對方產品、接受對方勞務或智力成果所支付的代價和報酬，多以貨幣數量表示。價款指商品交易中買方付給賣方的代價，包括單價和總金額，如購銷合同中買賣商品的價款；報酬指接受服務一方付給提供服務一方的報酬，如雇傭合同中的勞動報酬。價款或報酬一般都以貨幣數量來表示。合同中還要明確價款或報酬的給付方式、銀行帳號等。

（5）履行期限、地點和方式。履行期限是指經濟合同的有效起訖時限，是合同當事人實現權利、履行義務的時間界限，包括合同有效期限和履行期限。超過期限未能履行合同，就應當承擔由此產生的後果。履行合同的地點指經濟合同履行時的具體地點，包括交貨、驗貨或承建工程的具體地點，必須規定具體、明確，不能產生歧義。履行的方式指當事人以什麼方式來履行合同、實現合同所規定的當事人的義務，包括時間方式和行為方式兩方面。時間方式指的是一次性履行完畢還是分期履行；行為方式指當事人交付標的物的方式，如標的物的交付、運輸、驗收、價款結算等的方式。

（6）違約責任。違約責任指當事人一方或雙方因為自己的過錯，造成合同不能履行或不能全部履行而應承擔的責任。《合同法》規定當事人不履行合同義務或者履行合同義務不符合約定的，應承擔繼續履行、採取補救措施或賠償損失等違約責任。承擔違約責任的方式主要是支付違約金、賠償金等。

（7）解決爭議的方法。解決爭議的方法是指合同當事人事先約定的、在履行合同中雙方發生爭議時解決的方法。常用的解決方法有協商、仲裁、法院調解、審理等。

（四）結尾

結尾包括署名、日期和附項。

1. 署名。簽訂經濟合同的雙方當事人單位名稱、法定代表人的簽名和單位蓋章。如果需主管部門或公證機關審批、簽證，還須寫上主管部門或公證機關的名稱、意見、日期，經辦人簽名，並加蓋公章。

2. 日期。以簽訂合同的日期為準。

3. 附項。一般包括雙方當事人的單位地址、電話號碼、開戶銀行、銀行帳號、郵政編碼等內容。

二、經濟合同的寫作要求

（一）簽訂經濟合同要遵循的原則

1. 必須符合國家的有關政策、法律、法規、法令。
2. 合同的當事人必須具備法人資格。
3. 必須堅持平等互利、協商一致、等價有償原則。

4. 體現平等、自願、公平、誠信的原則。

(二) 內容具體明確，語言準確嚴密

文字不能模棱兩可產生歧義。金額數字要採用大寫，標點正確。如確需修改時，應將雙方同意的修改意見作為附件附上。如在原件上修改，應加蓋雙方印章。

(三) 格式規範，條文科學

《合同法》中規定了經濟合同的具體寫法和格式，訂立經濟合同時要嚴格遵循《合同法》及有關法律的具體要求。經濟合同受國家法律的保護，當事人雙方必須受其約束、嚴格履行，否則就要受到法律的制裁。此外，還要求經濟合同的條款要具有科學性。

思考與練習

1. 什麼是經濟合同？它有哪些特點和作用？
2. 經濟合同的內容一般包括哪些條款？
3. 簽訂經濟合同要遵循哪些原則？
4. 請根據下面的材料寫一份買賣合同。

大豐果品商店的代表杜雲光，於2010年3月16日與光明園藝場的代表肖鵬飛簽訂了一份合同。雙方協商時提到：大豐果品商店購買光明園藝場出產的水蜜桃8,000千克、鴨梨10,000千克和紅富士蘋果15,000千克。要求每種水果在八成熟採摘後，一星期內分三批交貨，由光明園藝場負責用柳筐包裝並及時運到大豐果品商店；包裝筐費和運輸費均由大豐果品商店負擔。各類水果的價格視質量好壞，按國家規定當地收購牌價折算，貨款在每批水果交貨當日通過銀行托付。如因突發自然災害不能如數交貨，光明園藝場應及時通知大豐果品商店，並相互協商修訂合同。在正常情況下，如果大豐果品商店拒絕收貨，應處以拒收部分價款20%的違約金；光明園藝場交貨量不足，應處以不足部分價款30%的違約金。這份合同一式四份，雙方各執一份，各自的上級單位備案一份。

相關鏈接

勞動合同與勞務合同

一、認定勞動關係

（一）雙方具備建立勞動關係的條件：一方為單位，一方為個人；

（二）雙方的合意應當屬於建立勞動關係，不論是否已經簽訂書面勞動合同；

（三）勞動者在從屬性條件下從事勞動；

（四）雙方具有管理和被管理的特徵；

（五）雙方的權利義務調整勞動過程。

二、認定勞務關係

（一）雙方為不具有從屬性的平等關係；

（二）勞動過程中雙方不具有管理和被管理的關係（即不存在具體的職務和崗位，無上下級）；

（三）雙方的權利義務完全依據協議確定，為完整的平等有償關係（即不受單位規章製度約束，而是受勞務協議約束）；

（四）雙方的權利義務調整勞動結果。

三、勞動合同與勞務合同的區別

（一）從合同的性質來看：勞務合同是受雇人為雇傭人提供服務的合同；勞動合同是確定勞動關係的合同。

（二）從合同的目的來看：勞務合同以提供勞務為目的；勞動合同以勞動者成為用人單位內部成員為目的。

（三）從受國家干預的程度來看：勞務合同更多體現當事人意思自治，國家干預程度較小；勞動合同更多體現國家的干預，體現國家對勞動者的特別保護。

（四）主體不同：勞務合同適用於單位之間、個人之間或單位與個人之間；勞動合同僅限於單位用工，主體為單位和個人。

（五）法律關係不同：勞務合同兩者是平等關係，不接受用人單位管理，不受規章製度約束，是平等的民事法律關係；勞動合同勞動者屬於單

位內部成員，遵守其內部規章製度，必須承擔一定的工種或職務工作，兩者是領導和被領導、管理與被管理、支配與被支配的隸屬關係。兼具財產關係和人身關係。

（六）承擔勞動風險責任的主體不同：勞務合同提供勞動一方有權自行支配勞動，以個人名義進行勞動，風險責任自行承擔；勞動合同的勞動者必須服從用人單位的領導、管理、組織和支配，以單位名義進行勞動，風險責任由單位承擔。

（七）從支付勞動報酬的形式來看：勞務合同的勞務費，由雙方自行協商價格及支付方式，法律不過分干涉，一般是一次性結算或階段性分批次支付，毫無規律可言；勞動合同的工資具有按勞分配性質，受法律法規約束，一般是有規律地按月支付。

（八）單位承擔的義務不同：勞務合同無須繳納社保，無須支付加班費，不受最低工資約束；勞動合同需繳納社保，需支付加班費，受最低工資約束。

（九）從合同的內容來看：勞務合同單位並不為勞動者提供勞動條件；勞動合同單位應為勞動者提供勞動條件。

（十）單位側重點不同：勞務合同的單位不再是管理者身分，而是用合同條款約束勞動者，側重於勞動成果；勞動合同的單位側重於對勞動過程的管理。

（十一）解除合同的方式不同：勞務合同雙方可依約定隨時解除勞務關係；勞動合同履行法定程序。

（十二）勞務合同不受民法和合同法調整，勞動合同受勞動合同法調整。

（十三）從爭議處理的程序來看：勞務合同法院可直接受理；勞動合同法院不能直接受理，須仲裁前置。

四、簽署勞務合同應注意以下問題和風險

（一）簽訂勞務協議時盡量避免出現符合勞動合同特徵的條款和履行方式。

（二）簽訂勞務合同的工種主要是指在一定時期內完成相對獨立的一定量工作的工種，故並不是所有的崗位都可以實行勞務用工模式。主要針對退休（指開始享受養老保險待遇）人員、返聘人員、臨時項目用工、季

節性用工、兼職人員等。

（三）勞務用工的勞務報酬結構應與勞動用工的工資結構分開，即勞務報酬結構中不能出現加班費、遲到扣款、應出勤天數、請假時數、固定加班、自由加班、獎金、補發社保費、房租、水電費、伙食費、工會費、應急基金、公司罰款等涉及公司相關規章製度管理的項目。雙方的所有權利義務均需通過勞務協議來履行，而不是通過規章製度來規範。

（四）進行報酬結算時，為避免勞務報酬與工資混淆，應以勞務用工的部門為單位，對勞務費名義造冊發放，結算時註明核發依據，如××元/小時（天、月、件）。這在一定程度上增加了公司的財務成本。

（五）涉及的風險是雖然名義是勞務用工，但實際上卻按勞動用工進行管理，那麼發生爭議時，勞動保障部門會按勞動爭議來處理。故用勞務用工的方式不便於公司進行管理。

（六）勞務用工解除合同的隨意性強，不利於保持員工隊伍的穩定性，員工不易產生歸屬感。

☞來自華律網

意向書與經濟合同的異同

意向書的主要作用是傳達「意向」，提請對方注意或供參考，可以約束雙方的行為，維護雙方的利益；意向書能反應業務工作上的關係，能保證業務朝著健康有利的方向發展；意向書可為正式簽訂協議或合同打下基礎。與合同相比，意向書不具備法律效力，只是對各方信譽有約束力。意向書只表達談判的初步成果，為進一步簽訂協議書和經濟合同做鋪墊，具有臨時性，一旦合同簽訂，意向書就不需要了。意向書的內容具有概略性、輪廓性，不像經濟合同那樣具體。有時意向書可以是一方以廣告的形式來徵求合作單位。

協議書與經濟合同的異同

協議書是社會生活中，協作的雙方或數方，為保障各自的合法權益，經雙方或數方共同協商達成一致意見後，簽訂的書面材料。它與合同具有相同的功能，但在使用中有一些細微的區別。其區別主要是：

1. 協議書的內容比較原則、單純，往往是共同協商的原則性意見；而合同內容具體、詳細。

2. 協議書的適用範圍廣泛。聯營、經銷、加工承攬、調解、仲裁、賠償、保險、技術合作等凡當事人協商一致就可以簽訂協議書。企事業單位、社會團體、個人之間都可以訂立協議書。而合同則是按照合同法的規定，法人和自然人之間訂立的。

3. 協議書更具有靈活性，沒有固定統一的寫作格式，內容安排、條款形式由當事人協商議定。可以是簽訂正式合同之前的意向式協議書，也可以是補充合同條款不足而訂立的補充協議書，也可以是合同式協議書。

【例文】

××物流公司運輸合同

甲方：××公司

乙方：××××××

根據相關法律規定，經過雙方充分協商，特訂立本合同，以資共同遵守。

第一條　業務模式

甲方根據業務當天＿＿＿採購實際情況以物流發貨單的方式通知乙方去甲方指點供貨單位提貨，乙方根據甲方物流發貨單、貨物提單上的貨物名稱、規格、產地、數量與實物確認無誤後進行裝運貨物，並運到甲方指定地點。

第二條　貨物運輸定價

定價自合同簽訂生效當年為＿＿＿元/噸，以後年份運費隨行就市。甲方除支付上述價格外，不再支付乙方任何其他費用（包括但不限於乙方裝車、轉運、卸貨等產生的費用），但本合同另有約定的除外。

第三條　貨物驗收要求

乙方核實甲方物流發貨單和貨物提單與實物相符後，將物流發貨單蓋章後回傳甲方指定地點，如發現其中單據跟實物不符應立即通知甲方相關負責人，否則相關損失由乙方全部承擔。

第四條　貨物起運地點

貨物起運點：××

貨物到達地：××

第五條　貨物承運日期及到達時間

承運日期：乙方根據當天物流發貨單上面的日期，將貨物安全及時地運到甲方指定的地點，如逾期未將貨物及時送達目的地，視為乙方違約，因此給甲方造成的損失（包括但不限於甲方另行組織運輸工具所支付的運費的差額、甲方因違約給第三方的賠償、實現債權的律師費、訴訟費等）由乙方承擔；乙方派出的運輸工具和人員的行為視為乙方的行為，因此給甲方或者第三人造成的損失由乙方承擔。

貨物運到期限：貨物必須在拿取貨物提單的第二天上午____之前送到貨物指定地點。

第六條　運輸質量及安全要求

乙方在貨物運輸過程中出現貨物毀損、丟失、調換等，甲方有權根據該批貨物的當時購買的市場價值提出全額賠償，並由乙方承擔由此引起的一切損失。此外，甲方可解除合同，乙方不得有異議。

第七條　運輸費用、結算方式

乙方將貨運到甲方指定地點，甲方倉庫管理人員在物流發貨單上簽字蓋章後，乙方司機憑物流發貨單去甲方財務辦公室結算，每月____日和____日為結算日（遇法定節假日順延）。

第八條　各方的責任、義務

一、甲方的責任

1. 有權要求乙方按照合同規定的時間、地點，把貨物運輸到目的地。貨物托運後，甲方需要變更到貨地點或收貨人，或者取消托運時，有權向乙方提出變更合同的內容或解除合同的要求，但必須在貨物未運到目的地之前通知乙方，並相應支付給乙方所需費用。

2. 因甲方原因而引起的無法抵達目的地或找不到收貨人的，乙方必須妥善保管好貨物，並以書面通知甲方，否則造成的損失由乙方承擔。

3. 甲方保證按合同要求在乙方向甲方提交相關單據時在結算日及時結算運費給乙方，乙方不得以甲方未支付運費或者甲方許可的費用為由對運輸貨物進行留置，必須將所運貨物交付給甲方指定的人和指定的地方。

4. 貨物到達甲方運輸目的地後，在乙方運輸司機的配合下，甲方應積極組織人員進行貨物卸載，其吊裝費用由甲方承擔。

二、乙方的責任

1. 乙方收到甲方的物流發貨單後，應根據物流發貨單上的聯繫方式去甲方供貨單位提貨，提貨時結合物流發貨單上的名稱、數量、規格清點貨物，如發現數量、名稱、規格、材質與實際不符，應及時通知甲方。

2. 乙方作為甲方運輸合作單位，對甲方的貨物有優先承運權，不得推托運輸。

3. 在合同規定的期限內，將貨物運到指定的地點，按時向收貨人發出貨物到達的通知，對托運的貨物要負責安全，保證貨物無短缺，無損壞，否則應承擔由此引起的一切賠償責任。

4. 司機把貨物送達目的地後，若客戶對貨物有任何意見，司機絕對不可以與客戶發生爭執，應立即與乙方負責人聯繫，並將事件及時匯報給甲方。

5. 乙方必須嚴格按照附件中所列運輸時間執行，若因特殊情況，貨物沒有按預定時間到達時，乙方應及時與甲方取得聯繫，並說明原因。若甲方調查發現有不屬實的，有權要求乙方承擔違約賠償責任。

6. 乙方貨物裝運過程中應將該批貨物的材質證明書、銘牌等隨機文件交給甲方收貨人員。

第九條 違約責任

1. 每次發貨前，甲方提供準確的物流發貨單，作為乙方去甲方供貨單位提貨的依據。如果乙方未按提單要求清點貨物的數量、規格型號、材質及產地提貨導致運輸出現錯誤，其賠償責任由乙方承擔。

2. 因甲方提供資料不齊全而導致乙方無法送達或者延誤送達，損失由甲方負責。乙方在運輸過程中如果發現甲方所提供的收貨人聯繫電話、地址有誤，必須及時與甲方聯繫尋求解決辦法，否則損失由乙方負責。

3. 乙方錯運到達地點或收貨人的，必須無償將貨物運到指定地點交付給收貨人，由此造成的損失由乙方承擔。

4. 由於乙方的過失造成貨物過期到達，超過上述雙方所約定的時間（且沒有取得甲方的認可），每次乙方需支付給甲方＿＿＿元的違約金，並承擔由此引起的一切責任，但由於不可抗力造成乙方交貨延誤，乙方應及時通知甲方並採取措施防止事件的擴大，經雙方協商可適當放寬到貨時間。

5. 乙方如在一個月內有三次推托運輸業務，甲方視為乙方單方終止本合同，乙方不得有異議。

第十條　變更與終止

1. 合同如有變更或者補充，經協商一致後，以補充協議形式確定，補充協議與原合同具有同等效力。

2. 本合同終止後，合同雙方仍承擔合同終止前本合同規定的雙方應該履行而未履行完畢的一切責任與義務。

3. 合同如需提前終止，須雙方書面同意。

第十一條　糾紛處理

若本合同在履行過程產生糾紛，雙方應協商解決，協商不成的，由甲方註冊地人民法院管轄。

第十二條　其他約定

1. 甲方的權限只是監督乙方履行本合同，無權對合同做出任何修改，更無權收取合同項下任何金額。如果確有必要對本合同做出修改或者簽訂補充協議，必須由授權代表簽字並加蓋甲方公章才具有法律效力。所有現金必須進入甲方的銀行帳戶，所有票據必須有甲方行使票據權利方為有效，否則均不視為甲方收到此款項，由此產生的責任由乙方自行承擔，不免除乙方付款的責任。

2. 本合同一式兩份，甲乙雙方各執一份，自雙方簽字、蓋章之日起生效，傳真件與原件有同等的法律效力，與本合同有關的補充協議、物流發貨單作為履行本合同的有效組成部分。

甲方：××公司　　　　　　　　　乙方：××××××

地址：××××××　　　　　　　　地址：××××××

電話：××××××　　　　　　　　電話：××××××

開戶銀行：××××××　　　　　　開戶銀行：××××××

銀行帳號：××××××　　　　　　銀行帳號：××××××

日期：×年×月×日　　　　　　　　日期：×年×月×日

第十一章
經濟糾紛訴訟文書

第一節　經濟糾紛訴訟文書概述

一、經濟糾紛訴訟文書的概念

在當今社會生活中，由於社會經濟的迅速發展而帶來的財產、債權債務、保險、遺產、合同、商標使用權等的經濟糾紛問題越來越多。如何解決這些經濟糾紛問題，對當事人雙方都是至關重要的。

解決經濟糾紛的途徑，可以協商，可以調解，可以訴訟。在經濟活動中，雙方當事人發生分歧，產生糾紛，如果雙方本著互諒互讓的原則，通過談判、協商達成共識，找到雙方都能接受的解決問題的辦法，這就是協商解決經濟糾紛問題。如果雙方當事人自願，人民法院在事實清楚的基礎上，分清是非，可以進行調解。所達成的協議，必須雙方自願，內容不得違反法律規定。達成協議後，人民法院應當制作調解書。雙方當事人簽收後，調解書即具有法律效力。這就是調解解決經濟糾紛問題。人民法院鼓勵當事人多採用調解的辦法來解決問題，這樣可以節省寶貴的審判資源，對當事人雙方來說也是比較節約時間、精力和金錢的辦法。也有許多經濟糾紛問題，通過雙方協商或者法院調解都無法解決，在這種情況下，可以通過提起訴訟，請法院來審理解決。我們把發生經濟糾紛的當事人向人民法院起訴，以及人民法院依法對經濟糾紛進行審理和判決的過程，稱為經濟糾紛訴訟。

經濟糾紛訴訟文書，是經濟糾紛訴訟程序中使用的文書的總稱。其中由當事人擬寫的主要有起訴狀、反訴狀、上訴狀、答辯狀和申訴狀等，統稱為經濟糾紛訴訟狀；由人民法院擬寫的主要有調解書、判決書、裁定書等。本章介紹的是經濟糾紛訴訟狀。

二、與經濟糾紛訴訟有關的法律問題

在經濟糾紛訴訟中要涉及許多法律概念、法律術語。法律上對這些概念和術語都有固定的解釋和界定。在經濟糾紛訴訟中當事人理解和掌握這些法律概念、法律術語，對於擬寫訴訟文書、維護自己的合法權益有著非

常重要的意義。

（一）民事訴訟和民事訴訟參加人

民事訴訟是人民法院根據一方當事人的請求，在雙方當事人和其他訴訟參與人參加下，審理和解決民事案件、經濟案件的活動，以及由這些訴訟活動所產生的訴訟法律關係。

民事訴訟參加人在訴訟活動中所處的地位不同，所使用的訴訟文書也不一樣。但是，各種訴訟文書都要寫明訴訟參加人的稱謂及其基本情況。因此，在制作訴訟文書時，要明確訴訟參加人的範圍，要掌握訴訟參加人在訴訟活動中的稱謂，相互之間的關係，以及他們的訴訟權利和義務，以便於恰當準確地擬寫訴訟文書。

1. 當事人。民事訴訟當事人主要指公民、法人和其他組織。

（1）民事訴訟當事人的概念。民事訴訟當事人是指因民事權利義務發生糾紛或者民事權利受到侵犯，以自己的名義參加訴訟，並受人民法院判決裁定或調解協議約束的利害關係人。狹義的當事人即通常稱的原告和被告，廣義的當事人還包括訴訟中的第三人。

（2）民事訴訟當事人的資格。民事訴訟當事人的資格是指當事人的訴訟權利能力和訴訟行為能力。當事人必須具有訴訟權利能力。凡具有民事權利能力的人，也具有訴訟權利能力。具有民事行為能力的人，也具有訴訟行為能力。未成年人，被宣告為行為能力人，雖具有訴訟權利能力，但沒有訴訟行為能力，應由其法定代理人或指定代理人代為進行訴訟。法人由其法定代表人進行訴訟。其他組織由其主要負責人進行訴訟。

（3）民事訴訟當事人的權利和義務。根據《中華人民共和國民事訴訟法》的有關條款（1991年4月9日第七屆全國人民代表大會第四次會議通過，根據2007年10月28日第十屆全國人民代表大會常務委員會第三十次會議《關於修改〈中華人民共和國民事訴訟法〉的決定》第一次修正，根據2012年8月31日第十一屆全國人民代表大會常務委員會第二十八次會議《關於修改〈中華人民共和國民事訴訟法〉的決定》第二次修正，以下簡稱《民事訴訟法》），當事人有權委託代理人，提出迴避申請，收集、提供證據，進行辯論，請求調解，提起上訴，申請執行。當事人可以查閱本案有關材料，並可以複製本案有關材料和法律文書。查閱、複製本案有關材料的範圍和辦法由最高人民法院規定。當事人必須依法行使訴訟權利，

遵守訴訟秩序，履行發生法律效力的判決書、裁定書和調解書。雙方當事人可以自行和解。原告可以放棄或者變更訴訟請求。被告可以承認或者反駁訴訟請求，有權提起反訴。

（4）民事訴訟當事人的稱謂。當事人在第一審程序中稱原告和被告，在第二審程序中稱上訴人和被上訴人；在審判監督程序中，如依第一審程序進行再審，稱申訴人和被申訴人，如依第二審程序進行再審，仍稱上訴人和被上訴人；在執行程序中稱申請權利人和被申請權利人。

2. 共同訴訟。根據《民事訴訟法》的有關規定，當事人一方或者雙方為二人以上，其訴訟標的是共同的，或者訴訟標的是同一種類、人民法院認為可以合併審理並經當事人同意的，為共同訴訟。

共同訴訟的一方當事人對訴訟標的有共同權利義務的，其中一人的訴訟行為經其他共同訴訟人承認，對其他共同訴訟人發生效力；對訴訟標的沒有共同權利義務的，其中一人的訴訟行為對其他共同訴訟人不發生效力。

當事人一方人數眾多的共同訴訟，可以由當事人推選代表人進行訴訟。代表人的訴訟行為對其所代表的當事人發生效力，但代表人變更、放棄訴訟請求或者承認對方當事人的訴訟請求，進行和解，必須經被代表的當事人同意。

訴訟標的是同一種類、當事人一方人數眾多在起訴時人數尚未確定的，人民法院可以發出公告，說明案件情況和訴訟請求，通知權利人在一定期間向人民法院登記。向人民法院登記的權利人可以推選代表人進行訴訟；推選不出代表人的，人民法院可以與參加登記的權利人商定代表人。代表人的訴訟行為對其所代表的當事人發生效力，但代表人變更、放棄訴訟請求或者承認對方當事人的訴訟請求，進行和解，必須經被代表的當事人同意。人民法院做出的判決、裁定，對參加登記的全體權利人發生效力。未參加登記的權利人在訴訟時效期間提起訴訟的，適用該判決、裁定。

3. 第三人。對當事人雙方的訴訟標的，有獨立請求權或者案件的處理結果同他有法律上的利害關係，而參加到已經進行的訴訟中的人，稱為第三人。

對當事人雙方的訴訟標的，第三人認為有獨立請求權的，有權提起訴

訟。對當事人雙方的訴訟標的，第三人雖然沒有獨立請求權，但案件處理結果同他有法律上的利害關係的，可以申請參加訴訟，或者由人民法院通知他參加訴訟。人民法院判決承擔民事責任的第三人，有當事人的訴訟權利義務。

4. 訴訟代理人。民事訴訟中，代理當事人一方，以被代理人名義，在被代理人授權範圍內，代被代理人行使訴訟權利，進行訴訟的人，稱訴訟代理人。

按照《民事訴訟法》的規定，訴訟代理人有法定代理人、指定代理人和委託代理人三種。

無訴訟行為能力人由他的監護人作為法定代理人代為訴訟。法定代理人之間互相推諉代理責任的，由人民法院指定其中一人代為訴訟。當事人、法定代理人可以委託一至二人作為訴訟代理人。律師、當事人的近親屬、有關的社會團體或者所在單位推薦的人、經人民法院許可的其他公民，都可以被委託為訴訟代理人。

委託他人代為訴訟，必須向人民法院提交由委託人簽名或者蓋章的授權委託書。授權委託書必須記明委託事項和權限。訴訟代理人代為承認、放棄、變更訴訟請求，進行和解，提起反訴或者上訴，必須有委託人的特別授權。訴訟代理人的權限如果變更或者解除，當事人應當書面告知人民法院，並由人民法院通知對方當事人。代理訴訟的律師和其他訴訟代理人有權調查搜集證據，可以查閱本案有關材料。查閱本案有關材料的範圍和辦法由最高人民法院規定。離婚案件有訴訟代理人的，本人除不能表達意志的以外，仍應出庭；確因特殊情況無法出庭的，必須向人民法院提交書面意見。

(二) 管轄

管轄是指各級人民法院之間以及同級人民法院之間，行使國家審判權處理民事案件的職權範圍。

1. 級別管轄。民事案件的級別管轄，是指各級人民法院之間受理第一審案件的分工和權限。按照《民事訴訟法》的規定，基層人民法院管轄第一審民事案件，但本法另有規定的除外。

中級人民法院管轄下列第一審民事案件：重大涉外案件；在本轄區有重大影響的案件；最高人民法院確定由中級人民法院管轄的案件。

高級人民法院管轄在本轄區有重大影響的第一審民事案件。

　　最高人民法院管轄下列第一審民事案件：在全國有重大影響的案件；認為應當由本院審理的案件。

　　2. 地域管轄。按照《民事訴訟法》的規定，對公民提起的民事訴訟，由被告住所地人民法院管轄；被告住所地與經常居住地不一致的，由經常居住地人民法院管轄。對法人或者其他組織提起的民事訴訟，由被告住所地人民法院管轄。同一訴訟的幾個被告住所地、經常居住地在兩個以上人民法院轄區的，各自所在地的人民法院都有管轄權。

　　下列民事訴訟，由原告住所地人民法院管轄；原告住所地與經常居住地不一致的，由原告經常居住地人民法院管轄：對不在中華人民共和國領域內居住的人提起的有關身分關係的訴訟；對下落不明或者宣告失蹤的人提起的有關身分關係的訴訟；對被採取強制性教育措施的人提起的訴訟；對被監禁的人提起的訴訟。

　　因合同糾紛提起的訴訟，由被告住所地或者合同履行地人民法院管轄。

　　因保險合同糾紛提起的訴訟，由被告住所地或者保險標的物所在地人民法院管轄。

　　因票據糾紛提起的訴訟，由票據支付地或者被告住所地人民法院管轄。

　　因公司設立、確認股東資格分配利潤、解散等糾紛提起的訴訟，由公司住所地人民法院管轄。

　　因鐵路、公路、水上、航空運輸和聯合運輸合同糾紛提起的訴訟，由運輸始發地、目的地或者被告住所地人民法院管轄。

　　因侵權行為提起的訴訟，由侵權行為地或者被告住所地人民法院管轄。

　　因鐵路、公路、水上和航空事故請求損害賠償提起的訴訟，由事故發生地或者車輛、船舶最先到達地，航空器最先降落地或者被告住所地人民法院管轄。

　　因船舶碰撞或者其他海事損害事故請求損害賠償提起的訴訟，由碰撞發生地、碰撞船舶最先到達地、加害船舶被扣留地或者被告住所地人民法院管轄。

因海難救助費用提起的訴訟，由救助地或者被救助船舶最先到達地人民法院管轄。

因共同海損提起的訴訟，由船舶最先到達地、共同海損理算地或者航程終止地的人民法院管轄。

下列案件，由本條規定的人民法院專屬管轄：因不動產糾紛提起的訴訟，由不動產所在地人民法院管轄；因港口作業中發生糾紛提起的訴訟，由港口所在地人民法院管轄；因繼承遺產糾紛提起的訴訟，由被繼承人死亡時住所地或者主要遺產所在地人民法院管轄。

兩個以上人民法院都有管轄權的訴訟，原告可以向其中一個人民法院起訴；原告向兩個以上有管轄權的人民法院起訴的，由最先立案的人民法院管轄。

3. 移送管轄和指定管轄。按照中國《民事訴訟法》的規定，人民法院發現受理的案件不屬於本院管轄的，應當移送有管轄權的人民法院，受移送的人民法院應當受理。受移送的人民法院認為受移送的案件依照規定不屬於本院管轄的，應當報請上級人民法院指定管轄，不得再自行移送。

有管轄權的人民法院由於特殊原因，不能行使管轄權的，由上級人民法院指定管轄。人民法院之間因管轄權發生爭議，由爭議雙方協商解決；協商解決不了的，報請它們的共同上級人民法院指定管轄。

上級人民法院有權審理下級人民法院管轄的第一審民事案件；確有必要將本院管轄的第一審民事案件交下級人民法院審理的，應當報請其上級人民法院批准。下級人民法院對它所管轄的第一審民事案件，認為需要由上級人民法院審理的，可以報請上級人民法院審理。

在擬寫經濟糾紛訴訟文書時除應特別注意以上幾個法律問題外，還應注意民事訴訟的證據、訴訟的期限、訴訟的提起等有關問題。

第二節　經濟糾紛訴訟文書的基本結構及寫作

一、經濟糾紛訴訟文書的基本結構

根據最高人民法院發布的《法院訴訟文書樣式》，擬制式訴訟文書的結構由首部、正文和尾部三大部分組成，各部分的內容和排列次序也有明確的規定。現將擬制式訴訟文書的結構內容和排列順序概括如下：

首部由標題、雙方（或一方）當事人基本情況、案由組成；正文由請求事項、事實與理由、證據及其來源、證人姓名和住址組成；尾部由致送機關、署名和日期、附項組成。

在具體的擬制過程中，因經濟糾紛訴訟文書的種類不同，需要不同，會有差異。經濟糾紛訴訟文書的各種規範式樣如下：

原告名稱：_____　地址：_____　電話：_____

法定代表人：姓名：_____　職務：_____

委託代理人：姓名：_____　性別：_____　年齡：_____

民族：_____　職務：_____　工作單位：_____

住址：_____　電話：_____

被告名稱：_____　地址：_____　電話：_____

法定代表人：姓名：_____　職務：_____

訴訟請求：_____

事實和理由：_____

此致

_____人民法院

　　　　　　　　　　原告：_____（蓋章）

　　　　　　　　　　法定代表人：_____（簽章）

　　　　　　　　　　　　_____年____月____日

附：合同副本____份。
　　本訴狀副本____份。
　　其他證明文件____份。

民事反訴狀

反訴人（本訴被告）：寫明基本情況

被反訴人（本訴原告）：同上

反訴請求：

事實與理由：（寫明事情具體起因、經過、內容，以及有關法律、政策依據等）

證據和證據來源：

此致
_____人民法院

         反訴人：_____
         _____年____月____日

附：本反訴狀副本_____份。

民事答辯狀

答辯人：

名稱：_____ 地址：_____ 電話：_____

法定代表人：_____ 職務：_____

委託代理人：姓名：_____ 性別：_____ 年齡：____

民族：_____ 職務：_____ 工作單位：_____

住所：_____ 電話：_____

因訴我單位_____一案，答辯如下：

_____

_____

此致
_____人民法院

       答辯人：_____（蓋章）
       法定代表人：_____（簽章）
        _____年____月____日

附：答辯狀副本_____份。
  其他證明文件_____份。

民事上訴狀

上訴人：名稱：_____ 住所：_____ 電話：____

法定代表人：名稱：_____ 職務：_____

委託代理人：姓名：_____性別：_____ 年齡：____

　　民族：_____ 職務：_____ 工作單位：____

　　住所：_____ 電話：_____

上訴人因_____一案，不服_____法院於_____年____月____日____字第_____號判決，現提出上訴。

上訴理由及請求：_____

此致

_____人民法院

　　　　　　　　　　　上訴人：_____（蓋章）

　　　　　　　　　　　法定代表人：_____（簽章）

　　　　　　　　　　　　____年____月____日

附：1. 本上訴狀副本____份。
　　2. 有關證明材料_____份。

民事申訴狀

申訴人：姓名、性別、出生年月、民族、文化程度、工作單位、職業、住址。（申訴人如為單位，應寫明單位名稱、法定代表人姓名及職務、單位地址）

被申訴人：姓名、性別、出生年月、民族、文化程度、工作單位、職業、住址。（被申訴人如為單位，應寫明單位名稱、法定代表人姓名及職務、單位地址）

申訴人因××××（寫明案由，即糾紛的性質）一案不服××××人民法院（寫明原終審法院名稱）××××第×××號××判決，現提出申訴，申訴請求及理由如下：

請求事項：（寫明提出申訴所要達到的目的）

事實和理由：（寫明申訴的事實依據和法律依據，應針對原終審判決認定事實、適用法律或審判程序上存在的問題和錯誤陳述理由）

此致

_____ 人民法院

　　　　　　　　　　　　　申訴人：（簽名或蓋章）
　　　　　　　　　　　　　____ 年 ____ 月 ____ 日
　　附：本申訴狀副本____ 份（按被申訴人人數確定份數）。

二、經濟糾紛訴訟文書的寫作

　　經濟糾紛訴訟文書的寫作有嚴格的格式，特別是首部和尾部都有很明確的規定性。有些內容按格式填寫即可。

　　（一）民事起訴狀的寫作

　　1. 首部。起訴狀首部的寫作應依次寫明下列事項：

　　（1）標題。應在文書正中寫上「民事起訴狀」或「起訴狀」。

　　（2）原告的身分等情況。如原告有委託代理人的，可以在原告的下一行寫委託代理人的姓名、年齡、職務、住址及其與被代理人的關係。如委託律師為代理人的，則只寫律師的姓名和律師事務所（或法律顧問處）的名稱。其他的按照民事起訴狀的規範式樣填寫即可。

　　（3）被告的身分等情況的寫法與上相同。

　　2. 正文。起訴狀的正文部分由「訴訟請求」「事實與理由」和「證據及其來源，證人姓名和住址」三個項目組成。

　　（1）訴訟請求。訴訟請求就是原告提起訴訟所要求解決的問題、所要求達到的目的。寫作時內容要具體，目的要清楚，要求法院解決的事項要明白，如要求支付違約金的具體數額、要求賠償損失的具體內容、要求違約方繼續履行合同規定的義務等。訴訟請求是訴訟人的最終目的，寫作時不能含糊不清。

　　（2）事實與理由。這是原告提出「訴訟請求」的依據，也是人民法院審理案件的依據，是整個訴訟的核心內容。起訴狀僅有「訴訟請求」還不行，還必須寫明賴以提出訴訟的事實與理由。

　　寫事實時要實事求是地陳述糾紛發生的時間、地點、原因、經過，要著重把被告違約或侵權行為造成的後果、應承擔的責任、雙方爭執的焦點等實質性問題寫清楚。理由的訴說，主要是依據被告的行為，結合有關的法律條文論述「請求事項」的合法性、合理性，因此，理由部分必須在敘述案件事實的基礎上，抓住要害，概括而精確地分析糾紛的性質和被告應

負的責任，闡明自己提出訴訟請求的合法性和合理性。

敘述事實一般有兩種寫法：一種是按民事糾紛的順序寫，即以時間為線索進行寫作；另一種是交代清楚當事人的關係之後，先寫當事雙方爭執的標的情況，後寫爭執的原因和焦點。理由的常用寫法也有兩種：一種是先寫案件事實，再寫理由，最後援引法律條文作為理由的根據；另一種是在敘述事實的過程中進行概括，提出理由，最後援引法律條文作為根據。

寫事實和理由，在行文上，可寫：「為此，特向貴院提起訴訟，請依法判決」，或者寫：「據上所述，要求……請依法判決」。

（3）證據及其來源，證人姓名和住址。這一部分一般不獨立成段，通常把它寫在附項裡，在正文敘述時，如涉及哪個證據或證人，就加以說明「見附項×」。

3. 尾部。在正文之後，另起一行寫明致送機關；而後在其右下方，由起訴人（又稱具狀人）簽名或者蓋章，註明起訴的年月日。具體寫法是：

此致
××人民法院

起訴人（具狀人）×××（簽名或者蓋章）

××××年×月×日

附項的寫作在司法實踐中一般都寫在最後，其具體寫法如下：

附：1. 本訴狀副本×份

  2. 物證×件

  3. 書證×件

  4. 證人姓名、住址

（二）民事反訴狀的寫作

其寫法與起訴狀的寫法大致相同，只是當事人的稱謂略有改變，即稱為「反訴人」「被反訴人」。

1. 首部。上訴狀的首部應依次寫明：

（1）標題。在文書正中寫「民事上訴狀」或「上訴狀」。

（2）當事人的身分等情況。在上訴人與被上訴人之後，用括號註明是

原審原告，還是原審被告。如：「上訴人（原審原告）」「被上訴人（原審被告）」。其他的寫法與起訴狀相同。

（3）案件來源。在當事人下面另起一行，寫明第一審人民法院的全稱、文書名稱、文書編號和對第一審判決或裁定不服。如「上訴人因××（案名）一案，不服×××人民法院於（年度）×民字第×號民事判決（或者裁定），現提出上訴。上訴的請求和理由如下：……」。

2. 正文。上訴狀正文的內容有：

（1）上訴請求。針對原裁判的不當，向第二審人民法院提出撤銷、變更原裁判的上訴請求。根據司法實踐，上訴請求應針對下列情況提出：

①原判認定的事實不清，證據不足；

②原判適用的法律錯誤；

③原判訴訟程序不合法。

（2）上訴理由。根據事實和法律，針對第一審判決、裁定的不當，予以辯駁。具體說來，應從以下幾個方面著手：

①從認定事實方面分析。指出原判決認定事實錯誤，或原判決認定事實不清、證據不足。

②從適用法律方面分析。如果原判決適用法律錯誤，其結果必然錯誤。

③從訴訟程序上進行分析。原判決如果違反民事訴訟程序，就有可能影響到裁判的公正。

3. 尾部。尾部的寫法與起訴狀相同，只是將起訴人改為「上訴人」。送達機關為原審人民法院的上一級法院。

（三）民事答辯狀的寫作

1. 首部。答辯狀的首部要依次寫明：

（1）標題。在文書開頭正中寫「答辯狀」。

（2）答辯人身分等基本情況，與民事起訴狀相同。

2. 正文。答辯是針對起訴狀或上訴狀的答辯，具有針對性。因此，一審答辯狀應針對原告的起訴狀所列的事實、理由、證據進行答辯。二審的答辯狀應針對上訴狀所列各點進行答辯。

3. 尾部。尾部的寫法與起訴狀相同，但應改稱為「答辯人」；附項與起訴狀相同，但應將起訴狀副本改稱為答辯狀副本。

（四）民事申訴狀的寫作

申訴狀的寫法與上訴狀基本相同。申訴，必須簡明敘述原判決或原裁定的內容，針對其中的錯誤進行申訴，提出事實上、法律上的依據，必須有理有據。

第三節　經濟糾紛訴訟文書的寫作要求

一、以事實為根據，以法律為準繩

《民事訴訟法》規定，人民法院審理案件必須「以事實為根據，以法律為準繩」。因此，經濟糾紛訴訟的當事人在撰寫訴狀時，必須選取真實客觀的材料作為依據，絕不容許有半點的虛假。既不能誇大，也不能縮小，更不能編造。具體來說，要做到「六要六不要」：

第一，要實事求是，不要誇大縮小；

第二，要寫具體、清楚，不要抽象、空洞；

第三，要把關鍵的地方交代清楚，不要含糊其辭；

第四，要和請求事項一致，不要相互矛盾；

第五，要心平氣和地擺事實，不要刻薄、挖苦；

第六，要有理有據，不要捕風捉影。

擬寫經濟糾紛訴訟文書，在尊重事實的基礎上，要準確適用法律條文。訴訟當事人在訴狀中提出請求理由進行反駁，既要以事實為基礎，又要符合有關的法律規定，準確援引有關法律條文，以體現其合法性。不可感情用事，強詞奪理，亂扣帽子。同時，要遵守法定的訴訟程序，如當事人對一審法院的判決或裁定不服，一定要在上訴期限內提出上訴，否則，法院會拒絕受理。

二、要遵循規範的格式進行寫作

經濟糾紛訴訟文書的寫作有固定的格式，一般分為首部、正文、尾部三部分。各部分的結構也是固定的，不能隨意置換、取捨。同時，字跡要工整、清楚，以便於人民法院審閱、存檔。

三、用語要準確

經濟糾紛訴訟文書的語言除有程式化的承接、照應用語外，其他用語還有嚴格的法律要求，如當事人的稱謂、身分、尾部的寫法等，都有固定的用語。在擬寫時，要準確使用各種不同的用語，不可任意改寫。

思考與練習

1. 什麼是經濟糾紛訴訟文書？由當事人擬寫的主要有哪些文書？
2. 訴訟文書的基本結構分為哪幾部分？各部分的內容是什麼？
3. 請用自己的話談談對於「以事實為根據，以法律為準繩」的理解。
4. 請從法院類網站上搜集一些你感興趣的民事判決書，根據判決書中的材料，以原告的身分寫一份起訴狀。

【例文一】

民事起訴狀

原告：北京××儀器有限公司貴陽分公司

住所：××市××路

郵政編碼：××××××

電話：(0851) 587×××× 584××××

負責人：林××

職務：經理

被告：熊××

住所：貴陽市花溪區××鄉××村××組32號

電話：×××××××

案由：買賣合同欠款糾紛

訴訟請求：

1. 判令被告支付貨款23,000元；

2. 判令被告支付滯納金 23,000 元；

3. 判令被告承擔本案所有訴訟費用。

事實和理由：

原被告於×××年×月×日簽訂買賣合同，被告向原告購買××××全站儀和×××鋁合金腳架等配件，總價款 27,000 元。合同約定，被告在 2007 年 7 月 25 日付清貨款。還約定逾期付款時，按每天 1% 支付滯納金。被告熊××於 2006 年 6 月 22 日收取了全部合同標的物並出具簽字蓋章的合同貨品簽收單。

原告認為，「依法成立的合同，對當事人具有法律約束力。當事人應當按照約定履行自己的義務，不得擅自變更或者解除合同。」被告未能履行合同約定的付款義務，嚴重違反了合同。根據《中華人民共和國合同法》第一百零九條、第一百一十四條的規定，被告應當承擔支付價款和支付違約賠償金的法律責任。被告應當支付貨款 23,000 元，還應按合同支付逾期滯納金 23,000 元（已經大幅減少），並承擔本案所有訴訟費用。

根據《中華人民共和國民事訴訟法》第二十四條、第一百零八條的規定，特向貴院起訴，請貴院依法維護原告的合法權益。

此致

××市××區人民法院

原　告：北京××儀器有限公司貴陽分公司
負責人：林××
××××年×月×日

附：1. 本狀副本 1 份；
　　2. 書證 3 份。

【例文二】

民事答辯狀

答辯人：××大學

住所：××市××區××莊××路×號

法定代表人：××

職務：校長

委託代理人：××，××大學××學院教師，聯繫方式為××××

　　　　　××，××大學國際交流中心副總經理，聯繫方式為××××

因我校國際交流中心與××信息諮詢有限公司的服務合同糾紛一案，提出答辯如下：

第一，被告主體不適格。原告在起訴狀上所列被告為××大學（北京），起訴書副本送給的是××大學。××大學不是××大學（北京），因此，原告所告主體有誤。

第二，我校國際交流中心與××信息諮詢有限公司於××××年×月×日簽訂飯店預定合同及其後的一系列補充合同系無效合同，故沒有法律效力。原告依據無效合同向被告主張違約金於法無據。××××年×月×日，中華人民共和國國務院以第412號令發布了《國務院對確需保留的行政審批項目設定行政許可的決定》，其中第36項明確規定旅館業屬於特種行業。××××年×月×日國務院批准、公安部頒布的《旅館業治安管理辦法》第四條規定：申請開辦旅館，應經主管部門審查批准，經當地公安機關簽署意見，向工商行政管理部門申請登記，領取營業執照後，方準開業。××大學國際交流中心系內部接待，並沒有辦理特種行業許可證，也沒有領取營業執照，因而不具有對外簽訂提供客房服務合同的民事行為能力。根據《中華人民共和國民法通則》第五十五條的規定，民事法律行為應當具備下列條件：（一）行為人具有相應的民事行為能力；（二）意思表示真實；（三）不違反法律或者社會公共利益。××大學既然沒有對外簽訂客房服務合同的民事行為能力，故與原告所簽訂的飯店預定合同及其後的一系列補充合同系無效合同。

第三，假設原告與被告之間簽訂的合同有效，被告也是根據××市××公安局××分局的要求終止此合同的履行，此乃不可抗力。被告及時通知了原告，履行了自己應盡的義務，故不應承擔任何責任。

第四，假設原告與被告之間簽訂的合同有效，合同中簽訂的高達200%、300%的違約金，也已經遠遠超出了原告的損失。《中華人民共和國合同法》第一百一十四條第二款規定：約定的違約金低於造成的損失的，當事人可以請求人民法院或者仲裁機構予以增加；約定的違約金過分

高於造成的損失的，當事人可以請求人民法院或者仲裁機構予以適當減少。原告的訴訟請求也不應當得到支持。

　　基於上述事實，我方認為原告要求被告支付違約金缺乏法律依據。請法院依法駁回原告的訴訟請求。

　　此致
×× 市 ×× 區人民法院

　　　　　　　　　　　　　　　　　　　　　答辯人：×× 大學
　　　　　　　　　　　　　　　　　　　　　法定代表人：××
　　　　　　　　　　　　　　　　　　　　　委託代理人：××
　　　　　　　　　　　　　　　　　　　　　××××年×月×日

　　附：本答辯狀副本×份。

第十二章
經濟論文

第一節　經濟論文概述

一、經濟論文的概念

經濟論文是研究經濟現象、探討經濟問題、描述經濟科學研究成果的論文。它是作者針對客觀經濟活動中的經濟現象或經濟問題，進行深入的調查研究、系統分析之後得出的結論，是研討經濟理論、推廣研究成果、開展學術交流的工具，是論文作者對其研究成果的表述。這種論文或者具有理論價值，或者具有實用價值。

二、經濟論文的種類

經濟論文的種類，可以從不同角度，用不同標準劃分。由於其涉及社會經濟活動的各個領域，內容十分廣泛，因此，種類也很多。這裡我們介紹幾種常見的劃分方法。

（一）按研究對象的性質劃分

可分為經驗性經濟論文和理論性經濟論文。

經驗性經濟論文指針對實際經濟活動中成熟的經驗、方法或者是問題、教訓等進行研究探討，運用經濟理論進行分析，概括經驗、揭示本質，用以指導和推動經濟工作。

理論性經濟論文是對經濟理論、經濟形態、經濟規律、經濟政策、經濟製度、經濟思想、經濟理論流派等的研究和探討，用以總結經濟活動的規律，從總體上和客觀上指導經濟實踐的發展。

（二）按經濟管理範圍劃分

可分為宏觀經濟論文和微觀經濟論文。

宏觀經濟論文是對宏觀經濟管理和運行狀況進行探討的論文。它對實現宏觀經濟決策的科學化，實現宏觀經濟運行目標有著十分重要的作用。

微觀經濟論文是研究局部性的或者是某一經濟部門甚至是某一個具體企業的經濟現象所形成的論文。其目的是分析具體問題，總結經驗教訓，推動微觀經濟的發展。

（三）按國民經濟的部門劃分

可分為農業經濟論文、林業經濟論文、牧業經濟論文、漁業經濟論文、工業經濟論文、商業經濟論文等。

三、經濟論文的特點

經濟論文與一般的論文相比，不但具有一般論文的特點，如論點正確鮮明，論據典型充分，論證嚴謹周密等，同時還有其自身內在的特點。

（一）專業性

由於經濟論文的內容往往是和某一具體學科有關，如會計學、財政學、理論經濟學等，這就要求在寫作時盡量多用這一學科內較為規範的專業術語，而不要過多使用日常生活中口語化的表達方式。這樣寫出來的經濟論文，文約而義豐，言簡意賅，既節省了篇幅，又不影響作者的表達，還能使讀者節省閱讀時間。

（二）科學性

科學性是經濟論文的基本特徵，是經濟論文的生命所在。一方面，經濟論文的寫作是在科學的世界觀和方法論的指導下，運用經濟學科的基本原理來研究經濟現象和經濟問題。另一方面，經濟論文的寫作目的不但要揭示經濟發展的基本規律，而且要把這些規律用科學的語言、科學的方法，總結出科學的結論，用以指導經濟實踐。

（三）創造性

創造性是衡量經濟論文價值的根本標準。科學研究的根本任務是發現世界未知的規律性和創造出新的東西，推動人類認識的發展。這就要求經濟論文的作者應以科學的態度去探索新問題，提出新觀點，找出新規律，而不能人雲亦雲，更不能照抄照搬前人的成果。

（四）指導性

經濟論文寫作的意義在於其能夠指導經濟實踐、宣傳經濟政策、澄清經濟問題、發現經濟規律。經濟論文既可以從宏觀上為國家制定經濟方針和經濟政策提供理論依據，又可以從微觀上對某一經濟部門、某一經濟行業出謀劃策，提供科學論證，解決具體經濟運行中存在的問題。

第二節　經濟論文的寫作程序

一、經濟論文的選題

選題就是作者選擇研究、論述的問題，選擇探討、研究的目標和方法，這是經濟論文寫作的第一步，也是決定經濟論文價值高低和寫作成敗的關鍵。在選題時應注意把握好兩個問題，一是選題的原則，二是選題的方法。

（一）選題的原則

1. 價值性原則。從經濟學的觀點來看，價值就是客體對於主體的有用性，是客體所能滿足主體的屬性。我們在寫作經濟論文時，首先要考慮的是它的價值性，即選題是否能滿足社會經濟發展的需要，是否有利於促進社會經濟的發展。

2. 新穎性原則。這是指經濟論文的選題要有新意，能進行新的探索，研究新問題，發表新見解，提出新觀點，開闢新領域，使讀者耳目一新，能解決許多不斷出現的新問題。

3. 主觀和客觀相結合的原則。這是指在選題時要把主觀和客觀情況綜合起來考慮，選擇最優化的寫作方案。主觀方面，首先是自己的專業和研究方向，然後還要考慮自己的興趣和愛好等；客觀方面，主要考慮的是進行此項研究所需的科研經費、科研的時間、必要的設施、文獻資料、同行的研究情況、專業的研究現狀等。主觀和客觀相結合的原則，就是在選題時既要考慮自己的專業、興趣，又要考慮客觀條件是否允許，只有把兩者結合起來，才能知道自己的選題能否研究下去。

（二）選題的方法

1. 懷疑法。這是指對已有的研究成果，對一些所謂定型的說法，對一些社會經濟運行中常見的問題、現象等，要敢於和勇於質疑，這樣才能發現新問題，提出新觀點。如果囿於成見，墨守成「說」，是很難發現問題的，更談不上去探索真理了。

2. 填補空白法。經濟發展過程中的問題是多種多樣、層出不窮的。

儘管經濟領域中的絕大多數問題，都有人研究，但仍有許多問題沒有被人們認識或發現，這就是通常講的「空白」。去開墾處女地，才會使自己的研究更有意義，也更易出成果。

3. 爭鳴法。經濟領域中的許多問題，有人已經探討過，但說法不一，沒有定論，這些問題也可能成為自己的選題。對這些問題，要選擇自己感興趣的進行研究，在眾說紛紜的基礎上，大膽探索，小心求證。只要言之成理，就要勇於立論，拿出自己新的觀點、新的見解，從而取得新的突破。

4. 材料新用法。對一些現有材料許多同行都取得了一致的看法，這些看法也是有一定道理的。我們如果能夠從這些現成的材料中發現一些新的問題，得到一些新的觀點，能夠或多或少地修正以前的觀點，或者使以前的觀點更加正確鮮明，這就是材料新用法。

二、經濟論文材料的收集

經濟論文的選題確定之後，就應收集寫作所需的材料了。材料的豐富、正確與否，直接關係到經濟論文是否有價值。

（一）收集材料時要注意的幾個問題

1. 圍繞選題，全面收集。與選題有關的材料要盡可能多地收集，材料越多，使用起來就越方便。

2. 要縱橫結合、正反結合。既要收集與選題有關的歷史材料和現實材料，又要收集與選題有關的正反兩方面的材料。這樣可以避免只看歷史不看現實，只看正面不看反面，也可避免只看現實忽略歷史，只看反面忽略正面。

3. 要準確、客觀。收集材料時不能只從自己的好惡出發，選擇自己有用的、喜歡的，而要客觀、準確，一定要避免先入為主、圍繞定論找材料。

（二）收集材料的方法

1. 文獻法。文獻法是根據一定的目的和選題，通過調查文獻來獲得資料的一種方法。可以作為文獻的材料主要指與研究課題有關的著作、論文、報刊、檔案、視頻、音頻、圖片等。通過文獻法收集材料有助於瞭解有關問題的歷史和現狀，有助於形成對研究問題的一般印象，同時又可得

到現實材料的比較材料，有利於作者從宏觀上把握所要研究的問題。收集文獻材料要特別注意兩點：

（1）根據研究問題確定收集文獻的內容和範圍。收集文獻材料時要緊緊圍繞已定的選題來收集，不能毫無選擇、盲目地收集。

（2）收集文獻時要注意運用多種方法。要廣泛運用卡片法、複印法、筆記法等方法，以確保文獻材料的準確、全面。

2. 社會調查法。社會調查法是指針對選課，深入社會生活實踐中，實地瞭解所要研究的對象，收集與課題有關的材料。社會調查法是經濟論文重要的材料來源，是獲取第一手材料的首要方法。社會調查的方法有：

（1）普查。普查是指對研究對象的總體中的每一個單位進行調查，如全國人口普查、全國企事業單位普查。

（2）個案調查。個案調查是指對一個團體、一個家庭或某一問題、事件進行詳盡的調查研究的方法，如農民負擔問題調查、吸毒者個案調查等。

（3）訪問。訪問是指根據研究目的擬定調查提綱和問卷，由調查者面對面地詢問與研究課題有關的當事人，從而獲得資料的一種方法。

社會調查的方法除了以上幾種外，還有典型調查、抽樣調查、觀察法、實驗法、問卷調查等，這些都是社會調查中常用的方法，限於篇幅，這裡不一一介紹。

三、經濟論文材料的整理和分析

通過文獻法和社會調查法，可以得到許多與研究課題有關的材料，但是這些材料不可能也不必都用到經濟論文中去。因此，還必須對這些材料進行審核、整理、歸類、分析，通過這些工作才能達到去僞存真、去粗取精的目的。這裡我們主要介紹如何整理和分析經濟論文材料。

（一）材料的整理

整理是指根據研究課題，將收集到的材料進行分類匯總，使材料系統化、條理化，為寫作經濟論文做準備。審核工作主要是解決材料的真實性、準確性和完整性問題。但這些材料還是雜亂無章的、沒有系統的，不便從中找到事物或現象的本質和規律，只有通過進一步的整理才能達到此目的。整理材料的原則主要有：

1. 條理化。對材料進行分類，使之條理化，為進一步的分析研究和最後的寫作創造條件。通過分類，經濟論文的作者可以進一步看清楚材料之間的邏輯關係，對材料的認識能夠更進一層，這是寫好經濟論文的必要條件。

2. 系統化。從整體上來考慮收集到的材料滿足研究目的的程度，有沒有必要對這些材料進行新的補充。它是從綜合的角度、整體的角度來考慮問題。它的目的是使材料更完整，更能為研究課題服務。

(二) 材料的分析

對材料的分析離不開科學的邏輯思維方法和創造性思維方法。科學的邏輯思維方法是一個整體，它由一系列既相互聯繫又相互區別的方法組成，其中主要有歸納和演繹、分析和綜合、抽象和具體等方法。

1. 歸納和演繹。歸納是由個別的事物或現象推出該類事物或現象的普遍性規律的推理。演繹正好與此相反，它是從一般的原理引申、推導出個別結論的方法，是前提與結論之間有必然性聯繫的推理。在邏輯思維中兩者互為前提，互相促進。

2. 分析和綜合。分析是在思維中把認識的對象分解為不同的組成部分、方面、特徵等，對它們分別加以研究的方法。綜合是把分解開來的不同部分、方面再組合為一個統一整體而加以研究的方法。通過分析可以從事物的許多屬性和方面中發現主要的、本質的東西；通過綜合，在思維中再把對象的各個本質的方面按其內在聯繫有機地結合為統一整體，兩者相互依賴，並在一定的條件下可以相互轉換，相互過渡。

3. 抽象和具體。具體和抽象在人們的認識過程中是不可分割的兩個方面。對具體的事物，必須運用思維的想像力來形成這一事物的概念和判斷，這就是從具體到抽象；然後再把得到的這一事物的概念、判斷結合具體條件，進行系統的分析、考察，從而得到事物各方面之間的內在聯繫。

經濟論文的撰寫離不開創造性思維。創造性思維是以感知、記憶、聯想、理解、分析、表達等能力為基礎，以綜合性、探索性和求新性為特徵的高級心理活動。它主要表現為選擇、突破和重新構建的統一。其思維形式主要有發散思維、聚合思維、立體思維、逆向思維、求異思維等。

總之，在材料的分析和經濟論文的寫作過程中，要綜合運用多種思維方法，才能把握事物的本質和規律。

四、經濟論文提綱的擬寫和初稿的撰寫

（一）擬提綱

寫作提綱的作用是搭起經濟論文的「骨架」，以便把經濟論文的結果和材料填進去，層次分明地表達作者的觀點。提綱的另一個作用是進一步明確作者的寫作目的，通過作者的思路，確定論文的重點和各部分之間的邏輯關係。

提綱分條目提綱和觀點提綱兩大類。條目提綱就是從層次上列出經濟論文的各個部分，把文章的結構層次化、段落化，安排每一層次或段落所用的材料。觀點提綱是把文章的主題按一定的邏輯分解開來，使之成為一個個小的觀點，把這些小的觀點組織起來。

擬寫提綱時，一般應先擬定粗略提綱，即把經濟論文的幾大部分先確定下來，然後再進一步充實各部分，並加入具體的材料。提綱寫好之後還要進行認真的修改、補充和提高。

（二）定初稿

1. 要選擇合適的寫作順序。經濟論文的寫作順序一般有兩種：一是自然順序，即按照提出問題、分析問題、解決問題的自然思路，先寫緒論，再寫本論，最後寫結論；二是先寫本論，然後寫結論，最後寫緒論。至於採取哪一種寫作順序要根據論文所要表達的主題和所要解決問題的複雜程度來選擇。

2. 思想要明確，重點要突出。在寫作時，要緊緊圍繞既定的主題，突出自己的研究成果。論文的各個部分以及各部分材料的取捨要為表現主題服務，各個分論點要立足於總論點，為總論點服務。

3. 材料取捨要得當。材料是為主題服務的，應根據主題的要求進行取捨。一般應做到主要材料詳，次要材料略；分析問題詳，敘述過程略；闡述自己觀點的材料詳，引述別人觀點的材料略；讀者生疏的材料詳，讀者熟悉的材料略。

4. 論證要充分，邏輯要嚴密。在經濟論文的寫作過程中，用於證明作者觀點的材料要充分、要典型、要有說服力，同時論證過程又要嚴格按照科學的邏輯思維方法來組織材料、進行推理。這樣得出的結論，才能令人信服。

五、經濟論文的修改和完稿

　　任何經濟論文的撰寫都不是一次可以完成的，它要經過反覆的審查、修改。正如人們常說的，文章不是「寫」出來的，而是「改」出來的。修改論文的主要任務是：

　　第一，審查引用材料的合理性、內容的完整性；

　　第二，審查所用的概念和判斷是否明確，其表達是否準確；

　　第三，審查整篇論文是否言之有理，持之有據，結構是否邏輯嚴密；

　　第四，審查語言是否準確、暢達，數據是否正確等。

　　通過詳細認真的審查、修改之後才能完稿。通常，經濟論文的修改比撰寫更費時、費功，困難也更大。有時自己認為寫得很好的論文，經有關方面的專家審閱後，要求大刀闊斧地修改，作者常常不願割愛，但為了經濟論文的質量和生命又必須下功夫進行推敲，必須「忍痛割愛」。只有如此，才能寫出有生命力的經濟論文。

第三節　經濟論文的寫法

一、標題

　　經濟論文的標題是論文內容和觀點的簡明概括。有的用以揭示論題，有的用以概括論點，有的用以說明研究的結論。經濟論文標題的擬定要精煉、準確、一目了然，還要為讀者提供必要的信息量。經濟論文的標題不能含糊其辭，不宜用藝術手法來表達。

　　經濟論文的標題如太長或不能充分表達作者的意圖，則可以用雙標題。一般正標題點明主旨，副標題用以補充、說明或交代論題。

二、作者

　　作者也稱之為署名，要求用真實姓名。如系多人合作，則按貢獻大小排列順序。如是集體研究成果，要署集體單位的名稱。

三、摘要

　　摘要，即摘錄要點。一般來說，經濟論文都要求作者在正文之前用300字以內的一段話，簡要概括經濟論文的論點、論據和研究目的、對象、範圍、方法意義等。摘要是整篇經濟論文內容的高度濃縮，是讀者瞭解經濟論文內容的一個窗口，因此，摘要不但要忠實於原文，還要精煉、概括，突出重點。有時，還需要將中文摘要譯成英文摘要，這主要取決於經濟論文所要發表刊物的要求。英文摘要有時置於中文摘要之下，有時置於參考文獻之後。

四、關鍵詞

　　經濟論文的關鍵詞，相當於原公文中的主題詞。它是用來說明全文內容的關鍵性詞語，一般用3～8個能代表全文主題內容的名詞或術語，以大於正文的字號排在摘要的下方。經濟論文關鍵詞的選擇可參考「漢語主題詞表」。

五、緒論

　　緒論也稱前言、序、導論、引言等，相當於一般文書的開頭。它用以說明研究此課題的起因、背景和現實情況，研究的指導思想、意義，研究中運用資料的來源及準確性，以及有關術語的界定，簡要的結論等。緒論要求簡明扼要、開門見山，有重點、有選擇，不說廢話、套話、題外話。

六、本論

　　經濟論文的本論，即它的正文部分。它是經濟論文的核心部分，用以全面地闡述論文作者的研究成果，是作者研究水平和論文價值的集中體現。其結構形式基本上有三種，即縱式結構、橫式結構和縱橫結合式結構。

　　（一）縱式結構（遞進式結構）

　　這種結構以中心論點為主線貫穿全文，然後按照論題的邏輯關係選出分論點，層層論證、節節深入，使事物內部的必然聯繫由淺入深、由表及裡地展現在讀者面前。縱式結構層次的劃分可以自然段落為準，也可以每

個分論點為小標題。

(二) 橫式結構（並列式結構）

它是在中心論點確立以後，從不同的角度選取幾個分論點來進行論證。幾個分論點之間的關係是平行並列的。通過對這幾個分論點的論述，最後總結得出結論，即中心論點。其層次的劃分多以小標題為準。

(三) 縱橫結合式結構（混合式結構）

經濟論文所論述的內容大多比較複雜，並且事物內部的聯繫用單一的縱式或橫式結構也不一定能夠揭示出來。通常，在經濟論文的寫作過程中為了體現思維的邏輯性、論辯性和事物發展的順序性，為了更好地為表達主題服務，也多採用縱式和橫式相結合的結構。即可在縱式結構中設立幾個並列的分論點，也可在橫式結構中進行逐層深入的論證。其層次的劃分也大多採用設小標題的形式。

在本論部分除了要選擇適當的結構之外，還要注意運用適當的論證方法。論證方法一般有立論、駁論、立論和駁論相結合等，要根據主題的需要來選擇。

七、結論

經濟論文的結論是本論部分的理論分析和邏輯發展的自然歸宿，是通過本論的論證自然得出的結論，也是經濟論文的結束部分。它可以是對本論的簡要概括或是對中心論點的重申，或是對研究前景的展望，或者是作者根據本論提出的建議等。

這一部分的寫作要求簡潔明快，與緒論和本論相一致。

八、參考文獻

經濟論文中的參考文獻，主要是指作者在寫作過程中參考的著作、論文等資料。為了尊重他人的勞動成果和便於讀者查閱，應該對參考文獻進行註釋。

註釋的方法一般有三種：第一種是頁下註，也稱腳註，即將同一頁引用的文獻按順序編號，然後集中在該頁下端依序號標明。第二種是尾註，即將全文引用的文獻統一編號，然後統一在文末加以註明。第三種是段中註，又稱夾註，即在文章中用到引文的地方直接用括號加以註明。註釋的

內容主要包括原文標題、作者、刊物名稱、期號或年月日，具體格式請參閱本書附錄部分的《文後參考文獻著錄規則》。

經濟論文的寫作一般都要遵守以上基本格式，在此基礎上也可以根據實際情況進行取捨。

學習本章可參考的相關網站有：中國知網和經濟學類專業網站等。

思考與練習

1. 簡述經濟論文的概念與特點。
2. 經濟論文選題的原則與方法有哪些？
3. 經濟論文的基本格式包括哪些？
4. 註釋的方法有哪些？
5. 閱讀例文一，回答下列問題：
(1) 文章的結構層次一共有幾層？分別用什麼符號表示？
(2) 文章的語言有何特點？
(3) 試用自己的話說說作者的寫作思路。
(4) 試用自己的話說說專業學習與經濟論文寫作能力的關係。

【例文一】

關於改革中國房地產稅制的構想

石堅

摘　要：本文在分析中國現行房地產稅制問題的基礎上，從加強房地產稅立法、完善房地產稅制設計、建立健全房地產稅制體系等角度，提出了改革中國房地產稅制的整體構想。

關鍵詞：房地產稅；改革

作者簡介：石堅，國家稅務總局稅收科學研究所（北京　100038）

原文出處：《涉外稅務》（京），2011.11.32－35

一個體系完善、運轉狀態良好的房地產市場，需要一個能同市場經濟

相匹配，能將政府的宏觀經濟政策目標和調控取向貫穿其中的健全的房地產稅收製度。它的有效運行，有利於增加稅收收入，為城市建設籌集資金；有利於調整土地資源的配置，利用稅收工具調控房地產市場；有利於調節國民經濟運行，優化收入分配及再分配格局。因此，對中國現行房地產稅制的基本問題進行判斷，就現在稅制設計進行完善具有重要的現實意義。

一、對中國現行房地產稅制存在問題的基本判斷

為了進一步推進中國房地產稅制改革，充分發揮房地產稅制的積極效應，首先需要全面分析房地產稅制在稅收立法、稅收政策、稅收徵管等方面存在的問題，使房地產稅制改革的路線更加清晰。從整體上考察，筆者認為，中國現行房地產稅制主要存在以下問題：

（一）房地產主體稅種設置重疊

（略）

（二）稅基設計不合理

1. 房地產徵稅範圍偏窄。（略）
2. 稅收優惠範圍過大。（略）
3. 關於房產餘值的規定存在矛盾。（略）

（三）計稅依據不盡合理

在計算房產稅和城鎮土地使用稅的應納稅數額時，其計稅依據均不能真實體現財產的市場價值，稅收收入不能隨經濟總量增加、通貨膨脹等因素而相應增加，難以發揮稅收調節經濟的作用，也不符合量能負擔的課稅原則。

1. 關於房產稅計稅依據的確定。（略）
2. 關於城鎮土地使用稅計稅依據的確定。（略）
3. 關於土地增值稅計稅依據的確定。（略）

（四）稅率體系存在結構性矛盾

1. 在房地產轉讓和收益所得環節設置的稅負過高，而在房地產佔有使用環節設置的稅率較低，需要調整。

2. 在城鎮土地使用稅的規定中確定按照地理位置的不同設置差別稅率，而對於所佔用耕地的質量等級，以及房地產的不同用途，卻沒有給予應有的考慮，不能促使稀缺程度極高的土地資源得到有效利用。

3. 房地產收益所得環節的所得稅、土地增值稅對納稅人轉讓舊房及建築物的，採用「一刀切」的做法，適用相同的稅率，而沒有區分房地產投資與投機的不同情況，不利於促進房地產市場的健康發展。

二、改革中國房地產稅制的政策建議

（一）完善房地產稅收立法體系

要加快完善房地產稅法體系。（略）

（二）全面調整房地產稅收政策

應有針對性地建立適合不同階段的房地產稅收政策安排，按照房地產行業土地批租、房地產開發、房地產經營、房地產保有四個不同階段採取不同的稅收政策。

1. 加強整體統籌，不斷提高宏觀決策水平。（略）

2. 充分發揮土地增值稅在土地批租階段的政策作用。（1）抓緊建立規範嚴密的地籍管理製度……實行嚴格的地籍管理。（2）推進房地產市場稅費改革……並逐步形成規範的城鎮土地使用稅，使其成為地方財政的主要來源之一，並成為加強土地監控管理的主要抓手。

3. 完善與房地產開發經營階段相關的房地產營業稅和所得稅政策。（略）

4. 把重點放在整合房地產保有環節的稅收上。（略）

5. 調整房地產稅收優惠政策。（略）

（三）建立分環節的房地產稅制體系

1. 對土地開發環節的稅收政策進行改革。（1）分步進行稅費改革……（2）取消耕地占用稅……（3）考慮到商業地產開發對城市發展、促進就業、帶動產業結構升級等方面的積極作用……

2. 對房地產流轉環節的稅收政策進行重建。（1）改革契稅製度……（2）改革土地增值稅……（3）調整租賃市場稅收政策……

3. 建立健全房地產保有環節的稅收製度。（1）界定徵稅對象……（2）明確計稅依據……（3）確定稅率形式……（4）完善稅收優惠政策。

The Reform on the Real Estate Tax System in China
Shi Jian

Abstract：Based on an analysis of issues in current real estate tax system in China，this paper proposes an overall plan for real estate tax reform from the viewpoints of strengthening legislation of real estate tax，improving the design of real estate tax system，establishing and perfecting real estate tax system.

Key words：real estate tax；reform

參考文獻：

[1] 岳樹民. 中國房地產市場調控政策與房地產課稅 [J]. 涉外稅務，2010（7）.

[2] 孫健夫. 關於物業稅負擔水平設計的幾個問題 [J]. 稅務研究，2010（4）.

[3] 曹明星，石堅. 高房價視角下的房地產稅制改革 [J]. 稅務研究，2010（4）.

[4] 張青. 中國開徵物業稅的意義及現實評述 [J]. 涉外稅務，2010（7）.

[5] 楊金亮，楊鵬. 試論中國物業稅的功能定位 [J]. 涉外稅務，2010（7）.

☞ 來自中國人民大學複印報刊資料《財政與稅務》2012 年第 2 期

【例文二】
房產稅試點改革影響評析和建議
尹煜　巴曙鬆

摘要：2011 年 1 月 28 日，上海、重慶作為試點城市，開始進行房產稅改革，對部分居民住房開始實徵房產稅。但是分析其對完善房地產稅收製度、合理調節居民收入、調控房地產市場價格等的影響，發現當前的試點改革方案與預期目標的實現，可達性不高。導致這種背離的原因主要包括：改革的根本目標未盡明確；未對房地產稅收製度進行整合和完善；徵收範圍僅限於增量房，將存量房排除在外；計稅依據為市場交易價格而非

市场评估价格。物业税未来的改革，应该从以上角度加以改进。同时，应该坚持试点方案中利用差别税率更好地调节贫富差距，尊重地区差异，允许地方政府拥有较大自主权等做法，使未来的改革取得更好的效果。

关键词：房产税试点；物业税；差别税率

作者简介：尹煜，苏州大学东吴商学院博士研究生（江苏 苏州 215000），首都经济贸易大学出版社编辑（北京 100026），主要从事财政与金融理论研究。巴曙松（1969— ），男，湖北新洲人，国务院发展研究中心金融研究所副所长，主要从事金融市场与经济政策等方面的研究（北京 100010）。

房产税是新中国成立早期就有的税种。但是在计划经济时期，由于绝大部分房地产属于国家和集体所有，土地的市场交易被禁止，房屋的出租也受严格限制，房产税可谓名存实亡。（略）

一、房产税改革试点办法解读

2011年1月28日，上海、重庆作为试点城市实施了由国务院制定和颁布的房产税改革试点办法，正式开始对部分个人住房征收房产税。（略）

1. 上海

《上海市开展对部分个人住房征收房产税试点的暂行办法》规定……

2. 重庆

《重庆市人民政府关于进行对部分个人住房征收房产税改革试点的暂行办法》规定……

二、试点城市房产税改革实施的影响效果评析

房产税试点改革实施刚过半年，虽然许多数据资料还不充足，客观而详细地评价试点城市的房产税改革效果尚有难度，但是试点本身就包含有不断分析和总结之义。在数据不充足下的研究尽管有缺陷，但仍然可以从恰当的理论和逻辑推导中，得出一些比较有价值的结论。因此在现阶段对房产税试点改革情况进行分析和总结，是非常重要和必要的。

1. 试点城市房产税改革对税收制度的影响效果

中国现行房地产税收体系的税种包括：（略）

2. 试点城市房产税改革对房地产市场价格的影响

2011年上半年，全国楼市总体低迷，主要城市中，近半数商品房成交均价同比小幅下降。但是，和人们对房产税改革试点对房价影响预期相反

的是，重慶、上海兩市的房價卻在同比上漲，其中重慶的漲幅，據統計甚至高達30.1%。從這一結果來看，試點城市房產稅改革對房地產市場價格的調控作用尚未達到預期效果。

（1）試點城市房產稅改革對房地產市場價格影響的經濟學分析。（略）

（2）試點城市房產稅改革對房地產市場價格影響的財務分析。（略）

（3）試點城市房產稅改革對房地產市場價格影響的信號作用分析。（略）

3. 試點城市房產稅改革對財政收支的影響效果

（1）對地方財政收入的影響。（略）

（2）對地方財政支出的影響。（略）

（3）對財政收支缺口的影響。（略）

4. 試點城市房產稅改革對調節收入分配的影響效果

三、房產稅改革的方向和建議

試點城市試行的房產稅改革，當前來看實施效果與預期目標有一定背離，分析造成這種背離的原因，關鍵有以下幾點：

1. 明確房產稅改革的根本目的是完善房地產稅收製度

房產稅改革的作用……

2. 整合稅費製度，改變房地產稅費繁雜及不合理的現狀

中國目前的房地產稅制稅目繁多……促進稅收公平和效率的實現。[1]

3. 擴大徵稅對象，對增量房和存量房同時徵收物業稅

從房產稅改革試點來看，對存量房和增量房同時徵收物業稅有以下優點：第一……第二……第三……造成房地產市場的不合理波動。[2]第四……第五……

4. 推進評估體制建設，堅持以市場估值為徵收基準

從國際經驗來看……

5. 實行差別稅率，完善其他收入分配體系，不傷害中產階級利益

一般認為，房地產具有保值增值的作用。（略）

6. 在統籌規劃基礎上，因地制宜、分散決策，給予地方政府適當的稅收自主權，緩解地方與中央稅收博弈的矛盾

一方面，房產稅改革涉及的利益相關者較多……

參考文獻：

［1］巴曙鬆，劉孝紅，尹煜. 物業稅改革對房地產市場的影響研究［M］. 北京：首都經濟貿易大學出版社，2011.

［2］谷成. 房產稅改革再思考［J］. 財經問題研究，2011（4）.

☞ 來自中國人民大學複印報刊資料《財政與稅務》2012 年第 2 期

附錄

一、黨政機關公文處理工作條例

(中辦發〔2012〕14號)

(2012年4月16日由中共中央辦公廳和國務院辦公廳聯合印發)

第一章 總則

第一條 為了適應中國共產黨機關和國家行政機關(以下簡稱黨政機關)工作需要,推進黨政機關公文處理工作科學化、製度化、規範化,制定本條例。

第二條 本條例適用於各級黨政機關公文處理工作。

第三條 黨政機關公文是黨政機關實施領導、履行職能、處理公務的具有特定效力和規範體式的文書,是傳達貫徹黨和國家的方針政策,公布法規和規章,指導、布置和商洽工作,請示和答覆問題,報告和交流情況等的重要工具。

第四條 公文處理工作是指公文擬制、辦理、管理等一系列相互關聯、銜接有序的工作。

第五條 公文處理工作應當堅持實事求是、準確規範、精簡高效、安全保密的原則。

第六條 各級黨政機關應當高度重視公文處理工作,加強組織領導,強化隊伍建設,設立文秘部門或者由專人負責公文處理工作。

第七條 各級黨政機關辦公廳(室)主管本機關的公文處理工作,對下級機關的公文處理工作進行業務指導和督促檢查。

第二章 公文種類

第八條 公文種類主要有:

(一)決議。適用於會議討論通過的重大決策事項。

(二)決定。適用於對重要事項做出決策和部署、獎懲有關單位和人

員、變更或者撤銷下級機關不適當的決定事項。

（三）命令（令）。適用於公布行政法規和規章、宣布施行重大強制性措施、批准授予和晉升銜級、嘉獎有關單位和人員。

（四）公報。適用於公布重要決定或者重大事項。

（五）公告。適用於向國內外宣布重要事項或者法定事項。

（六）通告。適用於在一定範圍內公布應當遵守或者周知的事項。

（七）意見。適用於對重要問題提出見解和處理辦法。

（八）通知。適用於發布、傳達要求下級機關執行和有關單位周知或者執行的事項，批轉、轉發公文。

（九）通報。適用於表彰先進、批評錯誤、傳達重要精神和告知重要情況。

（十）報告。適用於向上級機關匯報工作，反應情況，回覆上級機關的詢問。

（十一）請示。適用於向上級機關請求指示、批准事項。

（十二）批覆。適用於答覆下級機關請示事項。

（十三）議案。適用於各級人民政府按照法律程序向同級人民代表大會或者人民代表大會常務委員會提請審議事項。

（十四）函。適用於不相隸屬機關之間商洽工作、詢問和答覆問題、請求批准和答覆審批事項。

（十五）紀要。適用於記載會議主要情況和議定事項。

第三章　公文格式

第九條　公文一般由份號、密級和保密期限、緊急程度、發文機關標誌、發文字號、簽發人、標題、主送機關、正文、附件說明、發文機關署名、成文日期、印章、附註、附件、抄送機關、印發機關和印發日期、頁碼等組成。

（一）份號。公文印製份數的順序號。涉密公文應當標註份號。

（二）密級和保密期限。公文的秘密等級和保密的期限。涉密公文應當根據涉密程度分別標註「絕密」「機密」「秘密」和保密期限。

（三）緊急程度。公文送達和辦理的時限要求。根據緊急程度，緊急公文應當分別標註「特急」「加急」，電報應當分別標註「特提」「特急」

「加急」「平急」。

（四）發文機關標誌。由發文機關全稱或者規範化簡稱加「文件」二字組成，也可以使用發文機關全稱或者規範化簡稱。聯合行文時，發文機關標誌可以並用聯合發文機關名稱，也可以單獨用主辦機關名稱。

（五）發文字號。由發文機關代字、年份、發文順序號組成。聯合行文時，使用主辦機關的發文字號。

（六）簽發人。上行文應當標註簽發人姓名。

（七）標題。由發文機關名稱、事由和文種組成。

（八）主送機關。公文的主要受理機關，應當使用機關全稱、規範化簡稱或者同類型機關統稱。

（九）正文。公文的主體，用來表述公文的內容。

（十）附件說明。公文附件的順序號和名稱。

（十一）發文機關署名。署發文機關全稱或者規範化簡稱。

（十二）成文日期。署會議通過或者發文機關負責人簽發的日期。聯合行文時，署最後簽發機關負責人簽發的日期。

（十三）印章。公文中有發文機關署名的，應當加蓋發文機關印章，並與署名機關相符。有特定發文機關標誌的普發性公文和電報可以不加蓋印章。

（十四）附註。公文印發傳達範圍等需要說明的事項。

（十五）附件。公文正文的說明、補充或者參考資料。

（十六）抄送機關。除主送機關外需要執行或者知曉公文內容的其他機關，應當使用機關全稱、規範化簡稱或者同類型機關統稱。

（十七）印發機關和印發日期。公文的送印機關和送印日期。

（十八）頁碼。公文頁數順序號。

第十條　公文的版式按照《黨政機關公文格式》國家標準執行。

第十一條　公文使用的漢字、數字、外文字符、計量單位和標點符號，按照有關國家標準和規定執行。民族自治地方的公文，可以並用漢字和當地通用的少數民族文字。

第十二條　公文用紙幅面採用國際標準 A4 型。特殊形式的公文用紙幅面，根據實際需要確定。

第四章　行文規則

第十三條　行文應當確有必要，講求實效，注重針對性和可操作性。

第十四條　行文關係根據隸屬關係和職權範圍確定。一般不得越級行文，特殊情況需要越級行文的，應當同時抄送被越過的機關。

第十五條　向上級機關行文，應當遵循以下規則：

（一）原則上主送一個上級機關，根據需要同時抄送其他相關上級機關和同級機關，不抄送下級機關。

（二）黨委、政府的部門向上級主管部門請示、報告重大事項，應當經本級黨委、政府同意或者授權，屬於部門職權範圍內的事項應直接報送上級主管部門。

（三）下級機關的請示事項，如需以本機關名義向上級機關請示，應當提出傾向性意見後上報。不得原文轉報上級機關。

（四）請示應當一文一事，不得在報告等非請示性公文中夾帶請示事項。

（五）除上級機關負責人直接交辦事項外，不得以本機關名義向上級機關負責人報送公文，也不得以本機關負責人名義向上級機關報送公文。

（六）受雙重領導的機關向一個上級機關行文，必要時應當抄送另一個上級機關。

（七）不符合行文規則的上報公文，上級機關的文秘部門可退回下級呈報機關。

第十六條　向下級機關行文，應當遵循以下規則：

（一）主送受理機關，根據需要抄送相關機關。重要行文應當同時抄送發文機關的直接上級機關。

（二）黨委、政府的辦公廳（室）根據本級黨委、政府授權，可以向下級黨委、政府行文，其他部門和單位不得向下級黨委、政府發布指令性公文或者在公文中向下級黨委、政府提出指令性要求。需經政府審批的具體事項，經政府同意可由政府職能部門行文，文中需註明已經政府同意。

（三）黨委、政府的部門在各自職權範圍內可以向下級黨委、政府的相關部門行文。

（四）涉及多個部門職權範圍內的事務，部門之間未協商一致的，不

得向下行文；擅自行文的，上級機關應當責令其糾正或者撤銷。

（五）上級機關向受雙重領導的下級機關行文，必要時抄送該下級機關的另一個上級機關。

第十七條　同級黨政機關、黨政機關與其他同級機關必要時可以聯合行文。屬於黨委、政府各自職權範圍內的工作，不得聯合行文。黨委、政府的部門依據職權可以相互行文。部門內設機構除辦公廳（室）外不得對外正式行文。

第五章　公文擬制

第十八條　公文擬制包括公文的起草、審核、簽發等程序。

第十九條　公文起草應當做到：

（一）符合國家的法律法規和黨的路線方針政策，完整準確體現發文機關意圖，並同現行有關公文相銜接。

（二）一切從實際出發，分析問題實事求是，所提政策措施和辦法切實可行。

（三）內容簡潔，主題突出，觀點鮮明，結構嚴謹，表述準確，文字精練。

（四）文種正確，格式規範。

（五）公文涉及其他部門職權範圍事項的，起草單位必須徵求相關部門意見，力求達成一致。

（六）深入調查研究，充分進行論證，廣泛聽取意見。

（七）機關負責人應當主持、指導重要公文起草工作。

第二十條　公文文稿簽發前，應當由發文機關辦公廳（室）進行審核。審核的重點是：

（一）行文理由是否充分，行文依據是否準確。

（二）內容是否符合國家法律法規和黨的路線方針政策；是否完整準確體現發文機關意圖；是否同現行有關公文相銜接；所提政策措施和辦法是否切實可行。

（三）涉及有關地區或者部門職權範圍的事項是否經過充分協商並達成一致意見。

（四）文種是否正確，格式是否規範；人名、地名、時間、數字、段

落順序、引文等是否準確；文字、數字、計量單位和標點符號等用法是否符合規定。

（五）其他內容是否符合公文起草的有關要求。

需要發文機關審議的重要公文文稿，審議前由發文機關辦公廳（室）進行初核。

第二十一條　經審核不宜發文的公文文稿，應當退回起草單位並說明理由；符合發文條件但內容需作進一步研究和修改的，由起草單位修改後重新報送。

第二十二條　公文應當經本機關負責人審批簽發。重要公文和上行文由機關主要負責人簽發。黨委、政府的辦公廳（室）根據黨委、政府授權制發的公文，由受權機關主要負責人簽發或者按照有關規定簽發。簽發人簽發公文，應當簽署意見、姓名和完整日期；圈閱或者簽名的，視為同意。聯合行文由所有聯署機關的負責人會簽。

第六章　公文辦理

第二十三條　公文辦理包括收文辦理、發文辦理和整理歸檔。

第二十四條　收文辦理主要程序是：

（一）簽收。對收到的公文應當逐件清點，核對無誤後簽字或者蓋章，並註明簽收時間。

（二）登記。對公文的主要信息和辦理情況應當詳細記載。

（三）初審。對收到的公文應當進行初審。初審的重點是：是否應當由本機關辦理，是否符合行文規則，文種、格式是否符合要求，涉及其他地區或者部門職權範圍的事項是否已經協商、會簽；是否符合公文起草的其他要求。經初審不符合規定的公文，應當及時退回來文單位並說明理由。

（四）承辦。閱知性公文應當根據公文內容、要求和工作需要確定範圍後分送。批辦性公文應當提出擬辦意見報本機關負責人批示或者轉有關部門辦理；需要兩個以上部門辦理的，應當明確主辦部門。緊急公文應當明確辦理時限。承辦部門對交辦的公文應當及時辦理，有明確辦理時限要求的應當在規定時限內辦理完畢。

（五）傳閱。根據領導批示和工作需要將公文及時送傳閱對象閱知或

者批示。辦理公文傳閱應當隨時掌握公文去向，不得漏傳、誤傳、延誤。

（六）催辦。及時瞭解掌握公文的辦理進展情況，督促承辦部門按期辦結。緊急公文或者重要公文應當由專人負責催辦。

（七）答覆。公文的辦理結果應當及時答覆來文單位，並根據需要告知相關單位。

第二十五條　發文辦理主要程序是：

（一）復核。已經發文機關負責人簽批的公文，印發前應當對公文的審批手續、內容、文種、格式等進行復核；需作實質性修改的，應當報原簽批人復審。

（二）登記。對復核後的公文，應當確定發文字號、分送範圍和印製份數並詳細記載。

（三）印製。公文印製必須確保質量和時效。涉密公文應當在符合保密要求的場所印製。

（四）核發。公文印製完畢，應當對公文的文字、格式和印刷質量進行檢查後分發。

第二十六條　涉密公文應當通過機要交通、郵政機要通信、城市機要文件交換站或者收發件機關機要收發人員進行傳遞，通過密碼電報或者符合國家保密規定的計算機信息系統進行傳輸。

第二十七條　需要歸檔的公文及有關材料，應當根據有關檔案法律法規及機關檔案管理規定，及時收集齊全、整理歸檔。

兩個以上機關聯合辦理的公文，原件由主辦機關歸檔，相關機關保存複製件。機關負責人兼任其他機關職務的，在履行所兼職務過程中形成的公文，由其兼職機關歸檔。

第七章　公文管理

第二十八條　各級黨政機關應當建立健全本機關公文管理製度，確保管理嚴格規範，充分發揮公文效用。

第二十九條　黨政機關公文由文秘部門或者專人統一管理。設立黨委（黨組）的縣級以上單位應建立機要保密室和機要閱文室，並按有關保密規定配備工作人員和必要的安全保密設施。

第三十條　公文確定密級前，應當按照擬定的密級先行採取保密措

施。確定密級後，應當按照所定密級嚴格管理。絕密級公文應當由專人管理。公文的密級需要變更或者解除的，由原確定密級的機關或者其上級機關決定。

第三十一條　公文的印發傳達範圍應當按照發文機關的要求執行；需要變更的，應當經發文機關批准。涉密公文公開發布前應當履行解密程序。公開發布的時間、形式和渠道，由發文機關確定。經批准公開發布的公文，同發文機關正式制發的公文具有同等效力。

第三十二條　複製、匯編機密級、秘密級公文，應當符合有關規定並經本機關負責人批准。絕密級公文一般不得複製、匯編，確有工作需要的，應當經發文機關或者其上級機關批准。複製、匯編的公文視同原件管理。

複製件應當加蓋複製機關戳記。翻印件應當註明翻印的機關名稱、日期。匯編本的密級按照編入公文的最高密級標註。

第三十三條　公文的撤銷和廢止，由發文機關、上級機關或者權力機關根據職權範圍和有關法律法規決定。公文被撤銷的，視為自始無效；公文被廢止的，視為自廢止之日起失效。

第三十四條　涉密公文應當按照發文機關的要求和有關規定進行清退或者銷毀。

第三十五條　不具備歸檔和保存價值的公文，經批准後可以銷毀。銷毀涉密公文必須嚴格按照有關規定履行審批登記手續，確保不丟失、不漏銷。個人不得私自銷毀、留存涉密公文。

第三十六條　機關合併時，全部公文應當隨之合併管理；機關撤銷時，需要歸檔的公文整理後按照有關規定移交檔案管理部門。

工作人員調離崗位時，所在機關應當督促其將暫存、借用的公文按照有關規定移交、清退。

第三十七條　新設立的機關應當向黨委、政府的辦公廳（室）提出發文立戶申請。經審查符合條件的，列為發文單位，機關合併或者撤銷時，相應進行調整。

第八章　附則

第三十八條　黨政機關公文含電子公文。電子公文處理工作的具體辦

法另行制定。

第三十九條　法規、規章方面的公文，依照有關規定處理。外事方面的公文，依照外事主管部門的有關規定處理。

第四十條　其他機關和單位的公文處理工作，可以參照本條例執行。

第四十一條　本條例由中共中央辦公廳、國務院辦公廳負責解釋。

第四十二條　本條例自2012年7月1日起施行。1996年5月3日中共中央辦公廳印發的《中國共產黨機關公文處理條例》和2000年8月24日國務院發布的《國家行政機關公文處理辦法》停止執行。

二、文後參考文獻著錄規則

（GB/T 7714—2015）

1　範圍

本標準規定了各個學科、各種類型信息資源的參考文獻的著錄項目、著錄順序、著錄用符號、著錄用文字、各個著錄項目的著錄方法以及參考文獻在正文中的標註法。

本標準適用於著者和編輯著錄的文後參考文獻，而不能作為圖書館員、文獻目錄編制者以及索引編輯者使用的文獻著錄規則。

2　規範性引用文件

下列文件中對於本文件的應用是必不可少的。凡是註日期的引用文件，僅註日期的版本適用於本文件。凡是不註日期的引用文件，其最新版本（包括所有的修改版）適用於本文件。

　　GB/T 7408—2005　數據元和交換格式 信息交換 日期和時間表示法
　　GB/T 28039—2011　中國人名漢語拼音字母拼寫規則
　　ISO 4　信息與文獻 出版物題名和標題縮寫規則(Information and documentation – Rules for the abbreviation of title words and titles of publications)

3 術語和定義

下列術語和定義適用於本文件。

3.1

參考文獻　reference

對一個信息資源或其中一部分進行準確和詳細著錄的數據,位於文末或文中的信息源。

3.2

主要責任者　creator

主要負責創建信息資源的實體,即對信息資源的知識內容或藝術內容負主要責任的個人或團體。主要責任者包括著者、編者、學位論文撰寫者、專利申請者或專利權人、報告撰寫者、標準提出者、析出文獻的著者等。

3.3

專著　monograph

以單行本或多卷冊(在限定的期限內出齊)形式出版的印刷型或非印刷型出版物,包括普通圖書、古籍、學位論文、會議文集、匯編、標準、報告、多卷書、叢書等。

3.4

連續出版物　serial

通常載有年卷期號或年月日順序號,並計劃無限期連續出版發行的印刷或非印刷形式的出版物。

3.5

析出文獻　contribution

從整個信息資源中析出的具有獨立篇名的文獻。

3.6

電子文獻　electronic resource

以數字方式將圖、文、聲、像等信息存儲在磁、光、電介質上,通過計算機、網路或相關設備使用的記錄有知識內容或藝術內容的信息資源,包括電子公告、電子圖書、電子期刊、數據庫等。

3.7

順序編碼制　numeric references method

一種引文參考文獻的標註體系,即引文採用序號標註,參考文獻表按

引文的序號排序。

3.8

著者－出版年制　first element and date method

一種引文參考文獻的標註體系，即引文採用著者－出版年標註，參考文獻表按著者字順和出版年排序。

3.9

合訂題名　title of the individual works

由2種或2種以上的著作匯編而成的無總題名的文獻中各部著作的題名。

3.10

閱讀型參考文獻　reading reference

著者為撰寫或編輯論著而閱讀過的信息資源，或供讀者進一步閱讀的信息資源。

3.11

引文參考文獻　cited reference

著者為撰寫或編輯論著而引用的信息資源。

3.12

數字對象唯一標示符　digital object identifier；DOI

針對數字資源的全球唯一永久性標示符，具有對資源進行永久命名標示、動態解析連結的特性。

4　著錄項目與著錄格式

本標準規定參考文獻設必備項目與選擇項目。凡是標註「任選」字樣的著錄項目系參考文獻的選擇項目，其餘均為必備項目。本標準分別規定了專著、專著中的析出文獻、連續出版物、連續出版物中的析出文獻、專利文獻以及電子文獻的著錄項目和著錄格式。

4.1　專著

4.1.1　著錄項目

主要責任者

題名項

　題名

　　其他題名信息

文獻類型標示(任選)

其他責任者(任選)

版本項

出版項

　　出版地

　　出版者

　　出版年

　　引文頁碼

　　引用日期

獲取和訪問路徑(電子資源必備)

數字對象唯一標示符(電子資源必備)

4.1.2　著錄格式

　　主要責任者.題名:其他題名信息[文獻類型標示/文獻載體標示].其他責任者.版本項.出版地:出版者,出版年:引文頁碼[引用日期].獲取和訪問路徑.數字對象唯一標示符.

　　示例:

[1]陳登原.國史舊聞:第1卷[M].北京:中華書局,2001:29.

[2]哈里森,沃爾德倫.經濟數字與金融數學[M].謝遠濤,譯.北京:中國人民大學出版社,2012:235-236.

[3]北京市政協民族和宗教委員會,北京聯合大學民族與宗教研究所.歷代王朝與民族宗教[M].北京:民族出版社,2012:112.

[4]全國信息與文獻標準化技術委員會.信息與文獻　都柏林核心元數據元素集:GB/T 25100—2010[S].北京:中國標準出版社,2010:2-3.

[5]徐光憲,王祥雲.物質結構[M].北京:科學出版社,2010.

[6]顧炎武.昌平山水記:京東考古錄[M].北京:北京古籍出版社,1992.

[7]王夫之.宋論[M].刻本.金陵:湘鄉曾國荃,1865(清同治四年).

[8]牛志明,斯溫蘭德,雷春光.綜合濕地管理國際研討會論文集[C].北京:海洋出版社,2012.

[9]中國第一歷史檔案館,遼寧省檔案館.中國明朝檔案總匯[A].桂林:廣西師範大學出版社,2001.

[10]楊保軍.新聞道德論[D/OL].北京:中國人民大學出版社,2010[2012-11-01].
　　http://apabi.lib.pku.edu.cn/usp/pku/pub/mvc?pid=book.detail&metaid=m.

20101104-BPO-1023&cult＝CN.

［11］趙學功.當代美國外交［M/OL］.北京：社會科學文獻出版社，2001［2014-06-11］.http://www.cadal.zju.edu.cn/book/trySinglePage/33023884/1.

［12］同濟大學土木工程防災國家重點實驗室.汶川地震震害研究［M/OL］.上海：同濟大學出版社，2011：5-6［2013-05-09］.http://apabi.lib.puk.edu.cn/usp/pku/pub.mvc?pid＝book.detail&metaid＝m.20120406-YPT-889-0010.

［13］中國造紙學會.中國造紙年鑒：2003［M/OL］.北京：中國輕工業出版社，2003［2014-04-25］.http://www.cadal.zju.edu.cn/book/view/25010080.

［14］PEEBLES P Z, Jr. Probability, random variable, and random signal principles ［M］. 4thed. New York：McGraw Hill,2001.

［15］YUFIN S A. Geoecology and computers：proceedings of the Third International Conference on Advances of Computer Methods in Geotechnical and Geoenvironmental Engineering, Moscow, Russia, February 1-4, 2000［C］. Rotterdam：A. A. Balkema, 2000.

［16］BALDOCK P. Developing early childhood services：past, present and future［M/OL］. ［S. l.］：Open University Press, 2011：105［2012-11-27］. http://lib.myilibrary.com/Open.aspx?id＝312377.

［17］FAN X,SOMMERS C H. Food irradiation research and technology. 2nd ed. Ames, Iowa：Blackwell Publishing, 2013：25-26［2014-06-26］. http://onlinelibrary.wiley.com/doi/10.1002/9781118422557.ch2/summary.

4.2 專著中的析出文獻

4.2.1 著錄項目

析出文獻主要責任者

析出文獻題名項

　析出文獻題名

　文獻類型標示（任選）

析出文獻其他責任者（任選）

出處項

　專著主要責任者

　專著題名

　其他題名信息

版本項

出版項
　　出版地
　　出版者
　　出版年
　　析出文獻的頁碼
　　引用日期
　獲取和訪問路徑(電子資源必備)
　數字對象唯一標示符(電子資源必備)

4.2.2　著錄格式

　　析出文獻主要責任者.析出文獻題名[文獻類型標示/文獻載體標示].析出文獻其他責任者//專著主要責任者.專著題名:其他題名信息.版本項.出版地:出版者,出版年:析出文獻的頁碼[引用日期].獲取和訪問路徑.數字對象唯一標示符.

　　示例:

[1]周易外傳:卷5[M]//王夫之.船山全書:第6冊.長沙:岳麓書社,2011:1109.

[2]程根偉.1998年長江洪水的成因與減災對策[M]//許厚澤,趙其國.長江流域洪澇災害與科技對策.北京:科學出版社,1999:32-36.

[3]陳晉鑣,張惠民,朱士興,等.薊縣震旦亞界研究[M]//中國地質科學院天津地質礦產研究所.中國震旦亞界.天津:天津科學技術出版社,1980:56-114.

[4]馬克思.政治經濟學批判[M]//馬克思,恩格斯.馬克思恩格斯全集:第35卷.北京:人民出版社,2013:302.

[5]賈東琴,柯平.面向數字素養的高校圖書館數字服務體系研究[C]//中國圖書館學會.中國圖書館學會年會論文集:2011年卷.北京:國家圖書館出版社,2011:45-52.

[6]WEINSTEIN L, SWERTZ M N. Pathogenic properties of invading microorganism [M]//SODEMAN W A, Jr, SODEMAN W A. Pathologic physiology: mechanisms of disease. Philadelphia: Saunders, 1974:745-772.

[7]ROBERSON J A, BURNESON E G. Drinking water standards, regulations and goals [M/OL]//American Water Works Association. Water quality & treatment: a handbook on drinking water. 6th ed. New York: McGraw-Hill, 2011:1.1-1.36[2012-12-10]. http://lib.myilibrary.com/Open.aspx? id=291430.

4.3　連續出版物
4.3.1　著錄項目
　　主要責任者

　　題名項

　　　題名

　　　其他題名信息

　　　文獻類型標示(任選)

　　年卷期或其他標示(任選)

　　出版項

　　　出版地

　　　出版者

　　　出版年

　　　引用日期

　　獲取和訪問路徑(電子資源必備)

　　數字對象唯一標示符(電子資源必備)

4.3.2　著錄格式
　　主要責任者. 題名:其他題名信息[文獻類型標示/文獻載體標示]. 年, 卷(期)-年, 卷(期). 出版地:出版者,出版年[引用日期]. 獲取和訪問路徑. 數字對象唯一標示符.

　　示例:

　　[1]中華醫學會湖北分會. 臨床內科雜誌[J]. 1984,1(1)-. 武漢:中華醫學會湖北分會,1984-.

　　[2]中國圖書館學會. 圖書館學通訊[J]. 1957(1)-1990(4). 北京:北京圖書館,1957-1990.

　　[3]American Association for the Advancement of Science. Science[J]. 1883,1(1)-. Washington, D. C.: American Association for the Advancement of Science, 1883-.

4.4　連續出版物中的析出文獻
4.4.1　著錄項目
　　析出文獻主要責任者

　　析出文獻題名項

　　　析出文獻題名

文獻類型標示(任選)

出處項

 連續出版物題名

 其他題名信息

 年卷期標示與頁碼

 引用日期

獲取和訪問路徑(電子資源必備)

數字對象唯一標示符(電子資源必備)

4.4.2 著錄格式

析出文獻主要責任者. 析出文獻題名[文獻類型標示/文獻載體標示]. 連續出版物題名:其他題名信息, 年, 卷(期):頁碼[引用日期]. 獲取和訪問路徑. 數字對象唯一標示符.

示例:

[1]袁訓來,陳哲,肖書海,等. 藍田生物群:一個認識多細胞生物起源和早期演化的新窗口[J]. 科學通報, 2012, 55(34):3219.

[2]余建斌. 我們的科技一直在追趕:訪中國工程院院長周濟[N/OL]. 人民日報, 2013-01-12(2)[2013-03-20]. http://paper.people.com.cn/rmrb/html/2013-01/12/nw.D110000renmrb_20130112_5-02.htm.

[3]李炳穆. 韓國圖書館法[J/OL]. 圖書情報工作, 2008, 52(6):6-12[2013-10-25]. http://www.docin.com/p-400265742.html.

[4]李幼平,王莉. 循證醫學研究方法:附視頻[J/OL]. 中華移植雜誌(電子版), 2010, 4(3):225-228[2014-06-09]. http://www.cqvip.com/Read/Read.aspx?id=36658332.

[5]武麗麗,華一新,張亞軍,等.「北門一號」監控管理網設計與實現[J/OL]. 測繪科學, 2008, 33(5):8-9[2009-10-25]. http://vip.calis.edu.cn/CSTJ/Sear.dll?OPAC_CreateDetail. DOI:10.3771/j.issn.1009-2307.2008.05.002.

[6]KANAMORI H. Shaking without quaking[J]. Science, 1998, 279(5359):2063.

[7]CAPLAN P. Cataloging internet resources[J]. The public access computer systems review, 1993, 4(2):61-66.

[8]FRESE K S, KATUS H A, MEDER B. Next-generation sequencing:form understanding biology to personalized medicine[J/OL]. Biology, 2013, 2(1):378-398[2013-03-19]. http://www.mdpi.com/2079-7737/2/1/378. DOI:10.3390/biology2010378.

［9］MYBURG A A, GRATTAPAGLIA D, TUSKAN G A, et al. The genome of Eucalyptus grandis［J/OL］. Nature, 2014, 510：356-362（2014-06-19）［2014-06-25］. http：//www. nature. com/nature/journal/v510/n7505/pdf/nature13308. pdf. DOI：10. 1038/nature13308.

4.5 專利文獻

4.5.1 著錄項目

專利申請者或所有者

題名項

    專利題名

    專利號

    文獻類型標示(任選)

出版項

    公告日期或公開日期

    引用日期

獲取和訪問路徑(電子資源必備)

數字對象唯一標示符(電子資源必備)

4.5.2 著錄格式

專利申請者或所有者. 專利題名：專利號［文獻類型標示/文獻載體標示］. 公告日期或公開日期［引用日期］. 獲取和訪問路徑. 數字對象唯一標示符.

示例：

［1］鄧一剛. 全智能節電器：200610171314. 3［P］. 2006-12-13.

［2］西安電子科技大學. 光折變自適應光外差探測方法：01128777. 2［P/OL］. 2002-03-06［2002-05-28］. http：//211. 152. 9. 47/sipoasp/zljs/hyjs-yx-new. asp？recid＝01128777. 2&Ieixin＝0.

［3］TACHIBANA R, SHIMIZU S, KOBAYSHI S, et al. Electronic watermarking method and system：US6915001［P/OL］. 2005-07-05［2013-11-11］. http：//www. google. co. in/patents/US6915001.

4.6 電子資源

凡屬電子專著、電子專著中的析出文獻、電子連續出版物、電子連續出版物中的析出文獻以及電子專利的著錄項目與著錄格式分別按4.1～4.5中的有關規則處理。除此而外的電子資源根據本規則著錄。

4.6.1　著錄項目

　　主要責任者

　　題名項

　　　　題名

　　　　其他題名信息

　　　　文獻類型標示(任選)

　　出版項

　　　　出版地

　　　　出版者

　　　　出版年

　　　　引文頁碼

　　　　更新或修改日期

　　　　引用日期

　　獲取和訪問路徑

　　數字對象唯一標示符

4.6.2　著錄格式

　　主要責任者.題名:其他題名信息[文獻類型標示/文獻載體標示].出版地:出版者,出版年:引文頁碼(更新或修改日期)[引用日期].獲取和訪問路徑.數字對象唯一標示符.

　　示例:

[1]中國互聯網路信息中心.第29次中國互聯網路發展現狀統計報告[R/OL].(2012-01-16)[2013-03-26]. http://www.cnnic.net.cn/hlwfzyj/hlwxzbg/201201/P020120709345264469680.pdf.

[2]北京市人民政府辦公廳.關於轉發北京市企業投資項目核准暫行實施辦法的通知:京政辦發[2005]37號[A/OL].(2005-07-12)[2011-07-12]. http://china.findlaw.cn/fagui/p_l/39934.html.

[3]BAWDEN D. Origins and concepts of digital literacy[EB/OL].(2008-05-04)[2013-03-08]. http://www.soi.city.ac.uk/~dbawden/digital%20literacy%20chapter.pdf.

[4]Online Computer Library Center, Inc. About OCLC:history of cooperation[EB/OL].[2012-03-27]. http://www.oclc.org/about/cooperation.en.html.

[5]HOPKINSON A. UNIMARC and metadata:Dublin core [EB/OL].(2009-04-22)

［2013-03-27］. http://archive.ifla.org/IV/ifla64/138-161e.htm.

5　著錄信息源

　　參考文獻的著錄信息源是被著錄的信息資源本身。專著、論文集、學位論文、報告、專利文獻等可依據題名頁、版權頁、封面等主要信息源著錄各個著錄項目；專著、論文集中析出的篇章與報刊上的文章依據參考文獻本身著錄析出文獻的信息，並依據主要信息源著錄析出文獻的出處；電子資源依據特定網址中的信息著錄。

6　著錄用文字

6.1　參考文獻原則上要求用信息資源本身的語種著錄。必要時，可採用雙語著錄。用雙語著錄參考文獻時，首先應用信息資源的原語種著錄，然後用其他語種著錄。

　　示例1：用原語種著錄參考文獻

　　［1］周魯衛.軟物質物理導論［M］.上海：復旦大學出版社,2011：1.

　　［2］常森.《五行》學說與《荀子》［J］.北京大學學報(哲學社會科學版),2013,50(1)：75.

　　［3］김세훈, 외. 도서관및독서진흥법 개정안 연구［M］. 서울：한국문화관광정책연구원, 2003：15.

　　［4］図書館用語辞典編集委員会.最新図書館用語大辞典［M］.東京：柏書房株式會社,2004：154.

　　［5］RUDDOCK L. Economics for the modern built environment［M/OL］. London：Taylor & Francis, 2009：12［2010-06-15］. http://lib.myilibrary.com/Open.aspx?id = 179660.

　　［6］. Кочетков А Я. Молибдено-эолотопорфиовое месторождение Рябиновсе［J/OL］. Отечественная гелогия,1993(7)：50-58.

　　示例2：用韓中2種語種著錄參考文獻

　　［1］이병목. 도서관법규총람：제1권［M］. 서울：구미무역 출판부,2005：67-68.

　　　　李炳穆.圖書館法規總覽：第1卷［M］.首爾：九美貿易出版部,2005：67-68.

　　［2］도서관정보정책위원회 발족식 및 도서관정보정책기획단 신설［J］. 圖書館文化, 2007,48(7)：11-12.

　　　　圖書館信息政策委員會成立儀式與圖書館信息政策規劃團［J］.圖書館文化,

2007,48(7):11-12.

示例3:用中英2種語種著錄參考文獻

[1] 熊平,吳頡.從交易費用的角度談如何構建藥品流通的良性機制[J].中國物價,2005(8):42-45.

XIONG P, WU X. Discussion on how to construct benign medicine circulation mechanism from tranaction cost perspective[J]. China price,2005(8):42-45.

[2] 上海市食品藥品監督管理局課題組.互聯網藥品經營現狀和監管機制的研究[J].上海食品藥品監管情報研究,2008(1):8-11.

Research Group of Shanghai Food and Drug Administration. A study on online pharmaceutical operating situation and supervision mechanism[J]. Shanghai food and drug information research,2008(1):8-11.

6.2 著錄數字時,須保持信息資源原有的形式。但是,卷期號、頁碼、出版年、版次、更新或修改日期、引用日期、順序編碼制的參考文獻序號等應用阿拉伯數字表示。外文書的版次用序數詞的縮寫形式表示。

6.3 個人著者,其姓全部著錄,字母全大寫,名可縮寫為首字母(見8.1.1);如用首字母無法識別該人名時,則用全名。

6.4 出版項中附在出版地之後的省名、州名、國名等(見8.4.1.1)以及作為限定語的機關團體名稱可按國際公認的方法縮寫。

6.5 西文期刊刊名的縮寫可參照ISO 4 的規定。

6.6 著錄西文文獻時,大寫字母的使用要符合信息資源本身文種的習慣用法。

7 著錄用符號

7.1 本標準中的著錄用符號為前置符。按著者－出版年制組織的參考文獻表中的第一個著錄項目,如主要責任者、析出文獻主要責任者、專利申請者或所有者前不使用任何標示符號。按順序編碼制組織的參考文獻表中的各篇文獻序號可用方括號,如:[1]、[2]…。

7.2 參考文獻使用下列規定的標示符號:

. 用於題名項、析出文獻題名項、其他責任者、析出文獻其他責任者、連續出版物的「年卷期或其他標示」項、版本項、出版項、連續出版物中析出文獻的出處項、獲取和訪問路徑以及數字對象唯一標示符前。每一條參考文獻的結尾可用「.」號。

： 用於其他題名信息、出版者、引文頁碼、析出文獻的頁碼、專利號前。

， 用於同一著作方式的責任者、「等」「譯」字樣、出版年、期刊年卷期標示中的年和卷號前。

； 用於同一責任者的合訂題名以及期刊後續的年卷期標示與頁碼前。

// 用於專著中的析出文獻的出處項前。

( ) 用於期刊年卷期標示中的期號、報紙的版次、電子資源的更新或修改日期以及非公元紀年的出版年。

[ ] 用於文獻序號、文獻類型標示、電子文獻的引用日期以及自擬的信息。

/ 用於合期的期號間以及文獻載體標示前。

- 用於起訖序號和起訖頁碼間。

8 著錄細則

8.1 主要責任者或其他責任者

8.1.1 個人著者採用姓在前名在後的著錄形式。歐美著者的名可用縮寫字母,縮寫名後省略縮寫點。歐美著者的中譯名可以只著錄其姓；同姓不同名的歐美著者,其中譯名不僅要著錄其姓,還需著錄其名的首字母。依據 GB/T 28039—2011 有關規定,用漢語拼音書寫的人名,姓全大寫,其名可縮寫,取每個漢字拼音的首字母。

示例 1:李時珍	原題:(明)李時珍
示例 2:喬納斯	原題:(瑞士)伊迪斯·喬納斯
示例 3:昂溫	原題:(美)S. 昂溫(Stephen Unwin)
示例 4:昂溫 G,昂溫 P S	原題:(英)G. 昂溫(G. Unwin),P. S. 昂溫(P. S. Unwin)
示例 5:丸山敏秋	原題:(日)丸山敏秋
示例 6:凱西爾	原題:(阿拉伯)伊本·凱西爾
示例 7:EINSTEIN A	原題:Albert Einstein
示例 8:WILLIAMS ELLIS A	原題:Amabel Williams Ellis
示例 9:DE MORGAN A	原題:Augustus De Morgan
示例 10:LI Jiangning	原題:Li Jiangning
示例 11:LI J N	原題:Li Jiangning

8.1.2 著作方式相同的責任者不超過 3 個時,全部照錄。超過 3 個時,著錄前 3 個責任者,其後加「,等」或與之相應的詞。

示例1：錢學森,劉再復　　　　　原題：錢學森　劉再復
示例2：李四光,華羅庚,茅以升　　原題：李四光　華羅庚　茅以升
示例3：印森林,吳勝和,李俊飛,等　原題：印森林　吳勝和　李俊飛　馮文杰
示例4：FORDHAM E W,ALI A,TURNER D A,et al.
　　　原題：Evenst W. Fordham　Amiad Ali　David A. Turner　John R. Charters

8.1.3　無責任者或者責任者情況不明的文獻,「主要責任者」項應註明「佚名」或與之相應的詞。凡採用順序編碼制組織的參考文獻可省略此項,直接著錄題名。

示例：Anon. 1981. Coffee drinking and cancer of the pancreas［J］. Br Med J, 283（6292）:628.

8.1.4　凡是對文獻負責的機關團體名稱,通常根據著錄信息源著錄。機關團體名稱由上至下分級著錄,上下級間用「.」分隔,用漢字書寫的機關團體名稱除外。

示例1：中國科學院物理研究所
示例2：貴州省土壤普查辦公室
示例3：American Chemical Society
示例4：Stanford University. Department of Civil Engineering

8.2　題名

題名包括書名、刊名、報紙名、專利題名、報告名、標準名、學位論文名、檔案名、輿圖名、析出的文獻名等。題名按著錄信息源所載的內容著錄。

示例1：王之夫「乾坤並建」的詮釋面向
示例2：張子正蒙註
示例3：化學動力學和反應器原理
示例4：袖珍神學,或,簡明基督教辭典
示例5：北京師範大學學報（自然科學版）
示例6：Gases in sea ice 1975-1979
示例7：J Math & Phys

8.2.1　同一責任者的多個合訂題名,著錄前3個合訂題名。對於不同責任者的多個合訂題名,可以只著錄第一個或處於顯要位置的合訂題名。在參考文獻中不著錄並列題名。

示例1：為人民服務;紀念白求恩;愚公移山
　　　原題：為人民服務　紀念白求恩　愚公移山　毛澤東著
示例2：大趨勢　　　　　　原題：大趨勢　Megatrends

293

8.2.2　文獻類型標示(含文獻載體標示)宜依附錄 B《文獻類型與文獻載體標示代碼》著錄。電子資源既要著錄文獻類型標示,也要著錄文獻載體標示。本標準根據文獻類型及文獻載體的發展現狀作了必要的補充。

8.2.3　其他題名信息根據信息資源外部特徵的具體情況決定取捨。其他題名信息包括副題名,說明題名文字,多卷書的分卷書名、卷次、冊次、專利號、報告號、標準號等。

　　示例 1:地殼運動假說:從大陸漂移到板塊構造[M]
　　示例 2:三松堂全集:第 4 卷[M]
　　示例 3:世界出版業:美國卷[M]
　　示例 4:ECL 集成電路:原理與設計[M]
　　示例 5:中國科學技術史:第 2 卷　科學思想史[M]
　　示例 6:商鞅戰秋菊:法治轉型的一個思想實驗[J]
　　示例 7:中國科學:D 輯　地球科學[J]
　　示例 8:信息與文獻—都柏林核心元數據元素集:GB/T 25100—2010[S]
　　示例 9:中子反射數據分析技術:CNIC-01887[R]
　　示例 10:Asian Pacific journal of cancer prevention:e-only

8.3　版本

第 1 版不著錄,其他版本說明應著錄。版本用阿拉伯數字、序數縮寫形式或其他標示表示。古籍的版本可著錄「寫本」「抄本」「刻本」「活字本」等。

　　示例 1:3 版　　　　　原題:第三版
　　示例 2:新 1 版　　　　原題:新 1 版
　　示例 3:明刻本　　　　原題:明刻本
　　示例 4:5th ed.　　　　原題: Fifth edition
　　示例 5:Rev. ed.　　　 原題: Revised edition

8.4　出版項

出版項按出版地、出版者、出版年順序著錄。

　　示例 1: 北京:人民出版社,2013
　　示例 2: New York: Academic Press, 2012

8.4.1　出版地

8.4.1.1　出版地著錄出版者所在地的城市名稱。對同名異地或不為人們熟悉的城市名,應在城市名後附省名、州名或國名等限定語。

　　示例 1: Cambridge, Eng .

示例2：Cambridge，Mass.

8.4.1.2 文獻中載有多個出版地,只著錄第一個或處於顯要位置的出版地。

示例1：北京科學出版社,2013

　　原題：科學出版社　北京　上海　2013

示例2：London：Butterworths，2000

　　原題：Butterworths London Boston Durban Syngapore Sydney Toronto Wellington 2000）

8.4.1.3 無出版地的中文文獻著錄「出版地不詳」,外文文獻著錄「S.1.」,並置於方括號內。無出版地的電子資源可以省略此項。

示例1：［出版地不詳］：三戶圖書刊行社,1990

示例2：［S.1.］：MacMillan，1975

示例3：Open Oniversity Press，2011：105［2014-06-16］. http://lib.myilibrary.com/Open.aspx? id－312377

8.4.2　出版者

8.4.2.1 出版者可以按著錄信息源所載的形式著錄,也可以按國際公認的簡化形式或縮寫形式著錄。

示例1：中國標準出版社　　　　　　原題：中國標準出版社

示例2：Elsevier Science Publishers　　原題：Elsevier Science Publishers

示例3：IRRI　　　　　　　　　　原題：International Rice Research Institute

8.4.2.2 文獻中載有多個出版者,只著錄第一個或處於顯要位置的出版者。

示例：Chicago：ALA，1978

　　原題：American Library Association/Chicago　　Canadian Library Association/Ottawa 1978

8.4.2.3 無出版者的中文文獻著錄「出版者不詳」,外文文獻著錄「s.n.」,並置於方括號內。無出版者的電子資源可以省略此項。

示例1：哈爾濱：［出版者不詳］,2013

示例2：Salt Lake City：［s.n.］，1964

8.4.3　出版日期

8.4.3.1 出版年採用公元紀年,並用阿拉伯數字著錄。如有其他紀年形式時,將原有的紀年形式置於「（ ）」內。

示例1：1947（民國三十六年）

示例 2：1705(康熙四十四年)

8.4.3.2 報紙的出版日期按照「YYYY-MM-DD」格式,用阿拉伯數字著錄。

示例：2013-01-08

8.4.3.3 出版年無法確定時,可依次選用版權年、印刷年、估計的出版年。估計的出版年需置於方括號內。

示例 1：c1988

示例 2：1995 印刷

示例 3：[1936]

8.4.4　公告日期、更新日期、引用日期

8.4.4.1 依據 GB/T 7408—2005 專利文獻的公告日期或公開日期按照「YYYY-MM-DD」格式,用阿拉伯數字著錄。

8.4.4.2 依據 GB/T 7408—2005 電子資源的更新或修改日期、引用日期按照「YYYY-MM-DD」格式,用阿拉伯數字著錄。

示例：(2012-05-03)[2013-11-12]

8.5　頁碼

專著或期刊中析出文獻的頁碼或引文頁碼,要求用阿拉伯數字著錄(參見 8.8.2、10.1.3、10.2.4)。引自序言或扉頁題詞的頁碼,可按實際情況著錄。

示例 1：曹凌.中國佛教疑偽經綜錄[M].上海：上海古籍出版社,2011：19.

示例 2：錢學森.創建系統學[M].太原：山西科學技術出版社,2001：序 2-3.

示例 3：馮友蘭.馮友蘭自選集[M].2 版.北京：北京大學出版社,2008：第 1 版自序.

示例 4：李約瑟.題詞[M]//蘇克福,管成學,鄧明魯.蘇頌與《本草圖經》研究.長春：長春出版社,1991：扉頁.

示例 5：DUNBAR K L, MITCHELL D A. Revealing nature's synthetic potential through the study of ribosomal naturol product biosynthesis[J/OL]. ACS chemical biology, 2013, 8：473-487[2013-10-06]. http：//pubs.acs.org/doi/pdfplus/10.1021/cb3005325.

8.6　獲取和訪問路徑

根據電子資源在互聯網中的實際情況,著錄其獲取和訪問路徑。

示例 1：儲人問.惡性腫瘤個體化治療靶向藥物的臨床表現[J/OL].中華腫瘤雜誌,2010,32(10)：721-724[2014-06-25]. http：//vip.calis.edu.cn/asp/Detail.asp.

示例 2：WEINER S. Microarchaeology：beyond the visible archaeological record[M/OL].

Cambtidge, Eng. :Cambridge University Press Textbooks, 2010:38[2013-10-14]. http://lib.myilibrary.com/Open.aspx? id = 253897.

8.7 數字對象唯一標示符

獲取和訪問路徑中不含數字對象唯一標示符時,可依原文如實著錄數字對象唯一標示符。否則,可省略數字對象唯一標示符。

示例1:獲取和訪問路徑中不含數字對象唯一標示符

劉乃安.生物質材料熱解失重動力學及其分析方法研究[D/OL].安徽:中國科學技術大學,2000:17-18[2014-08-29]. http://wenku.baidu.com/link? url = GJDJxb4lxBUXnIPmq1XoEGSIr1H8TMLbidW_LjlYu33tpt707u624Kliyp U_FB-GUmox7ovPNaVIVBALAMd5yfwuKUUOAGYuB7cuZ-BYEhXa. DOI: 10.7666/d.y351065.

(該書數字對象唯一的標示符為:DOI:10.7666/d.y351065)

示例2:獲取和訪問路徑中含數字對象唯一標示符

DEVERELL W, IGLER D. A companion to California history [M/OL]. New York:John Wiley & Sons, 2013:21-22(2013-11-15)[2014-06-24]. http://onlinelibrary.wiley.com/doi/10.1002/9781444305036.ch2/summary.

(該書數字對象唯一標示符為:DOI:10.1002/9781444305036.ch2)

8.8 析出文獻

8.8.1 從專著中析出有獨立著者、獨立篇名的文獻按4.2的有關規定著錄,其析出文獻與源文獻的關係用「//」表示。凡是從報刊中析出具有獨立著者、獨立篇名的文獻按4.4的有關規定著錄,其析出文獻與源文獻的關係用「.」表示。關於引文參考文獻的著錄與標註參見10.1.3與10.2.4。

示例1:姚中秋.作為一種製度變遷模式的「轉型」[M]//羅衛東,姚中秋.中國轉型的理論分析:奧地利學派的視角.杭州:浙江大學出版社,2009:44.

示例2:關立哲,韓紀富,張晨珏.科技期刊編輯審讀中要注重比較思維的科學運用[J].編輯學報,2014,26(2):144-146.

示例3:TENOPIR C. Online databases:quality control [J]. Library journal, 1987, 113(3):124-125.

8.8.2 凡是從期刊中析出的文章,應在刊名之後註明其年、卷、期、頁碼。閱讀型參考文獻的頁碼著錄文章的起訖頁或起始頁,引文參考文獻的頁碼著錄引用信息所在頁。

示例1: 2001, 1(1): 5-6
　　　　年　卷 期　頁碼

示例2：2014,510:356-363
　　　　　年　卷　頁碼

示例3：2010(6):23
　　　　年　期　頁碼

示例4：2014,22(增刊2):81-86
　　　　年　卷　期　　頁碼

8.8.3 對從合期中析出的文獻,按8.8.2的規則著錄,並在圓括號內註明合期號。

示例:2001(9/10):36-39
　　　年　期　　頁碼

8.8.4 凡是在同一期刊上連載的文獻,其後續部分不必另行著錄,可在原參考文獻後直接註明後續部分的年、卷、期、頁碼等。

示例:2011,33(2):20-25;2011,33(3):26-30
　　　年　卷期　頁碼　年　卷期　頁碼

8.8.5 凡是從報紙中析出的文獻,應在報紙名後著錄其出版日期與版次。

示例:2013-03-16（1）
　　　年　月　日　版次

9　參考文獻表

參考文獻表可以按順序編碼制組織,也可以按著者－出版年制組織。引文參考文獻既可以集中著錄在文後或書末,也可以分散著錄在頁下端。閱讀型參考文獻著錄在文後、書的各章節後或書末。

9.1　順序編碼制

參考文獻表採用順序編碼制組織時,各篇文獻應按正文部分標註的序號依次列出(參見10.1)。

示例:

[1] BAKER S K. JACKSON M E. The future of resource sharing[M]. New York：The Haworth Press, 1995.

[2] CHERNIK B E. Introduction to library services for library technicians [M]. Littleton, Colo. : Libraries Unlimited, Inc. ,1982.

[3]尼葛洛龐帝.數字化生存[M].胡泳,範海燕,譯.海口：海南出版社,1996.

[4]汪冰.電子圖書館理論與實踐研究[M].北京：北京圖書館出版社,1997:16.

[5] 楊宗英. 電子圖書館的現實模型[J]. 中國圖書館學報,1996(2):24-29.

[6] DOWLER L. The research university's dilemma: resource sharing and research in a transinstitutional environment[J]. Journal of library administration, 1995, 21(1/2): 5-26.

9.2 著者-出版年制

參考文獻表採用著者-出版年制組織時,各篇文獻首先按文種集中,可分為中文、日文、西文、俄文、其他文種 5 部分;然後按著者字順和出版年排列。中文文獻可以按漢語拼音字順排列(參見 10.2),也可以按著者的筆畫筆順排列。

示例:

尼葛洛龐帝. 1996. 數字化生存[M]. 胡泳,範海燕,譯. 海口:海南出版社.

汪冰. 1997. 電子圖書館理論與實踐研究[M]. 北京:北京圖書館出版社:16.

楊宗英. 1996. 電子圖書館的現實模型[J]. 中國圖書館學報(2):24-29.

BAKER S K, JACKSON M E. 1995. The future of resource sharing [M]. New York: The Haworth Press.

CHERNIK B E. 1982. Introduction to library services for library technicians [M]. Littleton, Colo.: Libraries Unlimited, Inc.

DOWLER L. 1995. The research university's dilemma: resource sharing and research in a transinstitutional environment [J]. Journal of library administration, 21(1/2):5-26.

10 參考文獻標註法

正文中引用的文獻的標註方法可以採用順序編碼制,也可以採用著者-出版年制。

10.1 順序編碼制

10.1.1 順序編碼制是按正文中引用的文獻出現的先後順序連續編碼,將序號置於方括號中。如果順序編碼制用腳註方式時,序號可由計算機自動生成圈碼。

示例 1:引用單篇文獻,序號置於方括號中

……德國學者 N.克羅斯研究了瑞士巴塞爾市附近侏羅山中老第三紀斷裂對第三系褶皺的控制[235];之後,他又描述了西里西亞第 3 條大型的近南北向構造帶,並提出地槽是在不均一的塊體的基底上發展的思想[236]。

…………

示例2：引用單篇文獻，序號由計算機自動生成圈碼

……所謂「移情」，就是「說話人將自己認同於……他用句子所描寫的事件或狀態中的一個參與者」①。《漢語大辭典》和張相②都認為「可」是「痊愈」，侯精一認為是「減輕」③。……另外，根據侯精一，表示病痛程度減輕的形容詞「可」和表示逆轉否定的副詞「可」是兼類詞④，這也說明二者應該存在著源流關係。

……

10.1.2 同一處引用多篇文獻時，應將各篇文獻的序號在方括號內全部列出，各序號間用「，」。如遇連續序號，起訖序號間用短橫線連接。此規則不適用於計算機自動編碼的序號。

示例：引用多篇文獻

裴偉[570,83]提出……

莫拉德對穩定區的節理格式的研究[255-256]……

10.1.3 多次引用同一著者的同一文獻時，在正文中標註首次引用的文獻序號，並在序號的「［ ］」外著錄引文頁碼。如果用計算機自動編序號時，應重複著錄參考文獻，但參考文獻表中的著錄項目可簡化為文獻序號及引文頁碼，參見本條款的示例2。

示例1：多次引用同一著者的同一文獻的序號

……改變社會規範也可能存在類似的「二階囚徒困境」問題：儘管改變舊的規範對所有人都好，但個人理性選擇使得沒有人願意率先違反舊的規範[1]。……事實上，古希臘對軸心時代思想真正的貢獻不是來自對民主的讚揚，而是來自民主製度的批評，蘇格拉底、柏拉圖和亞里士多德3位賢聖都是民主製度的堅決反對者[2]260。……柏拉圖在西方世界的影響力是如此之大以至於有學者評論說，一切後世的思想都是一系列為柏拉圖思想所作的腳註[3]。……據《唐會要》記載，當時拆毀的寺院有4,600餘所，招提、蘭若等佛教建築4萬餘所，沒收寺產，並強迫僧尼還俗達260,500人。佛教受到極大的打擊[2]326-329。……陳登原先生的考證是非常精確的，他印證了《春秋說題辭》「黍者緒也，故其立字，禾入米為黍，為酒以扶老，為酒以序尊卑，禾為柔物，亦宜養老」，指出：「以上謂等威之辨，尊卑之序，由於飲食榮辱。」[4]

參考文獻：

[1] SUNSTEIN C R. Social norms and social roles[J/OL]. Columbia law review,1996,96:903[2012-01-26]. http://www.heinonline.org/HOL/Page? handle = hein. journals/clr96&id = 913&collection = journals&index = journals/clr.

[2] MORRI I. Why the west rules for now:the patterns of history,and what they reveal about the future[M]. New York:Farrar,Straus and Giroux,2010.

[3] 羅杰斯.西方文明史:問題與源頭[M].潘惠霞,魏婧,楊豔,等譯.大連:東北財經大學出版社,2011:15-16.

[4] 陳登原.國史舊聞:第1卷[M].北京:中華書局,2000:29.

示例2：多次引用同一著者的同一文獻的腳註序號

……改變社會規範也可能存在類似的「二階囚徒困境」問題;儘管改變舊的規範對所有人都好,但個人理性選擇使得沒有人願意率先違反舊的規範[①]。……事實上,古希臘對軸心時代思想真正的貢獻不是來自對民主的讚揚,而是來自對民主製度的批評,蘇格拉底、柏拉圖和亞里士多德3位賢聖都是民主製度的堅決反對者[②]。……柏拉圖在西方世界的影響力是如此之大以至於有學者評論說,一切後世的思想都是一系列為柏拉圖思想所作的腳註[③]。……據《唐會要》記載,當時拆毀的寺院有4,600餘所,招提、蘭若等佛教建築4萬餘所,沒收寺產,並強迫僧尼還俗達260,500人。佛教受到極大的打擊[④]。……陳登原先生的考證是非常精確的,他印證了《春秋說題辭》「黍者緒也,故其立字,禾入米為黍,為酒以扶老,為酒以序尊卑,禾為柔物,亦宜養老」,指出:「以上謂等威之辨,尊卑之序,由於飲食榮辱。」[⑤]

參考文獻：

① SUNSTEIN C R. Social norms and social roles[J/OL]. Columbia law review,1996,96:903[2012-01-26]. http://www.heinonline.org/HOL/Page?handle=hein.journals/clr96&id=913&collection=journals&index=journals/clr.

② MORRI I. Why the west rules for now:the patterns of history, and what they reveal about the future[M]. New York:Farrar,Straus and Giroux,2010:260.

③ 羅杰斯.西方文明史:問題與源頭[M].潘惠霞,魏婧,楊豔,等譯.大連:東北財經大學出版社,2011:15-16.

④ 同②326-329.

⑤ 陳登原.國史舊聞:第1卷[M].北京:中華書局,2000:29.

10.2 著者-出版年制

10.2.1 正文引用的文獻採用著者-出版年制時,各篇文獻的標註內容由著者姓氏與出版年構成,並置於「( )」內。倘若只標註著者姓氏無法識別該人名時,可標註著者姓名,例如中國人、韓國人、日本人用漢字書寫的姓名。集體著者著述的文獻可標註機關團體名稱。倘若正文中已提及著者姓名,則在其後的「( )」內只需著錄出版年。

示例：引用單篇文獻

The notion of an invisible college has been explored in the sciences (Crane 1972). Its absence among historians was noted by Stieg(1981)…

參考文獻：

CRANE D. 1972. Invisible college[M]. Chicago：Univ. of Chicago Press.

STIEG M F. 1981. The information needs of historians [J]. College and Research Libraries，42(6)：549-560.

10.2.2 在正文中引用多著者文獻時，對歐美著者只需標註第一個著者的姓，其後附「et al」；對中國著者應標註第一著者的姓名，其後附「等」字。姓氏與「et al」「等」之間留適當空隙。

10.2.3 在參考文獻表中著錄同一著者在同一年出版的多篇文獻時，出版年後應用小寫字母 a，b，c……區別。

示例1：引用同一著者同年出版的多篇中文文獻

王臨惠，等，2010a. 天津方言的源流關係芻議[J]. 山西師範大學學報(社會科學版)，37(4)：147.

王臨惠，2010b. 從幾組聲母的演變看天津方言形成的自然條件和歷史條件[C]//曹志耘. 漢語方言的地理語言學研究：首屆中國地理語言學國際學術研討會論文集. 北京：北京語言大學出版社：138.

示例2：引用同一著者同年出版的多篇英文文獻

KENNEDY W J, GARRISON R E. 1975a. Morphology and genesis of nodular chalks and hardgrounds in the Upper Cretaceous of southern England[J]. Sedimentology，22：311.

KENNEDY W J, GARRISON R E. 1975b. Morphology and genesis of nodular phosphates in the Cenomanian of South-east England[J]. Lethaia，8：339.

10.2.4 多次引用同一著者的同一文獻，在正文中標註著者與出版年，並在「（ ）」外以角標的形式著錄引文頁碼。

示例：多次引用同一著者的同一文獻

主編靠編輯思想指揮全局已是編輯界的共識(張忠智，1997)，然而對編輯思想至今沒有一個明確的界定，故不妨提出一個構架……參與討論。由於「思想」的內涵是「客觀存在反應在人的意識中經過思維活動而產生的結果」(中國社會科學院語言研究所辭典編輯室，1996)[1194]，所以「編輯思想」的內涵就是編輯實踐反應在編輯工作者的意識中，「經過思維活動而產生的結果」。……《中國青年》雜誌創辦人追求的高格調——理性的成熟與熱點的凝聚(劉徹東，1998)，表明其讀者群的文化的品位的高層次……「方針」指「引導事業前進的方向和目標」(中國社會科學院語言研究所辭典編輯室，1996)[354]。…… 對編輯方針，1981年中國科協副主席裴麗生曾有過科學的論斷——「自然科學學術期刊必須堅持以馬列主義、毛澤東思想為指導，貫徹為國民經濟發展服務，理

論與實踐相結合,普及與提高相結合,『百花齊放,百家爭鳴』的方針。」(裴麗生,1981)它完整地回答了為誰服務,怎樣服務,如何服務得更好的問題。

　…………

參考文獻：

裴麗生. 1981. 在中國科協學術期刊編輯工作經驗交流會上的講話[C]//中國科學技術協會.中國科協學術期刊編輯工作經驗交流會資料選.北京：中國科學技術協會學會工作部：2-10.

劉徹東. 1998. 中國的青年刊物：個性特色為本[J]. 中國出版(5)：38-39.

張忠智. 1997. 科技書刊的總編(主編)的角色要求[C]//中國科學技術期刊編輯學會.中國科學技術期刊編輯學會建會十周年學術研討會論文匯編.北京：中國科學技術期刊編輯學會學術委員會:33-34.

中國社會科學院語言研究所辭典編輯室. 1996. 現代漢語辭典[M]. 修訂本. 北京：商務印書館.

　…………

參考文獻

［1］李道魁，朱江天. 財經應用文寫作［M］. 成都：西南財經大學出版社，2002.

［2］張樹義. 財經應用文模型寫作教程［M］. 廣州：華南理工大學出版社，2011.

［3］楊文豐. 高職應用寫作［M］. 北京：高等教育出版社，2010.

［4］楊鳳琴. 財經應用文寫作［M］. 北京：北京交通大學出版社，2010.

［5］楊巧雲，鐘德玲. 現代應用文寫作［M］. 北京：清華大學出版社，2010.

［6］李杰虎，吉素芬. 新編應用文寫作教程［M］. 鄭州：河南科學技術出版社，2008.

［7］洪雷，王穎. 應用文寫作學新論［M］. 武漢：武漢大學出版社，2001.

［8］李化德. 現代常用公文導寫［M］. 重慶：重慶出版社，2004.

［9］倪濃水，黃雅玲. 應用文書寫作［M］. 北京：海洋出版社，2012.

［10］陳才俊，賓靜. 現代秘書寫作［M］. 廣州：華南理工大學出版社，2004.

［11］程連昌. 公務員公文寫作與處理讀本［M］. 北京：中國人事出版社，2004.

［12］向國敏. 現代秘書學與秘書實務［M］. 上海：華東師範大學出版社，2006.

［13］張嚴明，陳卿. 應用文寫作教程［M］. 鄭州：鄭州大學出版

社，2007.

［14］黃榮態. 應用公文寫作［M］. 廣州：暨南大學出版社，2007.

［15］李學景. 巧用背景材料增強新聞深度［N］. 中新報，2011－12－14.

後　記

　　為了給從事財經工作的同志、文秘人員和大中專院校財經類專業的學生提供標準化、規範化的財經應用寫作文體及寫法，我們編寫了本書。

　　本書的突出特點是內容新、重實用。本書站在學科發展的前沿，結合經濟活動的最新動態，選取最新穎的材料，力爭與時俱進，注重突出各種財經應用文的格式和寫作要求，並且每章之後都附有思考與練習、經典例文，以方便讀者學習寫作知識之後進行印證，鞏固提高。

　　本書由李道魁、楊曉麗、賀予新、李霞共同編著。具體分工是：李道魁撰寫第一章第三節，第五章第一節；楊曉麗撰寫第一章第一節、第二節，第三章第五節、第六節，第四章，第五章第二節，第九章，第十章；賀予新撰寫第二章第一節、第二節、第三節、第四節，第三章第一節、第二節、第三節，第六章，第十一章，第十二章；李霞撰寫第二章第五節、第六節，第三章第四節、第七節，第七章，第八章。全書由李道魁審閱並提出修改意見，最後由各位編者共同定稿。

　　本書在編寫過程中參考、借鑑、輯錄了有關的優秀研究成果和著述，在此向原作者、出版者、相關網站深表謝意。同時，還要特別感謝西南財經大學出版社的高玲和田園為本書所付出的辛勞。

　　由於我們水平有限，書中難免有錯訛之處，敬請方家和讀者批評指正。

編　者

2016 年 11 月

國家圖書館出版品預行編目(CIP)資料

中國財經應用文寫作 / 李道魁、楊曉雨、賀予新、李霞 編著.
-- 第二版. -- 臺北市：崧燁文化，2018.11

　面　；　公分

ISBN 978-957-681-595-9(平裝)

1.應用文

802.79　　　107014493

書　名：中國財經應用文寫作
作　者：李道魁、楊曉雨、賀予新、李霞 編著
發行人：黃振庭
出版者：崧燁文化事業有限公司
發行者：崧燁文化事業有限公司
E-mail：sonbookservice@gmail.com
粉絲頁　　　　　　網　址：
地　址：台北市中正區重慶南路一段六十一號八樓815室
8F.-815, No.61, Sec. 1, Chongqing S. Rd., Zhongzheng Dist., Taipei City 100, Taiwan (R.O.C.)
電　話：(02)2370-3310　傳　真：(02) 2370-3210
總經銷：紅螞蟻圖書有限公司
地　址：台北市內湖區舊宗路二段 121 巷 19 號
電　話：02-2795-3656　傳真：02-2795-4100　網址：
印　刷：京峯彩色印刷有限公司（京峰數位）

　　本書版權為西南財經大學出版社所有授權崧博出版事業有限公司獨家發行電子書繁體字版。若有其他相關權利及授權需求請與本公司聯繫。

定價：550元
發行日期：2018 年 11 月第二版
◎ 本書以POD印製發行